라요하네의 우산

김살로메 소설집

문학의 문학

라요하네의 우산

김살로메 소설집

초판 2쇄 인쇄 2017년 7월 31일
초판 2쇄 발행 2017년 8월 4일

지은이 김살로메(김복남)
펴낸이 홍행숙
펴낸곳 문학의문학
등록번호 105 91 90635
주소 서울 마포구 토정로 222 한국출판협동조합 422호
전화 02-722-3588
팩스 02-722-3587
디자인 강지우

ISBN 979-11-87433-03-3 (03810)

값은 책의 뒷면에 있습니다.

라요하네의 우산

김살로메 소설집

차례

알비노의 항아리

며칠째 아내는 집에 들어오지 않는다. 약국에 딸린 구석방에서 새우잠을 청하고, 입덧으로 뒤틀린 속을 달래며 조제실과 손님 사이를 오가리라. 당장이라도 약국으로 달려가고 싶다. 하지만 상처 입은 옷자락을 여며줄 자신이 없는 나는 기다리는 것 말고 더 나은 방법을 알지 못한다. 아내의 상처는 쉽게 치유될 수 있는 성질의 것이 아니다. 렛 잇 비……. 낯익은 팝송 가사처럼 그냥 내버려둘 수밖에 없다.

301호에서 현관문 여는 소리가 들린다. 반사적으로 벽시계를 쳐다본다. 오후 두 시, 앞집 여자가 출근하는 시간이다. 나이에 어울리지 않는 호기심이 발동한다. 습관처럼 현관문에 붙어 있는 방범렌즈에 애꾸눈을 만들어 앞집 여자를 훔쳐

본다. 변함없이 여자는 핫팬티 패션이다. 다만 스타킹 색깔이 연한 비둘기색으로 밝아진 데다가 재킷 안에 받쳐 입은 블라우스 또한 화사한 물방울무늬로 바뀐 걸 보니 봄이 멀지 않다.

또각또각 계단을 내려가는 여자의 발자국 소리가 퍼덕이는 활어처럼 다분히 육감적이다. 봄은 계단을 내리찍으며 걷는 여자의 하이힐 소리로부터 오는 건지도 모른다. 속수무책인 내 몸속 피톨들은 물오른 새순처럼 탈출하고 싶어 한다. 좀 더 솔직하게 말하는 게 낫겠다. 엉덩이를 가살스레 좌우로 탕탕 튕기며 단란주점으로 출근하는 앞집 여자는 나를 환장할 것 같은 상상의 쾌락 속으로 몰아넣는다. 이 순간만큼은 집으로 돌아오지 않는 아내가 다행이라는 생각이 들 정도다.

퍼뜩 정신을 차린다. 아내에게 연민이 생긴다. 아내를 연민의 정으로 바라보는 것은 방범렌즈로 바깥세상을 훔쳐보는 일처럼 내겐 습관 같은 것이 되어버렸다. 그러고 보니 아내는 너무 오래 집을 비운다. 아내가 집으로 돌아오지 않을 수도 있다는 생각에 미치자 조금 불안해진다. 어머니가 다녀간 그날 저녁 일이 떠오른다.

"니, 오줌은 잘 나오나?"

화천리에서 오신 당신을 위해 일찍 약국 문을 닫고 온 아내에게 어머니가 던진 첫마디였다. 첫 손주를 안겨줄 며느리의 건강을 걱정하는 건 뒷전이고, 얄망궂은 심사가 박혀 있는 말투였다.

“……무슨 말씀이세요, 어머니?”

의뭉스런 어머니를 경계하며 아내가 물었다.

“니 아부지 말이다. 차도가 있는가 싶더니 또 겨울바람에 문풍지 긁어대는 소리를 안 내나. 이러다간 이번엔 오래 못 갈 것 같다야.”

“아버지 편찮으신 것 하고 이 사람 소변하고 무슨 상관이에요?”

집히는 게 없진 않았지만 설마 하는 심정으로 내가 물었다.

“태기 비친, 야 오줌이 그렇게 특효라 안 하나. 특히 임신 초기 것은 물어 볼 것도 없다네. 한의사가 그러대. 태아에게 가고 남은 영양가가 고스란히 그대로 나온다고. 그게, 약이 된다 안 카나. 옛날 생각 안 나나? 그때 야가 얼마나 도움을 줬노. 도움이 다 뭐꼬, 생명의 은인이지. 은인이고 말고……. 야이야, 한 번만 더 애써봐야지 어쩌겠노?”

아내도 사태를 짐작한 듯했다. 입덧으로 골골해진 아내의 얼굴은 더욱 하얘졌다. 어머니가 말한 옛날이라. 그 시절의 토막 기억이 떠오른다. 아내도 그때를 떠올리고 있으리라. 공식을 알아도 풀 수 없는 수학문제를 들고 앉은 수험생처럼 나는 난감했다.

“어머니, 제발……. 임신한 사람에게 그게 할 소리예요?”

분노를 억누르며 내가 할 수 있는 말은 이것 밖에 없었다. 어떻게 꼬인 실타래를 풀어야 하나. 임신한 며느리의 소변을 시아버지의 약으로 내놓으라니……. 요즘 들어 요료법이란 민간요법의 효능을 믿는 사람이 많아졌다지만 그건 어디까지나 자가 면역 치료법에 근거한 오줌 요법이다. 자신이 아닌 남에게 제 오줌을 공여한다는 건 보통 사람으로선 상상도 못할 일이다. 하지만 어머니는 막무가내였다. 이 모든 것이 알비노albino 현상에 대한 무지 때문이었다. 하기야 그 옛날에는 이보다 더한 짓도 하지 않았던가. 어머니가 기세를 몰아 계속 말을 잇는다.

"아닌 말로 오줌을 날로 마신다는 것도 아니고, 한약재 달일 때 물과 섞는 기다. 오가피 껍질에 물과 오줌을 반으로 섞어 달인 다음, 응달에 말린 오가피를 다른 약재와 재탕해서 마신다는데 께림찍할 게 뭐가 있노?"

어머니는 아내가 느낄 수치심에 대한 일말의 배려나 최소한의 인간적인 도의조차 무시한 사람처럼 굴었다. 어머니에 대한 내 분노는 내가 아내를 어떻게 생각하는가 하는 것과는 별개의 문제였다. 인간실존 자체에 관한 것이었다. 남 얘기를 하듯 쉽게 그런 얘기를 내뱉을 수 있는 게 아니었다. 아내는 오히려 바람 멎은 빨랫줄의 흰 빨래처럼 담담해졌다. 그 표정 속엔 '이십 년 훨씬 전에도 이런 일이 있었는데, 뭔 이깐 일로…….' 하는 체념과 함께 '내가 내 무덤을 팠지.'라는 회한의 감정이 섞여 있는 것 같았다.

아내는 선천적으로 알비노 색소증을 가진 여자이다. 쉽게 말하면 피부 세포에 멜라닌 색소가 부족해 피부색은 물론 모발, 심지어는 속눈썹까지 백인보다 더 하얀 그런 여자이다. 눈동자도 색소가 부족해 아주 연한 갈색이다. 아내를 처음 대하는 사람들은 조금 다른 외모를 지닌 아내를 보고 적잖이 당황한다. 외계인은 아닐까, 백인의 변종은 아닐까, 어쩌면 둔갑한 백여시는 아닐까 하는 호기심과 혐오감이 뒤범벅이 된 눈빛으로 사람들은 아내를 쳐다본다. 그도 그럴 것이 아내의 머리칼은 완벽하게 흰색이며, 백짓장보다도 하얀 얼굴을 하고 있다. 흰 솜뭉치를 눈 위에 한 줄로 얹어 놓은 듯한 눈썹과 토끼 수염처럼 희고 굵은 그녀 속눈썹만 보고도 사람들은 외계인을 본 듯한 착각에 빠지고 만다.

물론 그녀는 황인종의 평범한 한국인이다. 모든 동물에서 일어날 수 있는 유전적 색소 이상으로 피부색이 유난히 흰 여자일 뿐이다. 주변에서 심심찮게 보는 백사, 흰까치, 흰토끼, 백호 등도 피부색을 결정짓는 멜라닌 색소 부족으로 인한 알비노 현상에 지나지 않는다. 그런데도 다분히 그릇된 정력 이데올로기를 신봉해 온 이 땅의 몇몇 치들은 백사나 흰곰 등이 자신들의 정력 증강에 지대한 공헌을 할 것으로 믿어 의심치 않아 웃돈을 줘가면서까지 찾아 나서는 해프닝을 벌이곤 한다.

애정 없이도 얼마든지 하자 없는 결혼 생활을 할 수 있으리라는 자신감을 얻었을 때 내 나이 삼십 줄을 훌쩍 넘기고 있었다. 그때 결혼 상대자로 떠올린 여자가 아내였다. 아내는 한 동네에서 자란 배꼽친구이다. 나보다 세 살 아래인 그녀는 나를 잘 따랐다. 누구나 나름의 잣대와 시선으로 세상이나 사람을 보기 마련이다. 아내도 자신이 갖고 있는, 사람을 보는 눈을 너무 일찍 엉뚱한 대상에게 고정시켜 버린 게 분명하다. 꿈꾸는 몽상가도 보는 이에 따라 지적인 사색가로 비쳐지기도 하는 모양이었다. 본의 아니게 아내에게 꽤 근사한 남자로 비치게 된 나는 사춘기를 건너는 그녀의 일방적인 첫사랑이 되어 버렸다. 그러한 그녀의 감정이 여전히 변함없음을 확인했을 때 나는 주저 없이 청혼을 했던 것이다. 새로운 여자를 만난다는 게 쉬운 일도 아니었고, 현실에 탄탄한 뿌리를 내리지 못한 삼십대 남자로서 안정을 찾고 싶은 초조함도 있었다.

약사인 아내는 남과 다른 신체적 조건을 빼면 이 사회의 건강한 생활인 축에 끼일 만하다. 조금 고지식한 게 흠이긴 하지만 이조차 나 아닌 다른 남자를 만났더라면 충분히 담백한 여자로 인정받을 수 있었을 것이다. 부당하지 않고 순리적이며 무미건조하긴 해도 청결한 심성을 지닌 여자였다. 그런 성정을 지닌 아내가 부럽기도 했다. 하지만 세상이 인정하는 미덕 따위에 연연해하지 않는 내 기질 때문에 그 부러움이 오래 가지는 않는다. 나는 배고픈 소크라테스의 잘난 위선도, 배부른 돼지의 단순한 욕구도 싫다. 어떤 철학 교수의 말처럼 왜 배

부른 소크라테스는 안 된다는 말인가. 이룰 수 없더라도 욕망과 이성의 적절한 조화야말로 내가 꿈꾸는 인간적인 삶이다.

나는 결혼을 현실적인 거래처럼 삶의 한 방편으로 끌어들였다. 이 거래에서 절대 밑진 쪽은 아니다. 경제력과 미래가 불확실한 일개 대학시간 강사가 아내감으로 선호하는 대상은 단연 안정된 일이 보장되는 여성이다. 약사니, 교사니, 간호사니 하는 직업을 둔 아내를 맞은 동료들이 꽤 있는 걸 보면 틀린 말도 아니다. 이런 처지의 남자들은 열렬한 연애를 하지 않는 한 시인이나 퍼포먼스 작가, 환경운동가 등과는 결혼하려 들지 않을 것이다. 이를테면 거래가 성사되는 셈이다. 남자 쪽에서는 자리를 잡을 때까지, 좀 더 솔직히 말하자면 전임강사 자리를 얻을 때까지는 가계를 꾸려갈 여자가 필요하고, 여자 쪽에서는 언젠가는 학자라는 이름으로 자신들의 가계사 한 귀퉁이를 빛내줄지도 모를 남자에게 기꺼이 투자하는 것 말이다. 어쨌든 나는 아내가 나를 좋아한다는 감정을 이용해 결혼까지 한 시시한 남자이다. 아내를 대하는 내 감정은 연민과 죄의식의 혼합물이다. 아내는 이런 내 결혼관에 묵시적으로 동의했다. 그렇다고 나에 대한 아내의 애정이 약해진 건 아니다.

진척 없는 학위 논문을 쓰기 위해 이 안온한 혼자만의 방을 나서는 것은 죽기보다 싫다. 아내를 설득하러 약국에 가는 것도 앉을 자리 없는 곳에 엉덩이 디밀어 넣는 것처럼 염치없는 일 같아 선뜻 나서지 못한다. 얼마간의 가위눌림이라도 면해

볼 심산으로 텔레비전을 켠다. 기척에 놀란 갈까마귀 수 천 마리가 일제히 하늘로 날아오른다. 순식간에 놈들은 하늘을 까맣게 뒤덮는다. 이 환한 초봄의 향연을 시샘하는지 새떼들은 동굴을 습격하듯 화면을 까맣게 집어 삼킨다. 오염으로 사라져가던 갈까마귀가 어느 순간 떼로 늘어났다고 내레이터가 가라앉은 목소리로 전해준다. 아내는 차라리 한 마리 검은 새가 되고 싶다고 했다. 겨드랑이에 깃털이 솟아, 화면 속 검은 새떼에 섞여 저만치 날갯짓하는 아내의 환영이 보인다.

시간의 물줄기를 거슬러 올라가다 보면, 퍼뜩 부끄러워지는 강 둔덕 한 지점에 다다를 때가 있다. 잊고 싶은 것일수록 강렬하게 남아 괴롭히는 게 삶이다. 그럴 땐 차라리 물속으로 뛰어 들어 악어 밥이 되는 스스로를 상상하는 게 덜 고통스럽다. 살 냄새를 맡은 악어 떼가 몰려와 내 머리통을 조르고 심장을 물어뜯는다. 붉은 피가 강 둔덕 사방으로 튀어 오른다. 이래도 과오를 기억하는 것보다 나으냐? 큰 입 가득 내 심장을 문 악어가 말한다. 그럼요. 기억하고 싶지 않은 기억들은 물어뜯긴 심장보다 더한 상처니까요. 기꺼이 나는 내 살점을 악어에게 내던진다. 아내와 관련된 그 시간을 기억할 때면 내 천박함의 극치를 보는 것 같아 그렇게 부끄러울 수가 없다.

요즘에야 약이 원체 좋아져 결핵은 병 축에도 못 낀다. 아니, 아내가 초경을 하던 그 때도 결핵은 이미 더 이상 불치병은 아니었다. 하지만 그것은 약을 거르지 않고 복용한다는 전제가 따랐을 때의 얘기다. 결핵과 위장병을 몇 년 째 앓고 있던 아버지는 바쁜 농사일에 시달리느라 약을 꾸준히 복용하지 못했다. 어릴 때부터 자명종 소리 같던 아버지의 새벽 기침소리를 익숙하게 들어왔다. 윗목에서 쓸쓸한 낙엽처럼 부스럭거리던 아버지의 약봉지 소리를 잊지 못한다. 아이나, 리팜피신, 에탐푸톨 그리고 빨간 영양제, 이름도 잊히지 않는 아버지의 약들.

벼 모종을 손보러 간 아버지는 새참으로 나온 비빔국수 같은 각혈을 논배미에다 쏟아 부었다. 폐결핵에다 약의 독성으로 인한 위장병으로 예민해진 아버지의 생명을 오래 보는 이는 아무도 없었다. 시내의 돌팔이 의사는 수의만이 아버지의 편안한 친구가 돼 줄 것이니 질 좋은 옷이나 준비하는 게 좋겠다고 진단할 정도였다.

어머니는 포기하지 않았다. 백방으로 수소문하여 좋다는 약은 다 구하고 푸닥거리도 마다하지 않았다. 몸에 좋다는 입소문은 귀를 열고 듣고 다니던 어머니에게 고모가 가뭄 끝 단비 같은 말을 건넸다.

"월촌댁 막내딸 말이오. 달거리 할 때가 안 됐남? 첫 달거리 무렵의 백새 피는 만병통치약이라 카네. 중학교 일학년이니 할 때도 됐을 끼구만. 눈치를 봐가며 월촌댁한테 부탁해 봅시다."

알비노증인 아내를 사람들은 '백새'라고 칭했다. 그것이 흰 새를 말하는 것인지, 아니면 흰 뱀을 뜻하는 '백사'에서 모음 동화해 그렇게 말하는 건지는 나도 모른다. 다만 그 말을 할 때 풍기는 분위기는 어딘지 경멸스럽고 혐오스러웠던 것만은 틀림없었다. 사람들은 아내의 특이한 외모를 두고 뭔가 영험한 격으로 몰아 자신들의 무지한 신비주의를 정당화하려 했다. 아내의 초경마저 그런 시각으로 보는 것은 어쩌면 당연한 일이었다. 생물학적 지식이 부족한 어른들은 조금 다를 뿐인 아내의 신체를 있는 그대로 보지 못하고 무조건 주술적인 것으로 연결 지어 생각했다.

"초경 무렵의 백새 피는 만병통치약이라 카네."

"이미, 아랫마을 김 씨가 정력보강제로 쓴다고 몰래 월촌댁을 꼬드겨 지폐께나 쥐어 주고 받아 갔다네."

"월촌댁 앞에서 김 씨가 말 꺼냈다가 백새 큰오빠한테 머리 터지도록 맞았다 카던데."

"직접 나오는 첫피가 좋다지만 그걸 구할 순 없으니 부황을 떠서 얻으면 된다네. 그 피를 광목천에 받아 오가피 껍질과 함께 달여 마시면 죽었던 서방도 무덤에서 걸어나온다 카네."

"경식이 아부지도 구할 수만 있다면 백새의 경혈로 효과를 볼 수 있을 낀데……."

얼토당토않은 민간요법은 코흘리개 귀에까지 들어갈 정도였다. 근거 없는 이런 말이 퍼지게 된 것은 귀천이라는 무속인 때문이었다. 알비노증 아내를 주술적 대상으로 본 그녀는 온갖 검증되지 않은 속설을 만들어냈다. 사람들은 그녀의 말에다 자기들이 주워듣거나 생각해낸 그럴싸한 정보들을 보태 말을 부풀렸다.

당시 고등학교 일학년이었던 나는 아내가 몹시 따르는 눈치였기에 동네에서 떠드는 그 발 없는 말들이 적잖이 신경 쓰였다. 아내도 자신에 대해 오가는 사람들의 말을 알고 있는 눈치였다. 어렸을 때는 그렇지 않았겠지만 생물 시간에 알비노 색소증에 대해서 배운 이후로 나는 아내에 대해서 특별한 호기심이나 혐오감 같은 감정을 느끼지 않았다. 다만 이성에 눈뜨기 시작한 아내의 첫 상대가 나라는 사실이 부담스럽기는 했다. 고지식하면서도 가끔씩 엉뚱한 면을 지닌 아내는 공부도 잘했고 신체적 핸디캡도 극복할 만큼 자의식도 강한 편이었다. 당시 아내는 거리를 둘 만큼 매력이 없는 아이는 아니었다.

어느 등굣길이었다. 시내에 있는 학교까지 남학생들은 자전거로, 여학생들은 걸어서 통학을 했다. 자전거 페달을 열심히 밟는데 아내가 골목에서 불쑥 나타났다. 나를 기다린 모양이었다.

"오빠, 나 좀 봐……."

수줍어하면서도 자신감에 찬 목소리였다. 연애편지나 건네주겠거니 하고 지레짐작한 나는 농담으로 응수했다.

"관심 끊어라. 난 어린 애하고는 안 사귄다."

"글쎄. 오후에 방죽 펌프장으로 나와. 전할 게 있어."

일방적인 관심이 받을 상처를 농담으로 차단하고자 했던 나는 아내의 진지하고도 결의에 찬 표정을 보고 같이 정색을 하지 않을 수 없었다.

"그래? 지금 주면 안 돼냐?"

"그럴 성질의 것이 못 돼. 오빠, 안 나오면 후회할 거다."

해질 무렵, 방죽의 풍광은 바람이 뿌려놓은 노을빛 냄새로 상그러웠다. 조그만 항아리를 든 아내가 방죽 위로 난 모랫길을 걸어오고 있었다. 마사토로 빚은 작은 항아리였다.

"이게 뭐냐?"

"약!"

단호함이 배어있는 낮은 목소리로 아내가 말했다.

"무슨 약?"

"사람들이 수군대는 것 다 알고 있어. 믿진 않지만, 필요한 사람이 있는 건 사실이잖아. 어젯밤 몰래 사혈을 하고 부황을 떴어. 어차피 버리는 피잖아. 수치심 같은 걸 느끼리라 생각하진 마. 자른 머리카락 버리는 기분이니까."

엉뚱한 방향으로 일이 진행되고 있었다. 나는 마을 사람들이 뭐라고 수군대든, 꿈에도 아내의 피가 아버지 약으로 쓰이는 일을 상상해본 적이 없었다. 아내가 담담한 어조로 말했다.

"새가 되고 싶어. 까마귀가 어떨까. 집 잃은 까치 한 마리가 까마귀 떼에 섞여 느끼는 기분 같은 거 알아? 내가 어리다고 생각하진 마. 이런 내 모습이 수치스럽진 않지만, 한 마리 까치를 보고 지껄여대는 까마귀떼들이 있는 한 부담스러운 건 사실이야. 어쩐지 세상이 시시하게 보여. 정말 아무렇지도 않게 이걸 오빠한테 건넬 수 있어. 내 마음 알지?"

아내는 웃자란 한 그루 향나무 같았다. 지나친 습기와 햇빛 부족으로 가지 하나만 우뚝 솟은 나무. 완전한 색과 향을 낼 기회도 주지 않고, 이상한 눈빛만 쏘아대는 세상 때문에 자의식의 가지를 먼저 뻗을 수밖에 없었던 아이. 아내는 자신의 신체적 핸디캡을 입에 올리는 세상을 향해 덤덤한 체념을 내면으로 키우고 있었다. 그런 자신의 마음을 굳이 내 앞에서 숨기려 들지 않았다. 아내의 속내를 아는 나는 그 항아리를 거절할 수가 없었다. 조그마한 항아리를 방죽 위에 내려놓은 아내는 한 마리 새처럼 내 곁을 후두둑 날아갔다. 까마귀가 될 수 없는 흰 까치의 가슴살 같은 순결한 피. 홀로 방안에서 자동침을 이용해 사혈을 하고, 부황 뜬 피를 흰 천에 묻혔을 아내. 나는 그 피가 담긴 항아리가 더럽다거나 불쾌하다는 생각은 들지 않았다. 오히려 항아리를 내놓음으로써 어른들을 능멸하고 싶었다. 그것이 아내의 마음을 덜 다치게 할 것 같았다. 그런 생각에 이르자 한결 편해진 마음으로 어머니와 고모 앞에 그 항아리를 내놓을 수 있었다. 어머니와 고모는 웬 횡재냐는 듯 쉽게 구해진 명약(!)을 보고 감격까지 했다.

"이게 진짜 그 아이의 피란 말이냐? 쉽게도 구했네. 경식이니가 효자라고 소문은 났다만 큰일 했다, 야.”

고모는 약을 구한 것이 순전히 내 공인 줄 알고 떠들어 댔다. 항아리는 어른 손을 합쳐 둥글린 것만큼의 크기였다. 그 안에서 푸른 손수건이 나왔다. 어머니가 손수건을 풀자 그곳에는 희고 작은 조각천에 받아 낸 바짝 마른 아내의 피가 꿈인 듯 묻어 있었다. 하마터면 나는 신음 소리를 낼 뻔했다. 사혈부황을 하며 스스로에 대한 정체성의 혼란으로 괴로워했을 아내를 생각하니 짠함과 부끄러움이 동시에 밀려왔다. 귓불이 절로 붉어졌다.

어머니는 달이 꽉 차오는 보름날을 기다렸다. 새벽 달빛 아래서 비비추 잎새에 내린 이슬을 훑어 내리던 어머니의 손길을 잊지 못한다. 주술사에게 혼을 뺏긴 듯 해가 뜰세라 어머니는 서둘러 이슬을 모았다. 가장 신성한 마음과 깨끗한 물이 합쳐졌을 때만 약효를 볼 수 있다는 고모의 충고를, 아니 귀천 아줌마의 점술을 어머니는 충실히 따랐다. 소주잔 한 잔도 채우지 못할 정도였지만 어머니는 그 신령스러운 이슬을 밤새 가라앉힌 물에다 섞었다. 거기다 오가피 껍질과 바싹 말라 굳은 아내의 조각천을 넣고는 약탕기에 달였다. 아무 것도 모르는 아버지는 그 물을 마셨다. 그리곤 거짓말처럼 기침이 수그러들었다.

나는 안다. 아버지에게 차도가 있었던 것은 논두렁에 봇물처럼 쏟아내던 각혈 이후 겁먹은 당신이 하루도 거르지 않고

약을 챙겨 먹었기 때문이란 것을. 그 와중에 아내의 경혈이 등장한 것이므로 실은 아내의 피와 아버지 병의 차도와는 아무 상관이 없었다. 한데도 어머니는 아버지의 낯빛이 밝아지는 건 순전히 아내의 피 덕분이라고 확신했다.

"사람들이 왜 흰뱀을 구하려고 안달하는지 알았다니까. 하여간에 흰 빛이 도는 것 치고 예사롭지 않은 것이 없다니까요."

어머니는 아침 햇살 같은 얼굴로 고모에게 수다를 떨었다. 어머니 표정이 밝아야 할 이유는 충분했다. 자리보전하고 누웠던 아버지는 완전히 나은 것은 아니지만 건강할 때처럼 밤살이를 즐길 정도가 됐다. 아버지 간병했던 세월을 보상이라도 받으려는 듯 어머니는 아버지를 가만 두지 않았다. 독수공방해야 했던 어머니의 욕정은 뒤늦게 불이 붙었다.

"경식 아부지 말이오, 크게 앓았는데도 거시기 만은 펄펄하다니께요."

콧잔등을 들이밀며 정말로 일찍 과부가 된 고모의 신경을 건드리던 어머니의 모습이 생각난다. 그때 샐쭉해진 고모가 질투심을 자제할 수 없어 '오빠, 너무 혹사시키지 말어요. 그러다가 언제 다시 드러누울지도 모르니까.' 하며 일어서던 모습도 기억난다.

띠요띠요……. 엘리제를 위하는 초인종 소리가 들린다. 화면을 검게 삼키며 날아오르던 갈까마귀 떼가 마른 억새풀이 널린 강가에 내린다. 텔레비전을 끄고 나는 예의 방범렌즈로 문밖을 주시한다. 소포 꾸러미를 든 사내가 서 있다. 내의 차림이라는 것도 잊고 나는 문을 딴다.

“택뱁니다. 301호 건데 받을 사람이 없어서요. 앞집에 맡겨 놓는다고 연락해 놨습니다. 잘 부탁합니다.”

싹싹하게 군 배달원은 등을 보이자 말자 언제 그랬냐는 듯이 황급히 계단을 내려간다. 소포꾸러미를 쳐다본다. 쇼핑채널에서 보낸 주문품이다. 발송인 란에 ‘기능성 속옷 9종 기획세트’라고 친절히 품목까지 밝혀 주고 있다. 얼마 전에도 택배품을 대신 받아 전해 준 적이 있다. 그 때는 그녀의 남편이 찾아 갔는데 향기 나는 콘돔 세트였다. 콘돔 세트라고 버젓이 광고할 리 없지만 나는 그것을 쉽게 알 수 있었다. 휘파람, 이라는 회사명과 텐텐이라는 상표명이 그것을 말해주고 있었기 때문이다. 임신을 원했던 아내가 콘돔을 약국에서 가져올 리 만무했기 때문에 나는 어쩔 수없이 휘파람을 클릭해 콘돔을 사곤 했다. 라일락, 프리지아 등이 단품이라면 텐텐이라는 상품은 여러 꽃향기가 섞여 있는 제품이었다. 열 가지 향이 나서 그런 이름이 붙었을 수도 있고, 그도 아니면 텐프로급 여성을 상상하라고 그런 이름을 지었을지도 모른다.

앞집 여자는 오전 시간 대부분을 쇼핑채널에 눈을 고정시킨 채 빈둥거릴 것이다. 속옷 광고가 나오면 나이를 속이지 못하고 늘어나는 허리둘레에 놀라, 올인원이니, 롱거들이니, 니퍼니 하는 속옷들의 기능을 완전히 믿기라도 하듯 서둘러 080 번호를 눌러 댈 것이다. 허리선을 조아주는 니퍼를 입은 반라의 앞집 여자가 히아신스 향기가 나는 콘돔을 흔들며 내 앞에 서 있는 환영이 보인다. 아랫도리가 묵직해지며 피톨이 금세 한곳으로 몰린다.

실제로 나는 앞집 여자의 알몸을 본 적이 있다. 앞집 현관문이 열리는 소리가 나면 습관적으로 훔쳐보기를 일삼는 내게 의외로 쉽게 그 기회는 왔다. 여자의 남편이 벨을 눌렀고, 여자가 문을 땄다. 샤워를 막 끝낸 참이었는지 여자는 실오라기 하나 걸치지 않은 채 수건으로 젖은 머리칼을 휙휙 쳐올리고 있었다. 현관문을 미처 닫지 않은 건 그들의 실수였고 여자를 훔쳐 볼 수 있었던 건 나의 행운이었다. 불륜을 전제하지 않고서야 유부남이 어찌 여염집 여자의 알몸을 공짜로 볼 수 있을 것인가. 겨자 깃든 생선초밥을 입에 넣는 것처럼 짜릿한 쾌감이 몰려왔다. 앙뤼 바르뷔스의 소설 '지옥'에도 훔쳐보기로 소일하는 한 남자 이야기가 나온다. 소설 주인공처럼 옆집과 통하는 침실에 벽을 뚫어서라도 한 번쯤은 은밀한 풍경을 훔쳐보고 싶다는 생각을 해본다.

봄날의 나른한 즐거움도 오래 가지는 못한다. 전화벨이 울린다. 대개 이 시간이면 아내가 약국에서 전화를 걸어온다. 하지만 집 나간 아내가 먼저 전화를 걸어올 리 없다. 논문 지도 교수 유 교수의 목소리다. 교단에 선 연륜만큼이나 그의 목소리는 따분함에 절어 있다.

"어제 기고문 실속 있었네. 꽤 반향을 일으켰다나 봐. 편집국장이 술 한 잔 사겠다고 직접 전화까지 한 걸 겨우 거절했다네."

편집국장이 전화했다는 말은 내게 일말의 계면쩍음이라도 느낀다는 뜻을 전할 때 유 교수가 써먹는 말 습관이다. 당신 이름으로 지역 일간지에 낸 기고문을 두고 유 교수는 내게 덕담을 한 것이다. 가끔씩 나는 유 교수의 강제 섞인 부탁으로 신문의 특별 기고나 전문가 칼럼 란의 원고를 대신 쓴다. 원고지 열 장 정도의 신문사 청탁 원고를 쓰고 앉았을 만큼 한가한 사람이 못 되는 유 교수는 그것을 전담할 제자를 찾고 있었기나 한 듯 내가 박사 과정에 등록하자마자 그 일을 전담시켰다. 처음 원고를 부탁하면서 유 교수가 말했다.

"지역사회 개발학 원론에 충실하면서 그때그때 시의에 맞는 뼈대를 입히면 돼. 한 번 써 봐. 고료는 아르바이트 셈치고 자네한테 넘기지."

물론 유 교수의 통장으로 입금된 고료가 내게 한 푼이라도 전해진 적은 없다. 지역사회 개발학의 대가로 알려진 유 교수는 지역 사회 인사들의 동정에 신경을 쓰느라 자질구레한 약속 따위는 기억하지 못한다. 지역사회개발과 자기계발은 별개임을 유 교수에게서 배운 나는 내가 선택한 사회 철학이라는 학문이 가소롭게 보인 적도 있었다. 하지만 유 교수가 상습범이란 사실을 선배들로부터 들었을 때 나는 나의 학문을 조롱하는 일은 그만 두었다. 삼사 년 주기로 청탁 원고 전담이 바뀐다는 사실과 아직 누구도 원고료를 돌려받은 적이 없다는 사실 자체가 사회철학의 화두가 되어주기 때문이다. 계속해서 유 교수의 음성이 수화기를 타고 흐른다.

"토요일까지 지역사회 경기 활성화 방안에 대해서 원고를 주기로 했네. 포괄적인 내용 말고 구체적인 예시를 들어서 써보게. 지역 경제 주체들의 모럴 헤저드도 언급하고 빅딜로 달라진 지역 경제 환경과 새로운 사회 패러다임에 능동적으로 대처하는 방향으로 가닥을 잡으면 될 거야."

'저렇게 좋은 입심으로 직접 원고를 쓰면 오 분도 안 걸리겠구만.'

속으로만 중얼거린 나는 공손을 가장하며 전화를 끊는다. 차라리 매일 이때쯤이면 걸려오던 아내의 전화가 훨씬 인간적이라는 생각을 한다.

점심은 먹었어?

논문은 잘 돼 가? 너무 무리하지 말구.

전자레인지에 넣어 둔 약 일 분만 데워서 마셔.

아침 나팔꽃 같은 아내의 목소리는 언제나 나의 끼니를 걱정하고, 내 건강을 염려하며 내 학문적 성과를 기원한다. 진심어린 아내의 전화가 내겐 올가미로 느껴질 때가 많았다. 언제

끝날 지도 모를 지루한 학위 논문에 대한 압박감과 건강 문제가 겹쳐져 그런 전화조차 피하고 싶었던 게 사실이다. 점심을 꼬박꼬박 챙겨 먹을 만큼 내 식욕은 왕성하지 않다. 영지와 인삼 심지어 녹용까지 넣고 달인 건강보조제를 들이켜도 될 만큼 내 속은 건강하지도 않다. 점심을 드는 둥 마는 둥 하고 나는 논문 자료집 가방 모퉁이에 숨겨 둔 알약을 삼킨다. 아이나, 리팜피신, 에탐푸톨 그리고 영양제. 그 옛날 아버지의 바스락거리던 약봉지에서 익숙히 보아 온 약 이름들이다. 이 약의 대부분은 보건소에서 타왔고 영양제는 아내의 약국에서 몰래 챙겼다.

말하자면 나도 결핵을 앓고 있다. 그 사실을 알게 된 것은 한 달 전쯤이었다. 뜨거운 밥이나 국물을 삼키면 기도가 콱 막히면서 기침이 나왔다. 온몸이 나른해지고 미열이 돋았다. 입맛도 영 내키지 않았다. 예감이 좋지 않아 병원에 들렀더니 결핵 초기라고 했다. 아무래도 논문에 대한 부담감이 컸나 보나. 무표정한 얼굴의 보건소 의사는 의외로 친절하게 말했다.

"가족 중에 환자가 있으면 걸릴 확률이 높아요. 체질적으로 약한 사람이 잘 걸려요. 걱정하지 마세요. 약을 먹기 시작하고 일주일만 지나면 전염력은 없어지니까요. 삼 개월만 꾸준히 약을 드시면 아무 일 없을 겁니다. 위를 자극할 수 있으니 위장약과 영양제를 보충해 드시면 좋겠네요."

아내는 이런 사실을 모른다. 물론 약사인 아내는 그 병에 대해 일반인들이 가지고 있는 선입견, 이를테면 폐병이니 전염병이니 하는 어감들이 주는 거부감에서 자유롭다는 것을 나는 안다. 그럼에도 나는 아내에게 이 하찮은 병명을 들먹이는 데 자유롭지 못할 것이다. 그 병이 아내 사춘기를 추억할 때 당혹스러움의 매개가 된다는 것을 알기 때문이다.

아내는 지금쯤 약국을 지키고 있을 것이다. 입덧을 감추느라 손바닥을 둥글게 말아 양 볼을 마사지하거나, 푸석해진 이마를 간간이 짚어 내리며 고객들의 감기약을 조제하고 있을 것이다. 갑자기 아내에게도 꽉 조인 니퍼나 엉덩이를 올려 주는 거들을 사주고 싶다. 건강한 애기를 낳고 산후 조리가 끝난 아내에게 정말 근사한 속옷 세트를 안겨주고 싶다. 백조처럼 우아하게 날아오르는 아내의 흰 어깻죽지가 보이는 듯하다. 달빛 내리던 첫날 밤, 할로겐 조명 아래서 백목련처럼 하얗게 피어나던 아내의 희디흰 살결이 그립다. 아, 참! 히아신스향 콘돔도 있었지. 그나마 아내가 좋아하던 향인 그 콘돔까지 건네며 살갑게 굴고 싶다.

아내는 웬만해서 집을 나가지는 않았을 것이다. 그날 일도 전적으로 어머니의 무식한 처사 때문이었다. 다짜고짜로 소변타령을 하던 어머니는 아내를 따라다니며 괴롭혔다. 당장이라도 소변을 받아 갈 기세였다. 저녁을 준비하는 도마 앞에서도, 손 씻으러 가는 세면대 앞에서도 어머니는 '소변 나오거든 한

컵만 받아 다오.'를 연발했다. 일회용 종이컵을 아내 앞에 디밀기까지 했다. 아버지에게서 온 전화만 아니었더라도, 아내는 소변을 어머니 앞에 내놓았을지도 모른다. 한 발짝 앞서 어이없는 사람들을 우롱했던 사춘기의 아내를 떠올린다면 충분히 있을 수 있는 일이었다. 빚쟁이처럼 독촉하는 어머니에게 화천리에서 아버지가 전화를 했던 것이다.

"에미 바꿔라."

아버지의 음성은 가래 섞인 쉰 목소리였고 굳어 있었다.

"왜 그러세요, 아버지?"

"너그 엄마 왜 그런다노? 내사 남부끄러워서 몬살겠다. 고모한테 다 들었다. 어디 약 할게 없어서……."

차마 아버지는 말을 잇지 못했다. 숨을 여러 번 고른 아버지가 계속 말했다.

"니 엄마 욕심 때문에 안 그라나. 몸이 좀 좋아졌다 싶으면 나를 못살게 안 하나. 환갑 넘긴 나이에 무슨 영화를 볼 끼라꼬 그카는지 모르겠다."

알 만했다. 어머니는 그 나이에도 아직 욕정을 버리지 못했다. 아버지 병구완 하느라 좋은 시절 다 보내다가 아내의 피로재미를 보는가 싶었는데 재발한 아버지 병 때문에 안달이 났던 것이다. 어머니는 아내의 신체적 특징을 정력제로 확신하고 있는 셈이었다.

여자든 남자든 병적으로 섹스에 집착하는 사람들은 무덤에 들어가는 순간까지 그 감정을 자제하지 못한다고 하더니 어머니가 그 짝이었다. 아버지의 오랜 지병보다 어머니의 욕정이 더 중병처럼 느껴졌다. 젊은 날 바람피우지 않고 – 아니면 몰래 그런 일이 있었는지는 모르지만 – 가정을 지킨 어머니가 신기할 정도였다. 고모도 오랜 세월 어머니를 겪으면서 그런 사실을 알게 됐을 것이다. 급기야 이번 참에 아버지에게 옛날 일까지 일러 바쳐 박복한 당신 과부 생활을 보상 받고 싶었는지도 모른다.

통화를 끝낸 어머니의 노기가 아내를 향했다.

"니가 잘 났으면 얼마나 잘 났노? 오줌 그기 뭐가 그리 대단한 기라고. 내가 이 나이에 애먼 소리까지 들어야겠나? 영감 병 고치려다 화냥년 같단 소리나 듣고, 아이고 억울해라!"

숫제 통곡을 하다못해 어머니는 장식용 도자기를 던지고 냄비뚜껑을 날려버렸다. 아내의 머리채를 쥐어뜯는 어머니를 겨우 말리는 것으로 고부간을 중재하는 내 임무는 끝이 났다. 평상심을 잃고 날뛰는 사람을 보통 사람이 대응한다는 게 얼마나 어려운 일인지 어머니를 겪으면서 알았다. 어머니는 거품을 물듯 제 풀에 쓰러졌다. 옷가지를 챙길 여유도 없이 아내는 급히 내달리는 홍수 물줄기를 피하는 수재민처럼 집을 나갔다.

누군가 대문을 두드린다. 렌즈를 통해 앞집여자임을 알아차린다. 그제야 내의 차림인 것을 의식한 나는 주섬주섬 옷을 챙겨 입고는 대문을 연다.

"우편물 와 있죠? 늦밤에 퇴근하면서 찾을 수는 없고 출근길에 찾으려고요."

시키지도 않은 말을 하면서 앞집여자가 현관문 안으로 들어선다. 눈꺼풀에 힘이 빠진 여자의 입술이 벌어진다. 남자만 보면 접근하고 싶은 직업의식의 연장선상일 것이다. 쇼핑채널에서 구했을 싸구려 브로치 너머 진한 향수 냄새가 피어오른다. 돌진해 올 것만 같은 여자 앞에서 나는 바짝 긴장한다. 방범렌즈를 통해 훔쳐보던 짜릿한 전율은 어디 갔는가. 피톨이 몸 밖으로 달아날 것 같은 은밀한 스릴은 어디 갔는가. 온몸이 뻣뻣하게 굳어온다. 막상 암내를 풍기는 살쾡이처럼 여자가 다가오자 나도 모르게 움찔 뒤로 물러난다.

택배물을 찾으러 왔다는 여자의 말은 미끼에 불과했다. 얇은 새틴 블라우스 안에서 보일락 말락 젖무덤이 출렁거린다. 의도적으로 여자는 앞가슴을 내 쪽으로 들이민다. 다양한 징후의 몸 언어를 연출하며 여자는 자청해서 술집여자 티를 낸다. 단란주점의 고객쯤으로 취급당할 만큼 자존심이 상해서가 아니라, 스스로에 대한 통제권을 풀어버릴 의사가 전혀 없는 상황에서 이런 일이 벌어지는 게 나로서는 불쾌하다. 여자의 의도에 내 육신이 조종당할 수도 있다는 생각에 이르자 오히려 머리가 맑아진다. 잠시, 지폐 몇 장을 꺼내 주며 여자를 능멸해볼까 하는 생각을 해본다. 아버지도 이런 기분이었을까? 여자의 느물거리는 얼굴에 늙고 욕정에 달뜬 어머니 얼굴이 포개진다. 지금 이 시간, 아내는 입덧으로 배를 움켜쥔 채 뒹굴고 있는 건 아닐까? 나는 산뜻하지 못한 여자의 여러 징후들을 애써 외면하며 속옷 세트 꾸러미를 내민다.

"이 우편물 말이시군요. 안 그래도 외출을 해야 되는데 어떡하나 걱정하고 있었어요. 잘 됐네요."

앞집 여자는 자신이 무시당한데 대해 당황하는 빛이 역력하다. 대문을 쾅 닫고 나가 버린다. 문틈을 밀고 들어오는 공기 사이로 '재수 없어!'라는 소리가 실려 온다.

이제 정말 학교 도서관으로 가야겠다고 생각한다. 그때 전화기 진동음이 울린다.

"여기 예술안경원이에요. 약국 옆집……. 급히 대학병원 응급실로 가봐야겠네요. 김 약사가 쓰러졌어요."

나는 올 것이 왔구나, 라고 생각한다. 땅을 박차고 풀잎처럼 아른거리는 먼 우주 속으로 검은 새 한 마리 날아간다. 그 새는 어머, 너무 푸른 하늘……, 속살대며 꿈꾸듯 심연 속을 파고들다가 잠시 날갯짓을 잃어버린다. 새는 속 깊은 뿌리들 움트는 땅 위로 다시 날개를 접어 내린다. 아내가 쓰러지는 게 당연하다. 쓰러진 아내를 일으키는 일이야말로 내가 감당해야할 당연의 의무이다. 애초부터 아내에게 이 여행의 종착역은 나일 수밖에 없지 않은가.

아내는 응급실에 누워 안정을 취하고 있었다. 아내의 상태를 물을 틈도 주지 않고 당직 레지던트는 빠른 말을 내뱉는다. 자신의 의무감을 충분히 수행했음을 건성으로 알린다.

"임신 중이시죠? 태아는 이상이 없구요. 탈수 증세도 있고 빈혈도 왔어요. 충분한 휴식과 안정을 취해야 합니다. 이틀 정도 입원하셔서 태아와 산모를 관찰하는 게 좋겠네요."

나무껍질처럼 마른 아내의 입술이 느리게 움직인다. 옅은 미소가 깃든 아내의 흰 얼굴이 더욱 애처로이 보인다.

"오늘쯤 집에 들어가려고 했는데……. 그리고……."

뭔가를 말하려고 하는 아내가 힘들어 보여 내가 끼어든다.

"나도, 오늘 당신을 데리러 가려고 했어. 당신 볼 면목이 없어서 그냥 기다린 거야."

"다 알고 있어. 혼자만의 시간을 갖고 싶었는데 핑계 좋았지 뭐. 애기가 이상이 없다니까 다행이네."

아내의 하얀 얼굴에 봄 햇살이 와 박힌다. 흰 목련이 피기 시작했을까.

"그리구, 약국 조제실 서랍에 작은 항아리가 있어. 그것 어머님 갖다 드려. 아버님께는 비밀로 하구."

부끄러움으로 내 온 얼굴이 바투 달아오른다. 보지 않아도 거기에 무엇이 들어 있을지 알기 때문이다.

"아무 것도 아냐. 눈에 보이는 것은 아무 것도 아니야. 어머니로선 그럴 수 있잖아. 얼마나 마음으로 단단히 볼 수 있느냐 그것이 중요해."

나는 항아리를 어머니께 드리지 않을 것이다. 많은 생각이 스쳐지나간다. 아버지나 어머니가 지금 중요한 게 아니다. 아내를 지키는 일과 아내의 자궁이라는 항아리에서 자라는 생명의 실체를 보듬는 일이 내가 해야 할 일이라는 걸 알겠다. 최우선의 그 일이야말로 아버지에게는 더없는 명약이 될 것이다. 가만 아내의 아랫배에 손을 얹는다. 내 분신이 든 작은 항아리다. 꼼지락꼼지락 항아리 속에서 물장난을 치는 아기의 순한 얼굴을 상상해본다. 항아리 속에서 나온 물이 넘쳐 아내의 연갈색 눈동자를 적시고 흰 얼굴을 타고 흐른다. 아내가 말한다.

"자꾸 눈물이 나. 근데 이상해. 왜 이리 눈물이 뜨겁지?"

내 가슴께도 뜨겁게 달아오른다. 나는 가만 아내를 끌어안는다. 응급실 창밖으로 목련 가지가 스친다. 흔들리는 가지를 뚫고 하얀 꽃망울이 끓어오른다. 봄이 멀지 않다.

암흑식당

여자가 접시를 핥는다. 게걸스레 내민 혀는 거칠고 날래다. 순식간에 접시가 빈다. 적외선 카메라에 잡힌 피사체는 민첩한 야행성 동물의 움직임을 포착한 것처럼 검푸르게 번뜩인다. 김은 숨을 죽이고 모니터를 주시한다.

여자가 해치운 것은 '캐러필러'이다. 식용 나비 애벌레를 튀긴 것인데, 칠리소스를 끼얹어 야채 등속과 곁들여먹는 요리이다. 암흑식당 메뉴로는 썩 잘 어울릴 거라며 재료 도매상에서 추천해주었다. 절대 미각을 체험하는 데는 그만이죠. 고단백 음식과 야채의 궁합이라고나 할까요? 애벌레 같은 긴 이마주름을 만들며 도매상주인은 말했다. 유럽의 미식가들 사이에서는 이미 고급 요리로 알려진 지 오래라고 했다. 애벌레라. 여자가 그 사실을 안다면 앉은자리에서 토악질을 해댈지도 모른다. 여자의 후각은 언제나 캐러필러 앞에서 가장 먼저 반응한다. 매번 애피타이저로 그것을 선택했다. 디저트로도 차나 커피 대신 캐러필러를 한 접시 더 먹어치울 정도였다.

쉴 새 없이 음식 접시가 컨베이어 벨트 위를 지나간다. 포크와 접시 부딪치는 소리, 중년 남자의 잔기침 소리, 의자 끄는 소리, 구둣발 까딱이는 소리 등이 화면 밖으로 실려 나온다. 어둠을 뚫고 나오는 그 소리는 밝은 곳에서 들을 때보다 훨씬 선명하다. 시각이 배제된 암흑 속에서 인간의 후신경은 극도로 예민해지기 때문이다. 모니터 상이라 청각만 전달되고 후각이 제대로 전달되지 않는 게 유감이라고 김은 생각한다.

쓸 만한 장면을 편집하려면 여간 집중하지 않으면 안 된다. 이 은밀하고도 매혹적인 화면을 확보했다는 것만으로도 절반은 성공이다. 화면 속 여자에게 해를 끼칠 마음은 없다. 회원들은 김의 작업성과를 부러워할 것이다. 작품 제목을 뭐라고 할까. 어둠 속의 진실? 너무 상투적인가.

작업은 거의 막바지 단계에 이르고 있었다. 전화기 진동음이 울린다. 편집기의 일시정지 버튼을 누른 채 김은 손전화기를 든다. 예상대로 카페 운영자인 시숍의 목소리다.

"이번 달이 네 차례인 것 알지? 잘 돼 가?"

"그럭저럭. 빛과 어둠에 대해서 말하고 싶어."

어떤 주제로 접근하는지 물을 게 뻔했기에 김은 선수를 친다.

"그래서 네 사업장을 세트장화 했냐?"

시솝의 목소리에서 호기심과 빈정거림이 함께 묻어나온다.

"눈에 보이는 건 다 헛물이야. 진실을 알려면 어둠을 택할 수밖에!"

선문답을 한 채 김은 화면의 재생 버튼을 누른다.

"십 분짜리니까 상대적으로 완성도는 기대해도 되겠지?"

시솝의 말은 듣기에 따라 부담스러운 것이었다. 하지만 격려성 멘트라는 것을 김은 누구보다 잘 알고 있다. 최근 들어 '인디섬'에서는 이렇다 할 가시적 성과가 없었다. 오히려 한두 명씩 이탈자가 늘어가고 있었다. 인디섬은 아마추어 독립영화 동호인 모임이다. 결성한 지 오 년째인 모임의 분위기는 지리멸렬하기만 했다. 이러다가 흐지부지 모임이 해체되는 건 아닐까 남은 사람들은 걱정하고 있었다. 이쯤해서 누군가가 한 방 터뜨려 준다면 회원들로서는 더 바랄게 없었다.

화면 속 여자의 입 꼬리가 치켜 올라간다. 절대 미각을 경험한 것일까. 드디어 캐러필러의 오묘한 맛을 정복했을까? 김은 자신도 모르게 회심의 미소를 짓는다. 김은 애써 여자의 치켜진 입 꼬리에 의미를 부여한다. 고단백 음식인 캐러필러의 절대 미각은 아무나 경험할 수 있는 게 아니다. 이 역시 암흑 식당 메뉴 개발에 조언을 해 준 재료 도매상이 한 말이다. 빛이 있는 일반 식당이었다면 여자는 결코 애벌레 튀김 따위에 식욕을 느끼진 않을 것이다. 시각이 배제되면 배제될수록 절대 미각은 살아난다. 절대 암흑 속의 절대미각. 김이 내세운 전략은 대성공이었다. 뭔가 새로운 것을 경험하고 싶은 사람들로 언제나 식당 안은 넘쳐났다.

여자는 그동안 김의 적외선 카메라에 가장 많이 잡힌 손님 중 하나이다. 주방 벽면 쪽에 설치한 카메라에 자주 잡혔다. 우연이었겠지만 카메라 렌즈망에 잘 걸리는 위치의 테이블에 앉은 탓이었다. 카메라를 설치한 것은 일급비밀에 속했다. 사장인 김만이 알고 있다. 적외선 카메라는 식당 천장과 주방 벽면, 출입구 등 세 곳에 설치되어 있다. 나쁜 의도로 카메라를 설치한 것은 아니었다. 처음 의도는 만에 하나 있을지도 모를 안전사고에 대한 대비책이었다. 칠흑 같은 어둠 속에서 예기치 않은 변수가 생겼을 때 고객을 보호하기 위한 장치였다.

어느 날 우연히 모니터를 보던 김은 예사롭지 않은 장면을 발견했다. 사람들은 어둠 속에서 대체로 진실했다. 음식을 빨리 먹는 사람, 특정 음식을 탐하는 사람, 아예 식사에는 관심이 없고 동행인의 몸에만 관심 있는 사람도 있었다. 동행인의 허벅지를 더듬다말고 바투 붙어 허겁지겁 섹스에 몰입하는 치들도 있었다. 어둠 속 피사체들에게서는 불허한 것을 탐하는 자의 희열 같은 게 묻어 나왔다. 그곳에서 사람들은 너무 빨리 허위의 가면을 벗어던졌다. 바꾸어 말하면 빛의 세계는 인간에게 다양한 가면을 쓰게 만든다는 것을 의미했다. 김으로서는 신선한 충격이었다. 자신의 취미생활인 단편영화 작업에

이 암흑식당이 좋은 소재가 되리라고는 꿈에도 생각하지 못했다. 김은 고정 카메라 외에 휴대용 줌 렌즈 카메라도 마련했다. 대신 편집한 화면이 대외용은 될 수 없다고 스스로에게 못박았다. 아무리 순수한 의도라 해도 자신의 모습이 카메라에 잡히는 것을 유쾌하게 받아들일 고객은 없다. 김으로서는 조심스러울 수밖에 없다.

여자가 빈 접시를 아래쪽 컨베이어 벨트 위에 놓는다. 수하물을 운반하듯이 컨베이어 벨트는 빈 접시를 주방 개수대까지 옮겨 놓는다. 컨베이어 벨트는 이단으로 되어 있다. 왼쪽에서 오른쪽으로 돌아가는 위쪽에는 빈 접시가 놓여 주방으로 직행하고, 반대로 오른쪽에서 왼쪽으로 돌아가는 아래쪽에는 새 음식들이 주방에서 나온다. 암흑 속에서 손님들의 움직임을 최소화하기 위한 배려에서 이런 방식을 택했다. 뷔페 형식으로 제공되는 음식들은 컨베이어 벨트를 타고 각자의 테이블 앞을 지난다. 음식 접시는 아주 천천히 지나간다. 고객들은 마음에 드는 요리를 자신의 테이블에 내려놓기만 하면 된다. 암흑천지인 이곳에서 요리를 선택하는 기준은 시각이 아니라 단연 후각이다. 만질 수도 볼 수도 없는 요리를 앞에 두고 사람들은 자신이 가진 최대치의 후각을 발휘해서 자율적 선택을 한다.

여자는 목을 쭉 빼고 코를 큼큼거린다. 잽싸게 접시 하나를 자신의 테이블에다 내려놓는다. 만족할만한 냄새를 찾았을까. 여자가 손을 뻗는다. 여자가 고른 접시는 올리브 열매 절임이다. 올리브 병조림은 이곳 암흑식당에서 내놓는 몇 안 되는 특별 요리에 속한다. 스페인 여행에서 검은 톤이 깃든 보랏빛 올리브 맛에 반한 적 있던 김은 현지 아세이뚜나 거래처와 직거래를 텄다. 텁텁한 듯 짭짜름한 그 맛은 입안을 개운하게 헹구는 데는 그만이었다.

'절대 미각의 바다로 항해하고 싶습니까? 암흑식당 세탁선에 승선하세요.' 김이 손수 만든 카피이다. 완벽한 어둠 속의 한 끼 식사를 기대하는 사람들로 식당은 문전성시이다. 그 사실을 모른 채 예약하지 않고 찾아오는 손님들은 허탕을 치기 일쑤였다. 익명을 보장해주는데다, 백퍼센트 예약제로 운영했기 때문에 고객들의 만족도는 컸다. 대부분의 사람들은 가명으로 예약을 했다. 자신을 마음껏 숨기고 싶은 분들은 암흑식당으로 오세요, 이 역시 암흑식당이 은연중에 내세우는 전략이다. 김으로서는 발 빠르게 업종 변경을 하지 않았더라면 아직도 파리 날리는 일식집 신세를 면하지 못했을 것이다.

암흑식당의 원조는 프랑스 파리였다. 어느 날 김은 파리만 날리던 일식집 카운터에 앉아 멍하니 텔레비전을 보고 있었다. 르포 프로그램이었다. 파리 뒷골목 퐁피두센터 근처에 암흑식당이 성업 중이라는 내용이 화면에 떴다. 적외선 카메라로 찍은 식당 안 곳곳이 소개되고 있었다. 특히 어둠 속을 휘젓고 다니는 맹인 웨이터들이 인상적이었다. 김은 무릎을 쳤다. 바로, 저거야. 차별성 없는 일식집보다는 독창적인 암흑식당이 훨씬 나아 보였다. 새로운 것에 목말라 있는 사람들은 어둠이 주는 불편함이 주는 신선한 흡인력에 매력을 느낄 것이라 생각했다. 김은 망설임 없이 파리로 날아갔다. 기본적인 벤치마킹을 하려면 한 번이라도 고객이 되어봐야 할 것 같았다.

파리의 암흑식당 이름은 '뒤땅 뻬르디'였다. 안내해준 지인에 따르면 '잃어버린 시간'이라는 뜻이라 했다. 암흑식당의 본래 취지가 절대미각을 경험하는 것이니 센스 있는 작명이란 생각이 들었다. 암흑식당을 찾는 것이야말로 잃어버린 본연의 맛을 찾는 여행이라고 김은 생각했다.

검은 천막 뒤의 뒤땅 뻬르디 안은 온통 암흑천지였다. 먼지만한 빛조차 허용되지 않는 그곳에서 접시를 더듬고, 음식을 만지고, 냄새를 맡고, 물을 따르고, 냅킨을 챙기는 일은 온몸의 말초신경까지를 동원해야 가능한 일이었다. 포크와 나이프를 식탁에 떨어뜨리는 건 예삿일에 속했고, 그것을 찾기 위해 식탁 위를 더듬다보면 옆 사람의 팔뚝을 만지게 되거나 옆 접시의 샐러드에 손을 담그게도 된다. 온몸의 신경이 오직 내 한 끼의 식사를 위해 가동되는 것이다. 거기엔 남의 눈이 필요치 않았다. 오직 자신을 위한 자신의 오감만이 무장해제 된 채 작동하면 그만이었다. 극한 호기심과 초긴장 상태를 요하지만 그 상태로 오감을 민감하게 열어 놓아야 제대로 먹을 수 있는 곳이었다. 그러면서도 타인을 의식할 필요가 없는 곳이 암흑식당의 마력이었다. 매력적인 사업 아이템이 아닐 수 없었다.

파리에서 돌아온 김은 당장 식당 간판을 바꿔달았다. 뒤땅 빼르디에 첫발을 들였을 때의 느낌 그대로라면 성공할 것 같은 확신이 있었다. 사업자등록 서류에는 암흑식당이라고 되어 있지만 실제 간판을 달 때 김은 어떤 글자도 새기지 않았다. 벽 간판, 입간판 각각엔 다만 배 한 척이 그려져 있을 뿐이다. 검고 낡은 배였다. 식당 간판에 붙기 마련인 대중음식점이니 펍 레스토랑이니 하는 업종 구분조차도 간판엔 새기지 않았다. 심지어 전화번호조차 밝히지 않았다. 일종의 전략이었다. 대신 초기 입소문이 중요했기에 방송사 인맥을 동원했다. 음식 관련 프로그램이 유행이라 그리 어렵지 않게 몇 군데 소개되는 행운까지 따라줬다. 방송을 보지 않았더라도 보잘 것 없는 배 그림 간판만 보고도 호기심 많은 사람들은 암흑식당에 제 발로 찾아 들었다. 예상은 적중했다. 방송이라는 적극적 홍보 전략과 배만 덜렁 그려진 신비 전략 두 마리 토끼를 다 잡은 셈이었다.

암흑식당의 단골들은 이곳을 '세탁선'이라 부른다. 실제로 19세기 파리 센느강 주변에는 낡은 세탁선이 있었다. 가난한 사람들이 모여서 빨래를 하던 빨래터였는데 나중에는 가난한 예술가들의 주거지를 뜻하는 중의적 의미가 붙었다. 암흑식당

개업을 준비할 즈음 김은 우연히 책에서 그것을 읽었다. 세탁선이라는 이름이 마음에 들었다. 김은 적극적으로 홍보를 했다. 누구든지 어둠 속 세탁선에 승선해서 마음과 육체의 때를 씻고 내려갈 수 있기를 바라는 의미라는 것을 손님들에게 설명해주었다. 암흑식당이 결코 가난한 사람들을 위한 공간이 아니었기에 이런 이름이 어울리지 않을 수도 있었다. 하지만 그것이 암흑식당의 영업 전략에 방해요소가 되는 것은 아니었다. 오히려 예술가의 거처니, 마음과 육체의 때니 하는 김의 입담에 넘어가 고객들은 이곳에 오면 자신의 영혼이 한 단계쯤 올라간다고 착각할 정도였다.

더러 온통 검정빛인 간판을 보고 '검은 돛배'라 부르는 이들도 있었다. 하지만 '세탁선'을 앞지를 정도는 아니었다. 세탁선이 마음에 드는군. 이곳에 오면 마치 몸과 마음이 세탁되는 기분인 걸. 어둠 속 식사를 마친 뒤 환한 대기실로 나온 손님 중 누군가 이렇게 떠벌인다면 그 사람은 가면을 쓰고 있다고 보면 틀림없다. 식사 대신 식탁 밑으로 동행자의 종아리를 더듬은 자일수록 그런 말을 할 확률이 높았다. 예약자 명단이 꾸준한 것으로 보아 암흑식당 세탁선의 항해는 당분간은 순조로울 것이다. 머잖아 김은 세탁선 2호점, 3호점을 차례로 내게 될지도 모른다.

이곳에서는 오후 다섯 시, 여덟시 하루 두 차례 정해진 시간에 식사를 할 수 있다. 예약을 마친 손님들은 식사시간 삼십 분 전까지 대기실에 입장해야 한다. 대기실에서 식당 안으로 들어가는 순간 빛의 세계와는 결별이다. 절대 암흑을 방해하는 그 어떤 빛도 허용하지 않는다. 창엔 두꺼운 이중커튼을 친다. 휴대 전화기나 시계 등 발광체는 대기실 개인 사물함에 넣어두어야 한다. 일단 식당 홀 안으로 들어가면 두 시간 동안 나올 수 없다는 것도 암흑식당만의 규칙이다. 문을 여닫는 순간 빛이 새어 들어갈 수도 있기 때문이다.

암흑식당을 찾는 부류는 다양하다. 그가 첫 방문객이라면 호기심어린 눈으로 친구들 틈에 끼어 왔을 것이다. 그가 만일 대기실에서 혼자 어슬렁거린다면 열렬한 단골이거나 얼치기 고객 둘 중 하나일 것이다. 느긋한 자세로 연인의 손을 꼭 잡고 대기하고 있다면 암흑식당의 분위기나 의도를 가장 잘 파악한 부류라고 보면 된다. 김이 관찰한 바로는 진정한 암흑식당의 고수는 연인이거나 싱글이다. 억압적인 관습의 다이너마이트를 터뜨리고 싶은 여성이나, 폭력적인 다수의 결정에 회의하는 직장인, 갑갑한 전통적 개념의 가족이라는 탈을 벗어버리고 싶은 젊은이, 이런 사람들이 암흑식당을 찾는다. 그들에겐 익명을 담보해주는 자유로운 공간이 필요하다.

인간의 욕망은 은밀할수록 솔직해지고 틀어막을수록 대담해진다. 시각의 외피가 있는 한 어느 누구도 솔직해질 수가 없다. 하지만 이곳에서는 솔직한 욕망 따위를 애써 누를 필요가 없다. 원하기만 한다면 진정 오감의 노예가 되어도 좋았다. 평화의 가면을 벗어버리고 싶은 모든 이에게 암흑식당은 안성맞춤이었다.

짱그랑, 여자의 포크가 식당 바닥에 떨어진다. 미끄러운 올리브 열매를 찍어 올리다 놓친 모양이다. 시각이 통제된 식당 안은 청각과 후각과 미각 신경이 최대치로 빛난다. 포크 떨어지는 소리는 밝은 곳보다 훨씬 크게 들린다. 여자는 대기실에서 들은 주의 사항대로 가만 기다린다. 종업원이 다가와 새 포크를 여자에게 가져다준다. 빛 한 줌 없는 어둠 속이라 믿기지 않을 만큼 날랜 걸음이다. 홀 안의 서빙 요원 여섯 명은 모두가 맹인이다. 이 역시 프랑스 원조 암흑식당에서 아이디어를 빌렸다. 여자 셋, 남자 셋인 그들은 각자의 영역에서 정성껏 시중을 든다. 어둠과 밝음의 경계가 없는 그들을 종업원으로 고용한 것은 백번 잘 한 일이었다. 그들은 밝은 것에 익숙한 보통 사람들보다 훨씬 예민한 감각으로 홀 안을 지배했다. 어둠 속에서 그들은 진정한 승리자였다. 눈에 보이는 것이 전부가 아니라는 사실을 그들은 온몸으로 보여주었다. 김으로서는 상업성과 공공성 두 마리 토끼를 다 잡은 셈이다.

얼마 전에도 케이블 방송에서 인터뷰를 해갔다. 물론 김은 홀 안의 식사 장면 촬영은 허락하지 않았다. 암흑식당을 빛 속에 노출시킬 수 없다는 표면적인 이유가 있었지만 김으로서는 자신의 피사체를 인디섬 외에는 그 어떤 곳에도 발표하고 싶지 않았다. 인디섬에도 공개만 할 뿐 그 누구에게도 공유는 허락하지 않을 참이었다. 오직 자신만의 은밀한 테마로 간직할 것이다. 취재 나온 피디의 초점은 색다른 사업으로서의 암흑식당 소개에 있는 게 아니었다. 서빙하는 맹인 웨이터들의 일거수일투족에 더 관심이 있었다. 대중성을 띤 프로그램답지 않은 인간적이고도 철학적인 접근이었다. 아무래도 좋았다.

맹인 웨이터들이 나오는 암흑식당이 방송을 타자 고객은 자연스레 늘어났다. 맹인 도우미가 있다는 자체만으로도 홍보가 되었던 것이다. 안마시술소나 마사지 업소의 종업원이었던 그들도 더할 나위 없는 보람을 느낀다고 했다. 어둠에 익숙한 사람들을 상업적 이익을 위해 고용했을 뿐인데 주변의 평가는 의외로 호의적이었다.

여자가 다시 포크를 집어 든다. 둥근 올리브 열매는 요리조리 포크를 피하기만 한다. 답답한 여자는 숫제 손으로 올리브를 집어 먹는다. 처음엔 한두 개씩 씹으며 씨까지 얌전하게 빼놓더니, 이내 한 줌의 올리브 절임을 입 안 가득 털어 넣는다. 만족한 표정으로 과육을 우걱우걱 씹어댄 여자는 접시 위에 씨를 퉤, 하고 뱉어낸다. 여자 혀의 미뢰들은 칼날처럼 곧추 서 있을 것이다. 모니터를 지켜보던 김은 식욕의 노예가 따로 없다는 생각을 한다. 밝음의 거짓과 어둠의 진실. 적외선 카메라를 통해 암흑식당을 지켜볼 때마다 김은 이런 결론을 얻는다. 본능에 충실한 어둠의 세계야말로 밝음일지도 모른다.

온전한 빛의 세계는 위대함과 추악함이 동시에 살아있다. 하지만 어둠의 진실을 목도한 김에겐 빛의 위대함마저 거짓으로 보일 뿐이다. 여자를 관찰한 이 필름은 십 분짜리로 편집되어 이번 달 인디섬 정기모임에서 단편영화로 발표될 것이다. 만족할 만한 필름을 얻기 위해 김은 다시금 집중한다. 침체되어 가는 모임을 위해서라도 신선한 자극이 필요하다.

여자는 신신알미늄에 근무한다. 알루미늄이란 정확한 낱말이 있는데도 사장은 발음하기 쉽다는 이유로 '알미늄'이란 말을 고집했다. 거래처에서 걸려온 전화를 받을 때 네, 신신알루, 까지만 말했는데 여자의 발음이 꼬이기 시작했다. 처음 몇 번은 계속 그랬다. 지켜보던 사장이 견딜 수 없다는 듯이 말했다. 알루미늄을 고집하니까 그렇지. 그냥 알미늄으로 가! 알루미늄을 버리고 알미늄을 취한 다음부터 신기하게도 발음은 꼬이지 않았다.

신신알미늄은 하루 종일 있어도 사람 구경조차 하기 힘든 외곽지에 있었다. 알루미늄 창호 자재 중간 판매상과 설치업을 겸한 그곳은 넓은 야적장이 필요했다. 해서 땅값이 덜한 외곽에 자리를 잡을 수밖에 없었다. 현장 기사와 사장인 남자는 늘 밖으로 돌았다. 사무실 안은 여자 혼자 근무하기엔 넓었다. 주변 풍광만큼이나 여자의 삶은 신산하고 황량했다. 여자의 눈빛은 뭔가에 쫓기는 사람처럼 날로 움푹해져갔다. 여자는 하루 종일 야적장 안쪽 사무실에서 전화를 받거나 전표를 정리한다. 공사 현장이나 소매상에서 주문이 들어오면 배송 업체와 연결을 해주는 것이 주된 업무이다. 단순하고 무료한, 전혀 창의적이지 않은 이 일에서 쉽게 벗어날 수 없는 자신을 보면 부아가 치밀곤 한다. 더 나은 일거리를 찾아보지 않은 것은 아니지만 기회는 좀처럼 오지 않는다.

오후에 여자는 사무실 밖을 내다보고 있었다. 눈이 내리고 있었다. 현장으로 팔려나갈 알루미늄 프레임들이 눈 속에 묻혀있다. 라디오에서는 삼월 하순의 눈으로는 육십 년만이라고 호들갑을 떨었다. 눈이 십여 센티 이상 쌓일지도 모르니 퇴근을 서두르는 게 좋을 것이라는 충고도 잊지 않았다. 눈 구경하기 힘든 이곳에서는 드문 일이었다.

사장은 점심때가 지나서 출근했다. 저렇게 게으른데도 풍족함을 누릴 수 있다는 사실이 여자로서는 견딜 수 없다. 사장은 여자의 인사를 받는 둥 마는 둥 의자에 털썩 몸을 뉜다. ㄱ 역자로 꺾인 사장과 여자의 책상 두 개는 제법 떨어져있다. 사장은 여자가 정리해둔 장부 결재에는 관심조차 두지 않는다. 책상 위에는 결재할 서류보다 더 높이 플레이보이, 허슬캣, 꽃커튼 따위의 도색잡지가 쌓여있다. 아무래도 좋다. 여자는 미뤄진 석 달 치의 월급만 받을 수 있다면 이 암흑천지엔 다시는 오지 않을 것이라 다짐한다.

컴퓨터를 켠 사장은 모니터 앞으로 얼굴을 깊숙이 묻는다.

몇 분이 지났을까? 치지직, 아주 작게 뭔가 긁히는 소리가 난다. 지퍼 내리는 소리다. 엑셀로 출납 장부를 정리하던 여자는 미간을 찌푸렸다. 또 그 짓거리이다. 책상 밑으로 드러난 남자의 다리에서 경련이 인다. 두 책상이 서로 꺾인 상태로 놓여있기 때문에 사장의 모니터를 여자가 볼 수는 없다. 하지만 안 봐도 어떤 화면인지 알겠다. 여자의 존재 따위는 안중에도 없다. 여자는 매번 자신의 존재감이 무시되는 것이 견딜 수가 없다. 하지만 그런 감정을 표현할 필요는 없다. 어떤 식이든 반응을 기다리는 게 저런 부류들이 원하는 바이니까. 사장은 여학생들만 다니는 골목을 지키는 바바리맨 같은 환자일는지도 모른다. 아닌 척 하지만 누군가 자신을 의식하거나 지켜보고 있다고 생각할 때만 쾌감을 느끼는 족속. 사장이 중증 환자라는 결론에 이르자 분노보다는 연민이 인다. 이 암흑 같은 소굴에서 벗어나고 싶다, 여자는 마른 침을 삼킨다. 창밖에는 늦 삼월의 눈이 은빛으로 빛나고 있었다. 저 눈부신 세상을 곁에 두고 이런 암담한 신세라니. 엑셀 작업 화면을 내리고 여자는 '어둠의 자식들' 사이트에 접속한다. 신세 한탄도 할 겸 몇 자의 글줄을 게시판에다 올린다.

방금, 맞은 편 책상에서 사장이란 놈이 동영상을 보면서 그 짓을 해요. 지퍼 내리는 소리도 이제 자장가처럼 들릴 때도 됐는데 아직 적응이 안 되나 봐요. 여자는 어둠의 자식들 회원들에게 현장 생중계를 한다. 절정에 다다랐는지 사장의 표정이

이지러진다. 사장은 다급하게 팔을 뻗어 책상 위의 휴지를 찾는다. 나른한 만족감에 취한 사장은 손에 묻은 찐득한 휴지조각을 천천히 문지르기 시작한다. 사장의 휴지통에서는 언제나 비린내가 났다. 여자의 하소연에 댓글들이 순식간에 달린다. 거시기를 잘라버려, 그놈 책상을 앞으로 확 당겨버려요, 왜 그러구 사니, 당장 그 회사 때려 치워, 여자는 다시 답글을 올린다. 밀린 석 달 치 월급만 받으면 이 생활 끝낼 거예요. 억울해서 그냥은 안 돼요.

눈이 마주치자 사장은 비열한 눈웃음을 흘긴다. 니까짓 게 별 수 있어, 라는 무언의 폭력이다. 수치심 때문에 여자는 이가 갈린다. 여자는 애써 담담한 표정을 짓는다. 일주일 안에 밀린 월급을 준다는 약속을 믿을 수는 없지만 버텨보기로 한다. 만에 하나 그 때도 약속을 지키지 않는다면 무슨 짓을 할지도 모른다고 스스로에게 다짐한다. 여자는 이제 눈에 보이는 모든 것은 믿지 않기로 한다. 시각적인 것이 얼마나 위선인가를 여자는 깨닫는다. 사장은 한 두 시간 뒤에 자신의 유희 종목을 바꿀 것이다. 낮 시간 동안 하릴없는 인간들이 드나드는 고스톱 사이트나 육두문자가 난무하는 사이버 정치 게시판을 들락거릴 것이다.

여자는 언젠가부터 허기가 찼다. 개미새끼 한 마리 지나지 않는 사무실에 앉아 있으면 금세 배가 고파왔다. 허허벌판인 사무실 근처에는 피자 가게나 통닭집 하나 보이지 않았다. 그

흔한 싸구려 김밥 체인점조차 생겨나지 않았다. 여자는 이 갑갑한 상황을 벗어나고만 싶다. 하지만 밀린 석 달 치 월급을 받기 전에는 절대 떠날 수 없다고 다짐한다. 으휴, 중세야, 중세! 내 인생의 암흑기라구! 친구들이 근황을 물어오면 여자는 전화기에다 대고 이렇게 발악했다. 여자는 점점 어둠의 친구가 되어 가고 있었다. 어둠의 여신이 있다면 자신을 제일 먼저 초대해줄 것이라 믿었다. 거래처에서 울리는 전화벨소리조차 잠잠한 날이면 여자는 견딜 수가 없다. 그나마 인터넷 서핑이 위안이 되었다. 그 때 알게 된 것이 어둠의 자식들이란 카페이다. 스스로 어둠의 친구라고 생각하는 사람들이 모여들었다. 회원들은 각자 얼마나 어둡고 침울한 하루를 보냈는지를 게시판에다 쏟아낸다. 그곳에서 암흑식당이 있다는 것도 알게 되었다. 어둠 속에서 오히려 밝음을 느낄 수 있을지도 모른다고 회원들이 부추겼던 것이다.

미각의 진수를 느끼고 싶습니까? 세탁선에 오르세요. 어둠 속 한 끼 식사는 몸과 마음의 때까지 말끔히 벗겨드릴 것입니다. 처음 식당을 소개하는 문구를 봤을 때 여자는 절로 호기심이 생겼다. 누추함에 비례해 늘어나던 식탐을 견디지 못한 여자는 사장의 지갑에 손을 대기 시작했다. 암흑식당 입장료가 필요했다. 석 달 치 월급을 미룬 자에게 하는 복수치고는 매우 소박했다.

여자에게 줄 월급만 없을 뿐이지 두툼한 사장의 지갑은 언제나 사장다웠다. 옷걸이에 아무렇게나 걸려있는 사장의 윗도리에 손을 대면서 여자는 될 수 있으면 죄책감 같은 건 갖지 않으려고 했다. 그런 감정을 느낄 필요가 없는 상대에게는 그것도 사치라고 생각했다. 자신의 부도덕한 행위를 비열한 인간에 대한 최소한의 응징이나 경고쯤으로 자위할 참이었다. 그나마 여자는 원칙을 지키기로 했다. 암흑식당을 이용할 수 있는 만큼의 돈만 꺼내기로. 한 끼 식사비 삼만 원과 차비 만 원 정도를 넘기지는 않겠다고 결심했다. 사장은 여자의 손버릇을 전혀 눈치 채지 못했다. 저급하고도 본능적인 것에만 오감이 발달한 사장은 모니터 앞에 코를 박고 있기도 바빠 자신의 푼돈이 없어지는 것까지는 미처 신경 쓰지 못했다.

신라면 하나만 끓여 봐. 아직 남은 휴지 찌꺼기를 손끝으로 밀어내며 사장이 말한다. 증오와 모멸감을 참으며 여자는 냄비를 찾는다. 정작 끓는 냄비 속에 넣어야 할 것은 라면이 아니라 저 비린내 나는 손끝이라고 여자는 생각한다. 제대로 씻지 않은 양은냄비는 온통 시꺼멓다. 간이 싱크대를 열고 라면을 꺼낸다. 여자는 끓지도 않은 물에 풍덩, 라면을 집어넣는다. 라면이 끓는 동안 여자는 다시 창밖을 내다본다. 야적장 담벼락 배롱나무 위에 함박눈이 쌓였다. 나뭇가지 위의 눈은 그 부피감의 실체가 확연히 드러나, 대지에 펼쳐진 눈보다 훨씬 구체적이다. 변함없는 일상에 넌더리가 난 여자는 저 배롱

나무 위에 쌓인 눈처럼, 위태해서 오히려 경이로운 생이 자신에게도 펼쳐졌으면 좋겠다고 상상해본다. 북풍이 불어오는지 배롱나무 줄기가 휘청거린다. 금세 가지에 쌓인 눈의 일부가 무너져 내린다. 여자의 가슴 한 쪽에도 알싸한 무언가가 내려앉는다.

자재실에서 돌아오면서 여자는 창문 바깥 쪽, 소복이 쌓인 눈 속에 버려진 라면발을 보았다. 재고물품 장부를 정리하고 화장실을 다녀오는 동안 여자는 사장의 라면에 대해서 까맣게 잊고 있었다. 먹다 남은 라면을 창밖으로 아무렇게나 던져버린 채 사장은 소파에 널브러져 낮잠을 즐기고 있었다. 야적장 흰 대지 위에 버려진 라면은 태풍의 눈처럼 움푹하게 드러나 있다. 폐쇄된 공간에서 먹을 것이라곤 없었고, 여자는 허기가 찼다. 도시락조차 싸오지 않은 여자는 도저히 참을 수가 없었다. 그렇다고 사장이 보는 앞에서 라면을 끓여먹기는 싫다. 여자는 버려진 라면을 맨손으로 집어 든다. 주위를 한 번 둘러본 여자는 허겁지겁 그것을 먹어 치운다. 눈 속에 버려진, 불어터지고 언 라면은 더 이상 라면이 아니다. 여자의 눈가엔 핑그르르 눈물이 고인다. 사장은 여전히 소파에 널브러져 깊은 낮잠에 빠져있을 터였다. 눈구덩이 속에 처박힌 라면을 주워 먹는 21세기 사람이라니. 여자는 아린 속을 쓸어내린다.

저녁식사 손님들이 하나 둘 대기실로 들어온다. 이곳에서 소지품을 정리하고, 주의사항을 듣고 난 뒤 식당 홀로 들어가게 되어 있다. 구석진 자리에 여자가 앉아있다. 김은 적잖이 놀란다. 일행이 있다. 사십대의 사내다. 그동안 식당을 찾을 때마다 여자는 혼자였다. 사내는 왜 자신이 여기 왔는지 모르겠다는 듯 연신 궁싯거린다. 하지만 얼굴에 나타나는 호기심만은 감출 수가 없다. 대기실에서 홀로 향하는 입구에는 검고 두꺼운 커튼이 드리워져 있다. 저 커튼을 통과하면 불빛 한 점 기다리지 않는 절대 암흑을 만날 수 있다.

"모든 소지품은 두고 입장하세요."

홀 입장 시간이 되자 김이 직접 나선다.

"시계도 안 되나요?"

궁금증을 참지 못하는 사람이 묻는다.

"그럼요. 절대 미각을 위해서 빛을 버리셔야 합니다. 그 어떤 발광체도 안 됩니다. 물론 시간을 잊는 것도 좋지요."

김은 다시금 주위를 환기시킨다. 손님들은 우선 외투를 벗어 옷걸이에 건다. 핸드백이나 안경, 야광시계, 핸드폰 등을 차례로 바구니에 담아 사물함에다 넣는다. 어떤 남자는 아예 구두나 양말까지 벗어버린다. 그런 사람은 만일 이곳 규정이 대중탕처럼 옷을 완전히 벗고 입장하는 것이라 해도 개의치 않을 것이다.

"절대미각과 암흑식당과 무슨 연관이 있다는 거죠?"

양말까지 벗어던진 이가 묻는다.

"백문이불여일견. 경험해봐야 압니다. 시각이 절대 미각을 해친다는 것만 말씀드리지요. 더러 예민한 사람은 맛의 오르가즘에 이르게 되죠."

모두들 기차놀이 대열을 만든다. 앞사람의 어깨에다 손을 얹고 조심조심 어둠의 터널 속으로 들어간다. 주문에 이끌리듯 동심의 세계로, 마법의 세계로 잠입한다. 맹인 서빙 도우미들이 고객 하나하나를 차례차례 정해진 자리까지 안내해준다. 그들은 자신의 안방처럼 홀 안을 훤히 꿰뚫고 있다. 신은 시각 잃은 그들에게 후각과 촉각 그리고 청각의 최대치를 선물로 주었던 것이다. 그런 점에서 그들은 위대한 존재들이다. 맹인 웨이터들의 숙련된 코와 손과 귀는 어둠 속 입장객들이 느끼는 불안과 두려움과 공포를 어느 정도 완화시켜준다. 슬쩍 풍기는 아가씨의 샴푸냄새, 한 번 짚어본 사내의 어깨 넓이, 수다를 떠는 아줌마의 음색 등은 그들이 고객의 테이블을 정확히 기억하고 서빙하는 데 유용한 정보가 되어주었다. 냄새만으로 음식의 종류를 구별하는 것이나, 촉각으로 접시의 쓰임새를 정하는 것, 청각으로 서빙을 요구하는 손님의 테이블 방향을 알아맞히는 것은 그들에게 무척 자연스런 일이다. 안마사나 침술사보다는 자부심을 가져도 좋을 직업인 것만은 분명하다.

모두들 제 자리에 앉는다. 빈대나 벼룩만한 빛조차 스며들지 않는다. 완벽한 어둠이요, 더할 나위없는 자유다. 밝음 혹은 빛의 정돈된 질서. 그것은 견뎌내야만 하는 위선이거나 파괴하고픈 위악일터였다. 방만하고도 두려운 자유를 꿈꾸는 자에겐 암흑식당보다 나은 유희는 없다.

어둠 속 홀 안을 가장 먼저 지배하는 것은 소리이다. 칠흑 같은 어둠 속에서 사람들은 어색함과 두려움을 잊기 위해 옆 사람에게 말을 건다. 견딜만한 이 소요의 시간은 이곳이 사람이 살아 숨 쉬는 공간이라는 것을 일깨워준다. 소리가 익숙해질 즈음 그 소리는 서서히 냄새 속으로 빨려 들어간다. 본격적인 만찬이 시작되는 것이다. 생선구이의 후추 냄새, 생강빵 냄새, 달팽이 요리에서 나는 오래된 소금냄새까지 완벽하게 살아남아 후각을 자극하기 시작한다. 이 때 예민한 사람이라면 후각과 미각이 일맥상통한다는 것을 인정하게 된다. 태풍전야처럼 고요한 냄새의 황홀경을 타고 손님들은 곧추 일어선 미뢰의 항해를 시작하는 것이다. 가장 완벽한 오감인 후각을 카메라에 담지 못한다는 것이 김으로서는 안타깝다. 하지만 후각이 전해주는 오묘하고 섬세한 표정을 지켜보는 것만으로도 특별한 경험이라고 자위한다.

음식 테이블이 오른쪽으로 돌아간다. 김은 여자에게 카메라를 고정시킨다. 좀 더 완벽한 편집을 위해선 아직 많은 필름이 필요하다. 대기실에서 여자를 발견한 후 김은 주방 쪽 카메라를 여자에게 돌려 배치했다. 검은 영혼의 눈. 김은 자신의 적외선 카메라, 모델명 프레쉬다크니스 9090을 그렇게 부른다. 눈동자를 숨긴 채, 자신의 의지와는 상관없이 프레쉬다크니스

9090은 암흑식당 이곳저곳을 훑을 것이다. 장식용 계피나뭇잎이 있는 접시, 알라딘 물병과 장미꽃이 그려진 냅킨, 아무렇게나 버려진 식탁 위의 남은 음식들, 어둠 속 널브러진 풍광만큼이나 솔직해진 사람들의 표정을 담아낼 것이다. 그 중 90퍼센트는 없어질 화면이다. 시솝의 말처럼 흡인력 있는 몇 컷만 살아남아 한 편의 다큐멘터리가 되어줄 것이다.

여자가 예의 캐러필러를 게걸스레 먹는 동안, 동행한 사내는 테이블 밑에서 자신의 손목을 흔들어댄다. 희미한 화면인데도 아주 오래된 습관처럼 사내는 자신의 세계에 빠져있다. 게걸스런 여자와 자신만의 유희에 탐닉하는 사내, 가면을 벗어버린 생의 단면이란 이런 것일 거라고 김은 생각한다. 어디 흡인력 있는 화면 없어? 꿍쳐놓은 작품 있으면 풀어 봐. 미심쩍음이 깔린 시솝의 독촉에 이 진솔한 화면은 답이 되어줄 것이다. 시솝은 자신이 주인장으로 있는 동안은 인디섬을 그럴듯한 독립영화 사이트로 키우고 싶어 했다. 김으로서는 시솝의 기대를 저버리고 싶지는 않다.

찰싹, 여자가 사내의 맨살을 두드린다. 사내는 숫제 아랫도리를 벗어 내린 것 같다. 모니터를 보다말고 테이블 밑에 감춰둔 검은 영혼의 눈을 홀 안으로 들이댄다. 그럴 리는 없겠지만 렌즈 빛이 여자와 사내에게 들키지 않도록 김은 매우 조심한다. 사내는 분명 암흑식당 그 완벽한 자유 속으로 들어오는 순간에는 신사답게 입장했을 것이다. 어둠이 주는 익명의 자유는 인간의 감정을 무장해제 시키고, 과장하고 싶은 본능을 부추긴다. 김은 이것을 파멸이나 폐허로 생각하지 않는다. 오히려 에너지의 신생으로 생각한다. 고객들도 그런 생각일 거라고 믿는다.

마음을 바꿨는지 카메라와 모니터에 비친 여자는 사내에게 최선을 다한다. 희미한 렌즈 속의 여자는 관능적이면서도 침착한 데가 있다. 김은 빠른 시간 안에 여자의 표정을 읽는다. 어둠 속 렌즈를 통해 관찰하는 피사체였지만 부드러움 속에 발견되는 여자의 냉담은 관찰자인 남자를 아프게 한다. 재바르고 미묘한 움직임 속에서 알 수 없는 슬픔이 묻어나온다. 세상에 대한 허기의 관능 같은 것이 느껴진다. 김은 집착처럼 화면에 몰입하고, 여자는 체념처럼 숫제 남자와 뒤엉킨다. 여자의 낯빛이 돌아온다. 상대에 대한 혐오와 자기연민이 동시에 묻어나는 얼굴이다. 여자는 어떻게 하든 밀린 월급을 받아야 했다. 좀 더 다급했던 여자가 타협안으로 내놓은 것이 암흑식당이었다. 이 특이하고 흥분된 제안을 받아들인 사장은 군말 없이 여자에게 밀린 월급을 지불했다.

볼일이 끝난 여자는 예의 캐러필러를 먹기 시작한다. 이런 것쯤은 김으로서는 충분히 예상한 것들이다. 시각적인 현상으로 보면 추악한 단면들도 어둠 속이라면 솔직한 욕망이 될 뿐이라고 김은 생각한다. 무궁무진한 날 것의 실체들은 다큐

작가가 꿈이었던 김의 욕구를 어느 정도 만족시켜준다. 카메라에 잡힌 어둠 속 실체는 독처럼 치명적이고 꽃처럼 아름답다고 생각한다.

김은 카메라 렌즈와 모니터를 잭으로 연결한다. 최종 편집 작업만 남았다. 화면을 주시하던 김은 피로를 느낀다. 암흑식당 여러 화면 중 여자에다 초점을 맞출 작정이다. 예외 없이 시솝에게서 전화가 걸려온다. 마감 하루 남았어. 빨리 올리고 눈 구경이나 가자. 밖에 엄청난 눈이 내려. 삼월의 눈 치고는 폭설이야. 시솝의 목소리는 달떠 있다. 김은 창밖을 내다보았다. 며칠 소강상태를 보이던 눈이 다시 내리고 있었다. 시솝도 나만큼 피로할 것이다. 한 달째 작품에 굶주린 인디섬 회원들도 내심 새로운 화면을 기대하고 있을 것이다. 그들을 실망 시키지 않기 위해서라도 김은 모니터에 집중한다.

여자가 무언가를 캐러필러 사이에 흩뿌린다. 놀란 김은 눈을 동그랗게 뜬다. 테이블의 위치 상 후추나 연겨자를 집어든 것 같다. 독약 같은 치명적인 것이 아니라서 다행이라고 김은 생각한다. 그것이 성에 차지 않는지 여자는 접시에다 코를 박고 조심스레 침을 뱉는다. 자신의 캐러필러를 골고루 뒤섞은 여자는 사내의 접시에다 오염된 그것을 덜어준다. 의외의 광경을 발견한 기쁨에 김의 손길이 바빠진다.

적외선 카메라이기 때문에 더 밝은 화면을 건질 수도 없는

데 괜히 모니터의 밝기 메뉴 버튼을 누른다. 손이 버튼에서 떨어지는가 싶었는데 갑자기 화면이 지지직거린다. 이내 조명 꺼진 무대처럼 암전 상태가 되고 만다. 뭐가 잘못 됐을까. 김은 당황하기 시작한다. 도대체 원인을 알 수 없다. 전원에 불이 깜박이는 걸로 보아 모니터에 문제가 있는 것 같지는 않다. 카메라 자체에 문제가 있는 걸까. 전 단계 버튼을 눌러도 재생 버튼을 눌러도 카메라는 반응을 하지 않는다. 원래부터 카메라에 잡힌 여자의 실체 따위는 있지도 않았던 것처럼 화면은 여전히 암흑 상태이다.

이러다 십 분짜리 다큐멘터리가 허사가 되는 건 아닐까. 극심한 피로가 몰려온다. 김은 잠시 눈을 감는다. 일기예보대로라면 밖에는 초봄 눈이 내리고 있을 것이다. 삼월 들어 십 센티가 넘는 눈이 벌써 세 번째다. 그 와중에 시숍에게서는 계속 문자가 날아든다.

빨리 화면 올리시길. 작품명, 암흑식당.

라요하네의 우산

칼힐calm hill이라는 호텔 이름이 무색할 정도로 시끄러웠다. 종소리 때문이었다. 뎅그렁뎅그렁 어찌나 울려대는지 잠을 제대로 청할 수가 없었다. 가까운 곳에 성당이 있는 모양이었다. 종소리는 정각에도 울렸고 삼십 분에도 울렸다. 규칙도 패턴도 없는 소리 같았다. 가슴을 저미는 은은한 종소리는 노랫말이나 영화 속에서나 가능한 일이었다. 여행객에게 라요하네의 종소리는 시간을 알리는 기능도 영혼을 구제하는 구실도 하지 못했다. 단잠을 방해하는 소음일 뿐이었다.

커튼 사이로 부윰한 새벽빛이 스몄다. 지미는 뒤척이던 몸을 일으켰다. 침대 모퉁이에 앉은 채로 창을 조금 열었다. 종소리 잠시 멎은 자리에 금세 바람이 들어찼다. 창문이 가볍게 흔들렸다. 멀고 가까운 곳에서 서걱서걱 나뭇잎 부딪는 소리가 들렸다. 구월 중순이었다. 가이드의 말대로 라요하네엔 벌써 가을이 깊어가는 모양이었다.

라요하네보다 더 나은 힐링처는 없을 거예요. 패키지 상품을 안내하던 여행사 여직원의 상냥한 목소리가 맥놀이처럼 귓전에 울렸다. 곧장 숙소인 캄힐로 들어와 짐을 푼 터라 아직 바깥 풍광에 대해 확신할 순 없지만, 만약 이 여행을 잘못 선택했다고 생각하는 순간이 온다면 그것은 순전히 저 종소리 때문일 거라고 지미는 생각했다.

뒤척인 건 옆 침대의 샌드리도 마찬가지였다. 룸메이트인 샌드리는 종소리가 들릴 때마다 아악, 으음, 휴우 등의 짧은 신음 소리를 내곤 했다. 잠이 깬 샌드리를 확인한 지미가 전등 스위치를 켰다. 지미 쪽을 향해 모로 누운 샌드리는 이불깃을 꽉 쥔 채 미간을 찌푸리고 있었다. 공항에서 처음 만났을 때, 대책 없이 털털하게만 보이던 그녀가 아니었다. 뭔가를 깊이 참는 표정이었다.

"미안, 시끄럽게 해서."

평정한 얼굴빛을 되찾으며 샌드리가 말했다.

"괜찮아요? 무슨 일 있어요?"

"아니. 종소리, 저 종소리……."

그렇지. 망할 놈의 종소리. 그렇다고 저토록 괴로워할 일은 아닌데. 예민한 데가 있는 샌드리라고 지미는 미루어 짐작했다.

“근데, 지미, 말 좀 편하게 하자. 여행 와서까지 예의 차릴 필요는 없잖아.”

여행과 예의가 무슨 상관이 있나. 지미는 그런 생각이 들었다. 우린 같은 나이잖아, 그럼 친구지. 새로운 사람 만나 서로 알아가고 뭐 이러려고 떠나온 거 아냐. 여행사에서 내건 컨셉이 뭐야? 라요하네에서 빨강 우산을 찾으세요, 이거잖아. 빨강 우산이 뭐 별 건가. 추억 많이 쌓고 한껏 웃는 거, 그거 아냐. 자신만의 여행론을 설파하는 샌드리의 목소리에 악의 따위는 섞여 있지 않았다. 다만 옳긴 하지만 진부한 그 얘기에 지미는 온전히 동조하고 싶은 마음은 없었다.

지미의 여행 콘셉트는 명료했다. 그 어떤 장미꽃도 길들이지 않기, 그 무엇과도 관계 맺지 않기. 냉정한 듯 덤덤한 지미에게 썩 어울리는 여행법이었다. 잦은 길들임과 번잡한 교류는 밥벌이용 현장만으로도 충분했다. 지미는 늘 사람들에 둘러 싸여 있었다. 장애인 단체 관련 일을 하는데 작게는 장애우 보살피는 것부터 크게는 단체 예산 집행하는 일까지 한시도 사람 곁에 머물지 않은 적이 없었다. 낯선 여행지에서만이라도 혼자이고 싶었다. 그것이 지미가 원하는 빨강 우산이었다.

자칭 프리랜서 프로그래머인 남편은 혼자 일할 때가 많았다. 지미는 그것이 부러웠다. 혼자만의 프로그래밍을 너무 즐긴 탓일까. 정신 줄 놓은 남편은 육 개월 전부터 교도소 신세다. 프로젝트를 수행하면서 잘못된 꼬임에 넘어간 모양이었다. 공금횡령에다 사기죄까지 연루되었다. 횡령했다는 돈은 지미로선 구경조차 한 적이 없었고, 사기죄의 내막조차 지미로서는 알 길이 없었다. 혼자 일하는 사람다운 처신이었다. 그건 지미에게 위안도 배려도 되지 못했다. 얼마 전부터 지미는 접견 거부를 당했다. 면회 신청서를 쓴 뒤 대기실에서 기다릴 때 접견 거부라는 담당자의 말을 전해들을 때 지미는 모욕감을 느꼈다. 누가 누구를 거부해야 할 상황인지 판단이 서지 않았다. 내리 세 번을 퇴짜 맞고 나자 정신이 퍼뜩 들었다. 할 만큼 했다는 생각이었다. 감정이나 사랑은 노력으로 되는 게 아니었다. 그냥 그 자체로 설명할 수 없는 심연이었다. 지미를 거부한 자리에 남편은 새 접견자를 앉혔다. 마지막 면회 때 남편은 출소하면 그 여자와 살겠노라고 당당하게 선언했다. 머리도 식힐 겸 정리도 할 겸 지미는 라요하네 팀에 합류했다.

공항에서 처음 만났을 때부터 샌드리는 적극적이었다.

"정지미 씨?"

지미는 집결지 구역에서 일행을 기다리고 있었다. 여행사에서 내준 이름표를 트렁크에 붙이고 있는데 샌드리가 그 이름표를 보고 알은척을 했다. 가이드가 서로를 소개하기도 전이었다. 안내 메일과 여행사와의 통화를 통해 룸메이트의 이름과 나이 정도는 알고 있었다.

"네. 혹시 이사규 씬가요?"

지미가 덤덤하게 대꾸했다.

"반갑다, 친구야! 동갑이라고 여행사에서 들었어. 말 놔도 되지? 우린 친구니까."

샌드리가 지미의 양손을 덥석 잡았다. 너무 급작스런 일이라 지미는 저도 모르게 손을 슬며시 뺐다.

"하이고, 친구야, 뭐가 어색해? 빨리 친해져야 재미있게 다니지. 우린 친구잖아."

처음 본 사람에게 예의로 떠는 호들갑이라 해도 과하다 싶었다. '훅 들어온다'는 표현에 걸맞은 샌드리의 거침없는 행보에 지미는 당황했다. 짧은 순간이었지만 샌드리의 손은 작고 따뜻했다. 누군가의 손을 맞잡아 본 적이 언제였던가. 짧고 뭉툭한 손가락, 두껍고 거친 손바닥. 지미는 콤플렉스 덩어리인 제 손을 누군가에게 쉽게 내민 적이 없었다.

샌드리의 행색은 남달랐다. 중간 크기의 숄더백을 왼쪽어깨에서 오른쪽으로 크로스로 메고 있었는데, 왼쪽 손에는 신주머니 모양의 감색 가방을 들고 있었다. 모서리에 각이 잡힌 딱딱한 육면체 보조 가방이었다. 바퀴 달린 여행용 가방은 들고 있지 않았다. 일주일 치 여행 가방 치고는 작다 싶은 꾸러미였다. 컬이 남아 있는 퍼머 머리칼을 중간 가르마를 타서 갈래머리로 땋아 내렸다. 검은 교복에 흰 칼라를 덧대 입던 시절의 여고생 헤어스타일이었는데, 어찌나 좌우대칭이 잘 맞는지 얼굴 쪽만 보면 데칼코마니 그림을 보는 것 같았다. 가슴 쪽 주머니가 좌우로 배치된 청자켓 아래로 검은색 통바지를 입었는데 하체에 살이 없어 바지가 겉도는 느낌이었다. 생뚱맞은 조합은 신발도 예외가 아니었다. 자신의 발보다는 한두 치수는 커 보이는 뭉툭한 회색 샌들을 신었는데, 금세 발이 샌들에서 미끄러져 내릴 것만 같았다.

룸메이트이자 여행 파트너가 된 샌드리는 첫날부터 '친구'를 강조했다. 대책 없이 호의적인 샌드리의 진솔함이 지미는 부담스러웠다. 저 죄 없는 친절이 남편의 것이라면 얼마나 좋을까. 이런 생각만 들었을 뿐 상대의 털털함이나 상냥함조차 피로로 느낄 만큼 지미는 지쳐 있었다. 지미에게 필요한 건 단순한 유머나 쌈박한 일탈이었다. 저토록 고지식하고 친절한 오지랖은 아니었다. 그냥 내버려두기가 되지 않는 선한 사람 샌드리가 곁에 있는 한 제멋대로인 여행, 이기적인 여행은 글렀구나 하고 지미는 생각했다. 참하면 지루하고, 오지랖이 넓으면 성가시다. 힐링이 목적인 여행에서는 적당한 무심함이 최고의 미덕인 것을. 영어가 서툴고 비용이 많이 든다는 이유로 자유 여행을 선택하지 않은 것을 지미는 후회했다.

샌드리의 이름은 이사규이다. 오얏 리, 모래 사, 헤아릴 규. 모래를 헤아리듯 섬세한 결로 사람을 대하라는 의미라고 했다. 자신이 그렇게 해석할 뿐 실제 그런 뜻으로 지어진 이름은 아닌 것 같다고 했다. 헤아릴 규, 자를 돌림자로 쓰는 집안인데 온갖 '규'가 붙는 이름 중 하나인 사규가 우연히 자신의 이름이 되었을 뿐이라고 했다. 일가친척 중 평범한 형규, 윤규를 지나 누규, 역규까지 있을 정도니 사규라는 이름은 그나마 어감이 좋은 편에 속한다고 했다. 첫날 숙소로 오는 버스 안, 각자 소개 시간에 샌드리가 그렇게 말했다. 샌드리라는 닉네임도 그 와중에 알게 되었다.

"제 별명은 샌드리예요. 샌드리! 여행하는 동안 다들 그렇게 불러도 좋아요."

모래란 의미의 '샌드'에다, 성 씨인 '리'를 뒤에 붙여 영어학원에서 그렇게 불렀다고 했다.

"그게 아니고 샌들 신어서 샌드리 아녜요?"

율리아 남편이 유머러스하게 받아쳤다.

"것도 맞아요. 무지외반증이 있어서 운동화나 구두를 못 신거든요."

샌드리의 대답에 다들 웃으며 고개를 끄덕였다.

율리아 부부와 스물여섯 살인 딸 혜교는 지미와 샌드리의 테이블 파트너였다. 누가 정해준 것은 아니었다. 첫날 밥을 먹으면서 우연히 그렇게 앉은 뒤부터는 다섯 명이 자연스레 한 팀이 되었다. 여행 멤버는 모두 열다섯 명이었다. 같은 성당에서 피정 차 온 멤버가 여섯 명, 부부가 세 쌍, 그 중 한 쌍이 이십대 중반 딸인 혜교와 함께 온 율리아 부부였다. 나머지 각자 온 두 명이 지미와 샌드리였다. 동유럽 모처에 숨은 마을 라요하네. 그다지 알려지지 않은 작은 마을을 여행지로 선택하게 된 것은 행운이었다. 이곳 현지 출신인 남편 따라 십여 년간 이 마을에서 이민자 생활을 했던 여행사 팀장이 특별 한정판으로 기획한 상품이었다. 오가는 비행기 하루씩을 뺀 나머지 닷새를 오롯이 라요하네에서 보내기로 짜인 여행이었다. 단기 힐링 상품으로는 그만이라고 지미는 생각했다.

라요하네 들판에 히스꽃이 만발했다. 정확히 히스인지 아닌지는 알 길이 없었다. 거칠고 푸른 잔잎 사이로 진분홍 꽃대가 몰려서 피어나고 있었다. 지미는 공원처럼 꾸며진 들판 벤치에 앉았다. 스마트폰 검색창에다 '히스꽃 9월'이라고 쳐보았다. 봄에 주로 피는 꽃이지만 종에 따라 구월과 시월에도 꽃이 핀다고 되어 있었다. 폭풍의 언덕을 맨발로 쏘다니던 캐서린과 히스클리프를 상징하는 꽃. 지리적으로는 그곳과 먼 곳이지만, 폭풍의 언덕을 감쌌던 히스 덤불을 라요하네 들판으로 옮겨 놓은 것 같았다. 울창하게 꽃대를 밀어내는 히스꽃 무리에서 지미는 히스클리프의 체취를 맡기라도 하듯 지그시 눈을 감아 보기도 했다. 어쩐지 라요하네의 음울한 구름, 매서워진 바람마저 폭풍의 언덕을 닮아 있는 것만 같았다.

율리아가 딸과 함께 히스꽃 무더기를 배경으로 사진을 찍고 있었다. 일행 중 유일한 젊은이인 혜교는 싹싹하고 발랄했다. 거기에 어울리게 패션 센스 또한 넘버원이었다. 히스꽃을 배경으로 한 혜교는 흰색 주름치마에 왼쪽 어깨선이 파인 언밸런스 티셔츠를 입고 있었다. 가슴에 쭉 곧은 사이프러스 나무가 박힌 비대칭 흰색 티셔츠였다. 발등에 구멍이 숭숭 뚫린 흰색 부츠까지 여행객으로서도 젊은이로서도 잘 어울리는 아이템이었다.

율리아네 아저씨는 지미 바로 옆 벤치에 커다란 수건을 깔고 있었다. 사진을 찍고 온 모녀가 앉을 자리를 마련하는 중이었다. 아내와 딸을 위해 차가워진 벤치를 데우는 남자. 끔찍이도 가족을 위하는 아저씨였다. 다들 율리아네 모녀를 부러워했다. 지미도 율리아가 부러웠다. 갇혀 있는 주제에 당당하게 자신을 밀어내기까지 하는 남편과 너무나 대조되는 그림이었다.

히스꽃 우물 안에서 율리아 모녀의 포즈는 해사했다. 그때 무엇을 발견했는지 샌드리가 빠른 걸음으로 모녀 곁으로 다가갔다. 씩씩거리며 호흡까지 가빠졌다. 덤불을 헤치고 혜교 곁에 바짝 붙은 샌드리는 한쪽 어깨 아래로 흘러내린 혜교의 티셔츠를 난폭하다 싶을 정도로 목선 위까지 끌어당겼다. 몇 차례 같은 동작을 계속했다. 갑작스런 일이었다. 남의 몸에 손을 대가면서까지 타인의 패션 취향을 간섭하다니, 누가 봐도 무례한 짓이었다.

"뭐예요?"

셔츠 목선을 가다듬으며 혜교가 정색을 했다.

"옷이 자꾸 흘러내리기에……."

샌드리 얼굴이 벌게졌다. 묘한 긴장감이 흘렀다.

"목선이 좌우가 맞아야 하는데……."

샌드리는 뒷말을 흐렸다. 뭔가에 쫓기는 듯했다. 벤치에서 지켜보던 율리아네 아저씨가 쫓아갔다.

"샌드리 씨 장난이 심하네."

점잖게 경고성 멘트를 날리고 있었지만 표정은 굳어 있었다. 그 누가 되었든 가족에게 해코지 하면 가만두지 않겠다는 결연함이 서려 있는 낯빛이었다. 지미도 이게 뭐지, 하는 기분이 들었다. 그러고 보니 약간 이상하긴 했다. 첫날밤부터 종소리에 지나치게 민감하게 반응하던 일이며, 어색한 헤어스타일과 우스꽝스런 샌들, 과장된 털털함. 아무 것도 신경 쓰고 싶지 않은 지미 마음에 모래주머니가 내려앉는 기분이었다.

"그게 아니고, 티셔츠 목이 자꾸 한 쪽으로 쏠리기에……."

샌드리가 변명했다. 샌드리답지 않게 주눅 든 목소리였다.

"이 옷은 원래 그렇게 입는 거예요."

상황을 이해할 수 없는 혜교는 눈을 멀뚱거리며 율리아를 쳐다봤다. 어른 앞에 함부로 나설 수도 없고 엄마의 도움을 요청하는 눈치였다.

"미안해요. 나쁜 뜻이거나 간섭하려고 한 건 아니에요."

샌드리가 혜교에게서 물러나며 말했다.

"알았어. 괜찮아. 점심 먹고 갈아입으라고 할게."

율리아가 동생을 달래듯 샌드리를 향해 그렇게 말했다. 급작스레 벌어진 일인데도 당황하지 않고 너그러운 자세를 취하는 율리아가 의아하기만 했다. 무슨 눈치라도 챈 것일까.

라요하네 마을은 호수가 마을보다 컸다. 굵고 곧은 자작나무와 아직 잎이 떨어지지 않은 은사시나무가 호수를 낀 먼 산등성이를 휘감고 있었다. 가까운 호숫가에는 대나무와 사이프러스나무가 번갈아 가며 병풍처럼 박혀 있었는데 그 속으로 크고 작은 물고기들이 물살을 가르며 헤엄치고 있었다. 호숫가를 따라 끝없이 이어지던 산책로, 그 길에서 잠시 멈추고 바라보던 호수안의 고요. 투명한 물속에서 헤엄치던 크고 작은 물고기 떼. 힐링을 위한 장소로는 더할 나위 없는 곳이었다. 호수 한 바퀴를 돌아 지미와 샌드리는 벤치에 앉았다. 머뭇거리듯 샌드리가 귓속말을 걸어왔다.

"왜 귀걸이를 한 쪽만 해?"

"네? ……."

지미는 무슨 말을 해야 할지 떠오르지 않았다. 귀걸이를 한쪽만 하든, 두 쪽을 다하든 그게 무슨 대순가 싶었다. 무엇보다 그 말이 귓속말 감인가 싶었다. 잘못된 행동을 해서 몰래 충고를 듣는 느낌이어서 썩 유쾌하지는 않았다. 아침에 호수로 나서면서 한쪽만 귀걸이를 하고 나왔다. 곧장 그 사실조차 잊을 정도로 작은 일탈로 여기고 낀 것이었다. 열쇠 모양을 변형한,

달랑거리는 귀걸이는 원래부터 한쪽만 하는 거였다. 한때 한쪽만 하는 귀걸이가 유행한 적이 있었다. 같은 모양의 다른 한쪽은 핸드폰 장식용 액세서리로 활용되었는데 귀걸이보다 크기가 좀 더 컸다. 세트이긴 했지만, 핸드폰용 액세서리는 잊어버렸고 귀걸이용만 남아 지금껏 애용하고 있었다.

"한쪽 귀걸이도 마저 해줘. 그것도 아니면 귀걸이를 빼든지."

불안한 눈빛으로 샌드리가 말했다.

"이건 한 쪽만 하는 귀걸인데……."

지미는 대수롭지 않게 대꾸했다. 멀리 호수 아래로 떨어지는 폭포수를 바라보았다. 샌드리의 눈길을 피하고 싶었다. 귀걸이처럼 하찮은 이야기로 시간을 낭비하고 싶지 않았다. 하지만 지미의 예상은 빗나갔다.

"두 쪽 다 할 수 없으면 하지 않으면 되잖아."

샌드리는 귀걸이 이야기를 계속할 모양이었다.

"왜 귀걸이가 샌드리 잡아먹으려고 해요?"

농담 섞인 비아냥을 담아 지미가 되물었다. 처음부터 말을 놓으며 친근하게 다가오는 것도 어색하기만 했는데, 이제 남의 사생활까지 관장하려든다니. 남은 일정을 어떻게 소화해야 하나. 지미는 아찔해졌다. 같이 있을 때마다 이런 점검을 받아야 한다면 차라리 혼자가 낫다고 생각했다. 혜교의 티셔츠 패션을 간섭했을 때 율리아가 대범하게 넘어간 것이 잘못이라는 생각이 들었다. 그때 정색을 하며 경고했더라면 지금 상황까지 연결되지 않았을 거라는 생각이 들었다.

"근데 왜 자꾸 남의 일에 집착을 해요? 어제 티셔츠도 그렇고, 내 귀걸이도 그렇고."

"간섭이 아니라 내 마음에서……."

샌드리는 말을 잇지 못했다. 손가락을 폈다 접었다 하며 불안한 기색이 역력했다.

"뭐 숨기는 거 있어요?"

불안한 눈빛을 보니 뭔가 이상한 생각이 들었다. 그렇다고 지미로서는 심각하게 물은 건 아니었다. 몇 번을 망설인 끝에 샌드리가 말을 꺼냈다.

"실은 강박증이 있어."

샌드리의 음성이 떨렸다.

"강박이라니, 어떤……?"

그때까지도 지미는 샌드리의 말이 무슨 뜻인지 이해하지 못했다.

"좌우가 비대칭이거나 짝이 맞지 않으면 힘이 들어."

처음 들어보는 이야기라 지미는 믿어지지가 않았다.

"그런 것도 있어요? 어떻게 힘들어요?"

"짝이 안 맞거나 대칭이 안 맞는 걸 보면 어떻게 해서든 맞춰야 한다는 생각에 머릿속이 복잡해져."

제 의도대로 되지 않으면 가슴이 쿵쾅거리고 호흡이 빨라진다고 했다. 사람이든 물건이든 움직이거나 달랑거리는 것이 짝이 안 맞을 땐 참을 수 없다고 했다. 납득이 되는 상황이면 괜찮은데, 그게 아닌 경우 본능적으로 마음이 거부한다고 했다. 그걸 극복하기 위해 이번 여행도 감행한 거라고 했다. 꾸준히 치료와 상담을 받아 많이 좋아진 거라고 했다. 상담사의 권유로 나 홀로 여행까지 감행하게 되었다고 했다. 사람들과 부대끼며 많은 걸 보고 느끼다 보면 호전될 거라고 상담사가 얘기했다고 했다. 지미의 귀걸이가 한쪽만 달랑거리니 거기에만 온 신경이 집중되어 아무 것도 할 수 없다고 했다. 가이드의 설명도 호수 풍광도 눈에 들어오지 않는다고 했다. 그랬구나. 그간의 샌드리 행동과 말이 대충 이해가 되었다. 데칼코마니처럼 딱 갈라놓은 헤어스타일도 이해가 되고, 양손을 덥석 잡고 놓지 않으려던 그 상황도 이해가 되었다.

"짝수병이라고 들어봤어?"

"아니. 그건 또 무슨 소리예요?"

"흔히 그렇게 불러. 짝이 맞아야 하는 나 같은 강박증. 그렇다고 환자는 아니야."

지미는 혼자만의 여행은 이제 물 건너갔다고 생각했다. 그러고 보니 라요하네 일정 첫날부터 샌드리에게 이상한 점이 있긴 했다. 라요하네 성 입구, 성 곳곳을 찍은 사진을 바닥에 깔아놓고 집시가 호객을 했다. 샌드리는 바닥의 그 사진을 임의로 제 식으로 이리저리 옮겼다. 지미는 샌드리가 그 사진들을 비교하고 구경한 끝에 사려는가 싶었다. 한데 사진 배열을 끝낸 샌드리는 입가에 미소를 띈 채 그대로 일어섰다. 집시가 샌드리와 나를 잡았다. 집시의 표정에는 물건을 만졌으니 사라는 겁박이 담겨 있었다. 그때 샌드리가 혼잣소리처럼 말했다.

"성 모양이 같은 것끼리 짝 맞춰 놓은 것뿐인데……."

지미는 그때는 샌드리가 무슨 소리를 하는지 몰랐다. 왜 사지도 않을 거면서 남의 물건에 손을 대는가 그 생각만 했다. 다행히 가이드가 나서서 중재하는 바람에 해결이 되긴 했다. 이제 생각하니 그 상황이 이해가 되었다. 각기 다른 모양으로 배열되어 있는 성채의 사진을 될 수 있는 한 좌우 균형이 맞는 걸로 맞추어 놓은 것이었다. 그렇게 해야 한다는 생각이 든 이상 스스로 견딜 수 없는 모양이었다.

목이 마른 지미는 벤치에서 일어났다. 시골마을인 라요하네까지 진출한 집시는 알록달록한 팔찌를 내밀며 손목에 끼우려고 했다. 라요하네가 단순한 시골마을이 아니라 서서히 관광지로 탈바꿈 되어 가는 모양이었다. 손목에 팔찌를 걸치는 순간 시중가의 다섯 배는 덤터기 쓰게 되니 절대 눈을 맞추지 말라는 가이드의 말을 되새겼다. 집시를 외면한 채 난전에서 레몬 띄운 콜라 두 잔을 샀다. 라요하네에서는 어딜 가나 콜라를 사면 레몬을 띄워줬다. 벤치로 돌아온 지미는 왼쪽 귀에 걸린 귀걸이를 빼 보조가방 안주머니에 넣었다.

"미안해. 성가시게 해서."

샌드리는 지쳐 있었다. 산에서부터 밀려온 오후 안개가 호수 주변으로 몰려들고 있었다.

"아버지는 평생 술주정뱅이였어. 지금도 그래."

샌드리는 작정하고 자기 얘기를 하고 싶은 모양이었다.

"그게 뭐 별건가요? 우리 아버진 평생 허세로만 살다 가신 걸요."

"근데, 자꾸 높임말 쓸 거야?"

톤을 높이며 샌드리가 눈을 흘겼다.

"알았어……. 힘들겠구나."

무장해제한 샌드리 앞에 지미도 아무 말이나 할 수 있을 것 같았다. 지미의 아버지는 남들에게만 좋고, 가족에겐 무심한 사람이었다. 지미로서는 그런 아버지가 싫어 남편을 만났는데 아버지보다 더한 남편을 만난 자책에 시달리곤 했다.

"저 언덕에 은사시나무 보이지? 저 나무를 보면 그날의 아버지가 떠올라. 엄마도."

샌드리의 말에 지미의 시선이 자연스레 호수 산책길 너머를 향했다. 산등성이마다 은사시나무 군락이 펼쳐져 있었다.

"어릴 때 엄마가 한쪽 다리를 잃었어."

"그랬구나. 힘들었겠네."

"돌아가신 지 오래 됐어."

샌드리의 부모는 목재상을 했다. 영세한 가내수공업이었

다. 은사시나무와 포플러나무가 원재료인 가공품을 만들었다. 어느 날 술을 마신 아버지가 지게차를 몰았다. 엄마가 잘라놓은 은사시나무 목재를 창고로 옮기다가 지게차로 엄마를 치었다. 실수치곤 치명적인 실수였다. 순식간에 엄마의 왼쪽 종아리가 와이어에 엮여버렸다. 너덜너덜해진 엄마 다리에서 피가 솟았다. 엄마는 그대로 쓰러졌다. 술기운에 넋이 나간 아버지는 한참 동안 횡설수설하기만 했다. 아무런 조치를 취하지 못했다. 혼절한 엄마는 방치되었고, 죽기 직전에서야 이웃에 발견되었다. 골든타임만 지켰더라면 절단된 다리를 접합할 수 있었다. 종아리 아래 십오 센티가 날아갔다. 샌드리 다섯 살 때였다. 어렴풋하지만 그 상황이 어떤 의미인지는 샌드리도 알았다. 피범벅이 된 엄마 바짓가랑이를 부여잡고 엄마, 엄마만을 외쳤던 그 시간의 의미를. 아버지가 놓아버린 검은 바닥 같던 시간의 의미를. 제대로 치료 받지 못한 엄마는 우울증이 온 데다 암까지 덮쳐 사 년 만에 돌아가셨다. 그 이후 샌드리에게 강박증이 생겼다. 더 이상 뭔가를 놓치지 않기 위해서는 짝이 맞고 아귀가 맞아야 했다.

샌드리가 초등학교 저학년 때였다. 어떤 이유인지는 모르지만 다리를 저는 친구가 같은 반에 있었다. 대개 그렇듯 그 친구는 왕따를 당했다.

“친구가 되어 주겠다고 내가 먼저 말했어.”

당연히 그래야했지 않겠냐는 표정으로 샌드리가 동의를 구했다. 그 순간에 다리 잃은 엄마를 떠올렸다는 것을 알아달라는 뜻 같았다.

"어린 나이에 감당이 됐어?"

지미가 물었다.

"친구가 되어 주는 건 힘들지 않았어. 같이 왕따가 되면 되니까."

"그럼 뭐가 힘들었어?"

"그 아이의 다리를 원래대로 해주고 싶다는 생각……."

하루에도 몇 번씩 그 친구의 다리가 좌우 똑같아지기를 기도했다. 엄마가 곁을 떠났듯이 친구도 그렇게 잃게 될까 두려웠다. 엄마 곁에 있으면서도 도움을 못 줬기 때문에 엄마를 잃었다는 죄책감과 아버지에 대한 분노가 뒤섞였다. 그것이 강박관념이 된 것 같다고 했다. 짝이 맞지 않으면 불안하고, 좌우 대칭이 어긋나면 초조해지는 마음병이 생긴 것이다. 고정된 것에는 그런 느낌이 덜한데, 움직이는 것, 흔들리는 것, 변화가 있는 것 등을 만나면 강박이 심해진다고 했다. 그 중 아버지에 대한 분노 조절이 가장 힘들다고 했다. 아버지를 용서하지 못하는 자신이 두렵다고 했다. 겉보기와 달리 모래알 같은 내면의 섬세함이 샌드리를 힘들게 했을까. 보통 때의 털털하고 오지랖 넓은 모습과 대조적인 샌드리의 속내를 알고 나니 지미는 착 가라앉는 기분이 되었다. 샌드리의 거침없는 친화력은 자신의 내면을 감추기 위한 몸짓일지도 모른다는 생각이 들었다.

"중학교 땐가, 자기 앞의 생 있지, 에밀 아자르 소설."

콜라 속 레몬을 혀끝으로 밀어내며 샌드리가 말했다.

"읽은 적은 있어. 근데 자세히 기억나지는 않아."

"거기에 모모의 우산이 나와. 걔 이름이 아르튀르야. 외다리로 펄럭이는 어릿광대 인형, 모모의 파트너지. 그 장면에서 많이 울었어. 엄마 생각에……."

"그 장면이라면 기억나. 아르튀르는 모모의 분신과도 같으니."

지미는 모모의 우산 인형을 떠올렸다. 우산 아르튀르와 함께 모모는 파리 거리에서 공연을 하며 용돈을 벌었다. 우산대가 하나 밖에 없으니 지지대가 없는 쪽 바짓가랑이 한 쪽은 펄럭거릴 수밖에 없었다. 그 모습에서 샌드리는 엄마를 떠올렸다. 균형 맞지 않는 그 장면이 괴로워 호흡이 가빠지고 가슴이 답답해지곤 한 모양이었다.

"마지막 장면에 어딘가 놓고 온 아르튀르를 모모를 대신해 누군가 찾으러 나서는데, 그게 누군지 생각 안 나. 다들 착한 등장인물들만 나오니 누군들 상관없지만……. 근데, 모모는 로자 아줌마와 우산 아르튀르 중 누굴 더 사랑했을까?"

기억을 더듬어도 자세한 내용이 기억나지 않아 지미는 잠자코 있었다.

"로자 아줌마를 사랑한 모모 이야기니까 로자일 수도 있지만, 난 아르튀르라고 생각해."

"어째서?"

지미가 샌드리의 말에 장단을 맞추듯 물었다.

"로자 아줌마는 죽고, 아르튀르는 죽지 않아도 되니까."

유한생명에 대한 사랑보다 일개 사물에 대한 사랑이 덜 아프다는 뜻일까. 아니면 사랑의 본질이야말로 범우주적이니 로자 아줌마가 곧 아르튀르라는 뜻일까. 지미는 샌드리의 말을 제 식으로 해석하려 애써보았다. 다른 건 몰라도 모모에게 아르튀르라는 우산이 필요했듯 사람마다 자신만의 우산이 필요하다는 생각이 들었다.

이튿날 저녁 숙소 캄힐에서 샌드리는 또 한 번 흥분했다. 발작을 일으키기 직전까지 갔다. 이번엔 스탠드가 문제였다. 침실 양쪽에 스탠드 조명등이 서 있었다. 사람 키보다 더 크게 세워진 조명등이었다. 조명등 한쪽에 불이 들어오지 않았다. 좌우 균형이 맞지 않다는 그 사실을 인지한 순간 샌드리에게 힘든 시간이 찾아왔다. 샌드리는 줄로 된 스위치를 껐다 켰다 반복했다. 주 조명이라 그것을 켜지 않으면 실내등만으로는 어두컴컴했다. 샌드리의 표정이 이지러졌다. 으윽, 억지로 참는 소리가 들렸다.

"왜 그래, 참아 봐요."

심각해지는 샌드리를 보니 지미는 절로 존댓말이 나왔다.

샌드리의 안색을 살폈다. 혼자만의 여행을 즐기겠다는 마음을 버린 지는 오래였다.

"견디기 힘들어."

샌드리는 발을 구르며 괴로워했다.

"스탠드는 움직이는 것도 아닌데 덜하지 않을까?"

어떻게든 샌드리를 안정시키고 싶었다.

"스위치 줄이 계속 흔들대잖아. 그것만 눈에 보여."

"그럼 뒤로 잠깐 돌아서 봐."

샌드리가 스탠드를 등지고 있는 동안 지미는 버튼 줄을 고정시켰다.

"가이드에게 연락 좀 해줄래? 밤새 저 등만 생각하면 잠을 못 이룰 것 같애."

"어차피 종소리 때문에 잠을 못 자잖아."

와중에 지미는 농담을 건넸다. 처음보다는 나아졌지만 종소리가 잠을 방해하는 건 여전했다.

"그냥 스탠드 끄고 화장실 조명으로 견뎌보자."

지미는 스탠드 조명을 꺼버렸다. 어둑했지만 못 견딜 정도는 아니었다. 조금 있으니 성당 종소리가 들려왔다. 성당은 캄힐에서 백 미터도 떨어지지 않은 가까운 언덕에 있었다. 종소리가 크게 들릴 수밖에 없었다. 샌드리도 평정심을 찾았는지 더 이상 신음소리 같은 건 내지 않았다.

"참, 종소리 규칙 알아냈어. 이제 종소리 때문에 잠을 못 잘 일은 없을 거야."

침대 속으로 파고들며 샌드리가 말했다. 어쩐지 의기양양해진 것 같았다.

"그래? 다행이네. 어떤 규칙인데?"

"어제 라요하네 성당 안을 둘러봤었잖아."

성당의 미사 안내판을 봤다고 했다. 아침 열시 반, 저녁 일곱 시 반, 새벽 다섯 시 반이 미사시간이라고 했다. 미사 시간을 알리는 종소리는 길게 세 번 울린다고 했다.

"첫날 힘들었던 건, 저 길게 울리는 세 번의 종소리 의미를 몰랐기 때문이야. 홀수로 울리는 데다, 왜 정시도 아닌 그 시간에, 하필이면 세 번을 울리는지 해결이 되지 않으니 심장이 조여오고 숨을 쉴 수가 없었지. 생각보다 훨씬 괴로웠어."

"덕분에 맘 편히 자게 됐네. 그럼 나머지 시도 때도 울리는 소린?"

"종소리는 매 시간마다 울려. 짝수 시간일 때는 네 번, 홀수 시간 일 때는 다섯 번. 대신 미사시간을 알리는 세 번의 종소리에 비해 짧은 인터벌이라 여운이 덜해."

"강박증이 나쁜 것만은 아니네. 문제 해결력이 뛰어나다는 점에선."

지미가 맞장구를 쳤다.

"오늘밤 검증해봐. 정말 그런지."

기분이 좋아졌는지 샌드리는 방귀까지 붕붕 뀌며 잠을 청했다. 샌드리의 말이 맞았다. 규칙을 모르고 들을 때는 소음처럼 들렸는데, 내막을 알고 들으니 종소리도 한결 다사롭게 들렸다. 샌드리를 몰랐을 때는 피하고 싶었지만, 알게 될수록 이해하게 되는 것과 같았다.

금세 잠들지 못한 지미는 스마트폰에서 좌우 대칭 강박 증후군이라고 쳐보았다. 그런 의학용어나 심리학 용어는 없었고, '시메트리symmetry 증후군'이라는 말이 나왔다. 샌드리가 앓고 있는 증세와 같았다. 좌우 균형이 맞지 않거나 짝이 맞지 않는 데서 생기는 강박관념을 일컫는 용어였다.

"지미, 자?"

"아니, 샌드리 너야말로 자는 줄 알았는데."

"종소리가 음악처럼 들려. 감상 좀 해줘야지."

"그러고 보니 소음도 음악처럼 들리네. 근데 난방도 안 되는데 양말 신어야 하는 거 아냐?"

이불 밖으로 삐죽 나온 샌드리의 발을 보고 지미가 말했다. 어두워서 무지외반증이 있는지 어쩐지는 알 수 없었다.

"양말을 잘 신지 못해. 와이어에 감기던 엄마의 양말이 떠올라."

샌드리는 한겨울에도 결코 양말을 신지 않는다고 했다. 발가락이 보이고 발이 보여야 안심이 되고 살아있는 느낌이 든다고 했다. 양말에 발이 숨겨지면 와이어에 빨려드는 느낌이고, 한쪽 다리가 잘리는 느낌이라고 했다. 무지외반증이라는 건 핑계이고 샌드리가 샌들을 신는 진정한 이유가 여기에 있는 것 같았다.

"그 느낌 알 것 같아. 힘들었겠다."

"동정하진 마. 좌우 대칭 앓이 하는 사람들 제법 있어. 그랜드 부다페스트 호텔이란 영활 본 적 있어. 감독 이름은 기억 안 나는데 그 감독도 좌우 대칭 엄청 신경 쓰는 것 같아. 그건 병은 아냐. 그냥 강박증이지."

자꾸만 병이 아니라는 샌드리의 말이 지미는 오히려 걸렸다.

"그런 장면 보면 마음이 편안해져. 일부러 찾아보는 걸. 나와 같은 사람이 있구나 싶어서."

"어떨 때 힘들어?"

"옛날이 떠오를 때. 어릴 때였어. 교실 창밖에 커다란 히말라야시다 나무가 있었어. 수업 중에 창밖을 내다보는데 나뭇가지가 좌우 대칭이 안 맞는 거야. 태풍에 한쪽 가지가 부러졌었나 봐. 한 번 집착하면 딴 생각을 못 하거든. 수업 중인데 미친 듯이 밖으로 뛰쳐나갔어."

가지를 도로 붙일 수는 없고, 남은 가지를 떼어내야 균형이 맞는데, 나무는 높고 커서 오를 수도 없었다. 가슴엔 불이 차오르고 괴로운 마음에 나무 둥치에다 머리를 짓이겼다. 바람에 흔들리는 히말라야시다 가지를 보며 샌드리는 해가 지도록 울었다고 했다.

지미는 여행자로서 좋은 이웃은 못되었다. 사교적이지만 이기적인 자신을 인정하고 나니 샌드리에 대한 의무감에서 조금 해방되는 것도 같았다. 그것은 샌드리를 이해하는 것과는 별개의 문제였다. 호의나 친절은 풀어놓는 순간 지속성을 요구한다. 계속하지 않으면 상대는 변했다고 생각하고 서운함을 느낀다. 자칫 예민한 상대를 만나기라도 한다면 도덕적 노예가 되기 십상이었다. 따라서 내면을 힐링하려는 자는 섣불리 제 패를 다 내어놓아서는 곤란하다. 힐링하기도 전에 자신과 상대를 킬링하게 될지도 몰랐다. 거친 내면과 불안을 지탱한 채 힐링 마당에 나선 제 모습 역시 샌드리와 다를 바 없었다. 스스로 안쓰러웠고 남편을 생각하면 부아가 끓었다. 산 자와 죽은 자의 거리만큼 공허하고 허망한 인연을 왜 이리 쉽게 끊지 못하나. 라요하네를 떠날 때까지 답을 얻을 수 있을까. 지미는 밤새 그 생각에 시달렸다.

반면에 율리아는 스스로 좋은 사람으로 우뚝 서보였다. 사십대 초반인 지미와 샌드리에 비해 스무 살은 많은 왕언니였다. 뭐든 챙기기를 좋아하는 큰언니 같았다. 물컵을 건넨다든가, 음식 접시를 양보한다든가, 초콜릿 간식을 나눠준다든가 등 사소한 것에서부터 타인을 배려하는 마음이 내면화된 사람 같았다. 된 사람이니 남편까지 잘 만나는 복을 얻었구나, 하는 부러움이 일 정도였다. 사람을 곧이곧대로 신뢰하는, 꼬인 데가 없는 멋진 여행 파트너였다. 이런 율리아답게 샌드리의 좋은 이웃 역할은 율리아가 대신해주었다.

마지막 날 종탑에 올랐다. 샌드리, 지미, 율리아 셋이 함께였다. 티셔츠 사건 이후 율리아는 샌드리를 딸처럼 챙겼다. 어렴풋하게나마 샌드리가 보통 사람과는 다른 상황이라는 것을 눈치 챈 것 같았다. 샌드리에게 직접 상황을 묻거나 지미에게 간접 정보를 얻고자 하지도 않았다. 그냥 뭔지는 모르지만 샌드리를 이해하려는 마인드 같았다.

나선형 계단은 가팔랐다. 시골 작은 성당치고는 높은 종탑이었다. 탑을 오르는 십여 분 동안 샌드리는 지미에게 했던 모든 얘기를 리바이벌하기 시작했다. 시쳇말로 '공감 능력 짱'인 율리아를 지미보다 먼저 알았더라면 샌드리는 이 모든 이야기를 율리아에게만 했을지도 모를 일이었다. 율리아는 샌드리 이야기를 잘 들어주었다. 적재적소에 맞장구를 치며 고개를 끄덕였다. 펄럭이는 깃발을 잠재우고, 펄떡이는 심장마저 다독이는 부드러운 힘, 율리아에겐 그런 아우라가 느껴졌다. 시메트리 증후군에 대한 남다른 이해가 있어서가 아니었다. 율리아는 그런 용어조차 몰랐다. 천성적으로 인간에 대한 선한 동정과 공감이 몸에 밴 사람 같았다. 샌드리로선 행운이었다. 율리아 곁에서 걸을 때 샌드리는 율리아의 손을 꼭 잡았다. 맞잡은 손, 짝이 맞는 상황에서 마음의 평정을 찾는 것 같았다. 샌드리의 손잡기 요청을 완곡하게 거절했던 첫날의 모습이 떠올라 지미는 머쓱해졌다. 율리아는 딸인 혜교보다 더 자주 샌드리의 손을 잡았다.

그렇게 라요하네의 마지막 밤은 평화로웠다. 지미보다 업그레이드 된 율리아의 보살핌과 이해심 덕일까. 샌드리의 마지막 밤도 무탈했다. 규칙을 알고 난 뒤의 종소리도 꿈결처럼 부드러웠다. 영혼을 적시는 소리까지는 아니어도 적어도 견딜만한 극복의 상징처럼 들렸다. 이런 원리를 깨치라고 수수께끼처럼 종소리를 심어둔 게 아닐까 싶을 정도였다. 완전한 힐링을 한 것도 자신만의 빨강풍선을 찾은 것도 그렇다고 뚜렷한 결론을 얻은 것도 아니었지만 그리 나쁘지 않은 여행이었노라고 지미는 위안했다.

지미가 샌드리의 소식을 들은 것은 몇 달 만이었다. 율리아가 오랜만에 개별 카톡 문자를 보내왔다. 여행에서 돌아온 지 일 년도 훨씬 지났다. 지미 일행은 여행 말미에 전화번호를 주고받았다. 채팅방을 열어 서로가 찍은 사진을 공유하기도 했다. 결속력 없는 조합이 으레 그렇듯 유효기간 두 달을 넘길까 싶었는데 잊을 만하면 소식이 올라와 카톡방은 그럭저럭 유지되고 있었다. 이해심 많은 율리아와 오지랖 넓은 샌드리 덕이었다.

– 지미 잘 지내나요? 샌드리가 입원했다네.

– 어쩌다가. 별일 아니었으면 좋겠어요.

– 목뼈를 다쳤대.

지미는 담담하게 답 문자를 보냈다. 샌드리를 좋아하지 않는 건 아니었다. 하지만 여행 이후 맘 깊이 들이지는 않았다. 그것은 지미의 허무주의적 인생관과도 관련이 있었다. 타자를 공감하고 탐색하는 일은 불편한 제 안의 진실을 발견하는 것과 같았다. 고통스럽고 부끄러운 일은 피해가고 싶었다. 타자의 아픔이 제 아픔이고, 타자의 욕망이 제 욕망과 다르지 않음을 확인하는 서글픔. 삶이 진행되는 한 지속될 그 형벌을 일부러 찾아가며 확인하고 싶지는 않았다. 남편과는 원하는 대로 헤어져줬다. 어떤 미련이 남아 있는지 모르지만 막상 갈림길에 서니 어깨가 내려앉도록 눈물이 나왔다. 알 수 없는 일이었다. 남편은 출소해 새 여자와 살림을 차렸다. 인간은 존재하는 한 서로 이해 불가능한 존재였다. 자신 안에서 자신의 방식으로만 이해 가능한 족속이 인간이었다.

– 지난 번 코스모스 동영상 올라 온 이후로 다들 잠잠하네요.

반가움을 지미는 단체 카톡방의 동영상 얘기로 이어나갔다. 산들바람에 흔들리는 코스모스 동영상을 마지막으로 라요하네 단체 채팅방은 잠시 휴면 중이었다

– 내가 올린 건데 그거 기억해?

– 기억나요.

지미는 코스모스보다 율리아가 올린 그 동영상에서 자전거 탄 여자가 혜교인가 아닌가 그것만 신경 썼다. 정 많은 율리아

답게 가을을 맛보라고 올린 화면이었다. 산책하러 나갔다가 찍어 올린 것 같았다. 솨악솨악 바람소리를 내며 일렁이는 코스모스 뒤쪽으로 자전거를 탄 젊은 여자가 지나갔다. 먼 배경이라 그 여자가 혜교인지 아닌지는 잘 알 수 없었다.

– 그것 때문에 한바탕 치렀어. 지미는 몰랐지?

– 몰랐어요. 그래서 한동안 채팅방이 잠잠했던 거예요?

– 무관하지 않지. 샌드리한테서 전화가 왔었어. 조심스레 말하긴 했지만 흥분한 목소리였어.

– 무슨 말 했어요?

– 동영상 내리면 안 되겠냐고. 혼자 자전거 타는 낯선 여자 영상이 적응 안 된다는 거야. 호흡 곤란이 오고 가슴이 답답했대…….

약 올리느라고 그런 화면을 올렸냐는 뉘앙스라고 했다. 억지였지만 한 번 이상한 쪽으로 생각하면 이상하게만 받아들이는 샌드리에게는 억지가 아니었다. 샌드리 앞에서 율리아는 죄인이 되어버렸다. 짝이 맞지 않게 한 명만 자전거를 탄 모습을 올린 것도 죄, 그게 정지 화면이 아니라 움직이는 모습이었다는 것도 죄, 화면 속 여자가 누군지 납득을 시키지 못한 것은 가장 큰 죄였다. 샌드리로서는 이해가 되지 않는 것은 이해가 될 때까지 좌우대칭과 균형을 잡아야 직성이 풀렸으니. 코스모스 무리 뒤로 지나는 저 여자는 누구일까, 왜 혼자 지나갈까, 왜 그 모습을 찍었을까 등등의 생각에 사로잡히기 시작하면 견딜 수 없는 압박감이 샌드리를 짓눌렀다. 심하면 발작까지 일으킬 수 있었다. 그간 차도가 없었던 모양이었다.

– 아버지에게 떠밀려 넘어졌대. 나를 찾는다고 병원에서 연락이 와서 알게 됐어.

– 그래요?

– 별 일이야 있겠어? 지미는 멀리 있으니 같이 가자 할 수도 없고.

– 그러게요. 무슨 일 있으면 연락주세요.

혹시나 지미도 함께 간다고 하지 않을까 해서 문자를 한 것 같았다. 아버지에 대해 얘기하던 샌드리가 떠올랐다. 목재운반용 지게차, 피로 얼룩진 엄마, 술주정 등등의 이미지. 아버지 콤플렉스에 시달리던 샌드리에게 무슨 일이 있었던 걸까.

며칠 뒤 전화를 걸어온 율리아의 목소리는 가라앉아 있었다.

– 샌드리의 아버지가 교통사고를 당했었대. 심각한 건 아니고. 왼쪽 팔에 깁스를 하고 있었는데, 글쎄…….

아버지의 깁스한 모습을 보고 샌드리는 흥분하기 시작했다. 얼음 칼이 심장을 가르듯 서늘한 피가 솟구치는 기분이었다. 부목을 대고 깁스를 한 구부려진 아버지의 왼쪽 팔. 좌우 길이도 맞지 않고 균형도 맞지 않은 아버지의 팔을 보면서 샌드리는 심란하기만 했다. 저걸 똑바로 펴야 한다, 펴야 한다. 그 생각만이 샌드리의 심장을 갉았다. 아버지의 한쪽 팔이 구부러져 있는 것은 납득이 되지 않았다. 엄마가 고통스레 쓰러져 있을 때 낮술주정으로 횡설수설하다 골든타임을 놓쳐 버린 아버지. 그런 아버지가 왜 저기 깁스를 한 채 평안히 누워 있는가. 빨리 원래 모습으로 돌려줘야 한다.

샌드리는 온힘을 다해 구부러진 아버지의 왼쪽 팔을 앞으로 당겨버렸다. 깁스 한 아버지의 팔을 식판 모서리로 찍고 당겨버렸다. 납득이 되지 않은 채, 좌우대칭이 안 되는 모든 움직이는 것은 샌드리에게 유죄였다. 깁스의 석고는 부서지지는 않고 금이 갔다. 아버지는 고래고래 고함을 질렀다. 다시 부러진 팔을 거두며 멀쩡한 오른팔로 샌드리의 머리통을 있는 힘껏 밀었다. 병실 벽에 머리가 부딪힌 샌드리가 그대로 침대 밑으로 고꾸라졌다.

침상에 누운 샌드리를 생각하며 지미는 샌드리가 말한 우산 아르튀르를 떠올렸다. 제 감정을 쏟을 가치가 있다는 이유만으로도 무언가를 좋아하고 집착하는 건 죄가 아니다. 샌드리에게 우산 아르튀르는 무엇이었을까? 가만 생각하니 아르튀르 자체가 중요한 게 아니었다. 모모를 대신해 잃어버린 우산 아르튀르를 찾아 나서 준 이가 누구였더라. 모두 착한 등장인물만 나와 그게 누구여도 상관은 없다. 하지만 지미는 궁금해서 견딜 수가 없었다. 지미는 벌떡 일어나 책장을 뒤지기 시작했다. 한쪽 바짓단이 펄럭이는 모모의 우산. 녹색 얼굴에 빵떡모자, 체크무늬 웃옷에 넓은 바지통, 흰 바탕에 푸른 줄무늬 농구화를 신은 외다리 아르튀르. 어지럽혀진 책꽂이 속에서도 자기 앞의 생은 금세 눈에 띄었다. 누구였을까, 모모의 낡은 우산을 찾으러 나선 이가. 마지막 장을 찾아 나선 지미의 손끝이 분주해졌다.

귀휴

진료실 맞은편 벽에다 허브 주머니를 걸었다. 출근길에 하나 챙겨왔다. 아버지 말씀대로라면 허브 포푸리에선 라벤더향이 날 것이다. 피로회복에는 라벤더 향이 최고라네. 그래서 라벤더 향은 이렇게 주머니로 만들어 가져왔지. 귀휴하던 날, 허브 주머니들을 내려놓으며 아버지는 그렇게 말했다. 최근 몇 달은 허브 농원으로 노역을 나간다고 했다. 그곳에서 손수 가꾸고 말린 라벤더와 다른 몇 가지 허브를 선물로 가져온 것이다. 출력팀 조장으로 뽑힐 만큼 모범수로 인정받고 있다고도 했다.

하지만 나는 그 향을 제대로 맡을 수가 없다. 비염으로 코 점막이 부풀어 올라 후신경을 방해하기 때문이다. 구수하게 뜸 드는 밥 냄새를 놓쳐 압력솥의 밥을 여러 번 태워 먹었다. 세

숫비누 거품을 내면서도, 스킨로션을 바르면서도 피부에 닿는 촉감만으로 그 향을 상상할 때가 많다. 어쩌다 컨디션이 좋은 날, 은밀한 침대 속에서 그의 땀 냄새라도 맡게 되면 날아오를 것 같은 쾌감도 쾌감이지만 아직 후신경까지 망가지지는 않았음에 안도하곤 했다. 온몸으로 뿜어낼 포푸리 향이 내가 그에게 줄 수 있는 마지막 선물이다. 진료실에 들어선 그가 가운으로 갈아입으려다 말고 '어, 무슨 냄새지? 좋은데.' 라고만 말해도 내 의도는 성공적이 될 것이다. 아버지가 주신 허브향으로 그에게 권하는 나만의 이별, 그리 나쁠 것도 없다.

비염 앓는 내 근황을 모르는 아버지는 사흘간의 귀휴 동안 줄곧 허브향에 대해 이야기하곤 했다. 너무 길었던 부성 부재의 기간, 그 공백만큼의 미안함과 어색함을 지우려 괜히 많은 말을 하셨을까. 그곳 생활 리듬하고 달라서 그런지 자꾸 졸음이 오네. 이 포푸리 냄새 한 번 맡아 봐. 휴가 날짜 잡히기 전부터 조금씩 뜯어 말린 거다. 라벤더 향이 너희들에게 어울릴 것 같아 그것만 가져 왔어. 악취 제거는 기본이고, 심신 안정에 그렇게 효과가 있다네. 향기 요법이라고 들어 봤지? 향기가 사람 마음까지 순화시킨다잖아. 스트레스가 많은 젊은 층에겐 라벤더 향이 어울린대.

졸린 눈을 껌벅이면서도 아버지는 쉴 새 없이 말했다. 졸음을 쫓아낸 아버지는 기어이 장식장을 완성했다. 거울만 달면 화장대로도 쓸 수 있는 다용도 장식대였다. 귀휴歸休 첫날, 아버지는 좁아터진 아파트 복도에서 미니 장식장을 만들고 있었다. 십오 년이나 늦은 인희의 생일선물이었다. 말린 라벤더 주머니를 그 위에다 올려놓으며 아버지가 말했다. 인희와 너 심심할 때 허브향 맡아 봐. 피로회복에 좋다니 부러 피하지는 마라. 나는 '아버지, 전 냄새를 제대로 맡을 수 없어요.'라고 속으로만 답했다.

그는 아직 돌아오지 않고 있다. 점심시간을 삼십 분이나 넘겼다. '피부과 전문의 이강두'라는 책상 위 명패만이 그의 빈자리를 대신한다. 진료실의 벽시계는 벌써 두 시 반을 넘어섰다. 그를 용서했다는 말은 위선이다. 살의를 완전히 잠재우지 못해 여전히 혼란스러운 내가 보인다. '나'라는 향을 밟고 그가 지난다. 냄새를 맡지 못하는 나는 밟히는 고통을 느끼지 못한다. 하지만 고통을 느끼지 못한다고 아프지 않은 것은 아니다. 그럴수록 그에 대한 내 감정은 풀어져야 한다. 이런 맘으로 아버지가 준 포푸리를 병원으로 갖고 왔다. 하지만 사람의 감정을 순화시킨다는 허브 포푸리도 아직까지는 내 살의를 완전히 누그러뜨리지는 못한다. 담백하게 떠날 수 있어야 한다고 스스로를 단속하고 또 단속한다. 그렇다고 살의가 완전히 사라졌다고 쓰고 싶지도 않다. 가끔씩 부녀혼을 느낄 때가 있다. 살의는 아버지가 내게 물려준 유전인자 중 하나일지도 모른다. 내 몸 속 그 DNA는 나선형 똬리를 틀고 앉아 하루에도 몇 번씩 혀를 날름거린다.

창밖으로 시선을 고정시킨다. 창에는 다이아몬드 모양의 창살이 덧대 있다. 투명한 창을 방해하는 저 창살도 걷어내고 싶다. 한 겹 넘어 또 다른 한 겹이 모든 것의 문제구나. 부질없는 생각이 스쳐 지나간다. 걷어내지 못한 채 머뭇거리는 그 일상의 시간에 작은 틈이 생기고 그것은 때로 걷잡을 수 없는 큰 구멍이 되기도 한다.

대개 이 시간쯤 창을 내다보면 점심 식사를 끝내고 돌아오는 그의 모습을 볼 수 있다. 백화점 모퉁이를 돌아 느티나무 그늘 밑 사람들을 헤치고 오는 그의 걸음새엔 피로와 싫증이 교차로 묻어나곤 했다. 환자들이야 기다리든 말든 느긋한 걸음새로 스마트폰에다 눈을 고정시킨 채 휘적휘적 걸어오고 있어야 할 그가 오늘은 아직 보이지 않는다.

시내에서 누군가를 만나야 할 때 사람들은 '블루백화점 옆 큰나무 아래'를 최적의 약속 장소로 꼽는다. 그 노거수가 느티나무인지 은행나무인지 따위에는 별 관심이 없다. '큰나무'로 통용되는 이 느티나무는 백화점의 부속수처럼 사람들에게 친근한 약속 장소가 되어 주고 있다. 느티나무 그늘 주변엔 청춘 남녀들로 가득하다. 벤치에 앉았든 나무 밑을 서성이든 그들 대부분의 손에는 스마트폰이 들려져 있다. 인터넷 검색을 하거나 타인의 소셜 미디어를 순례하거나 그도 아니면 카톡 문자를 주고받을 것이다. 더러는 폰카메라를 뻗어 주변 풍광이나 자신 또는 친구들의 얼굴을 찍어대기도 한다. 창을 통해 보이는 그들 표정은 유월 햇살만큼이나 밝고 환하다. 그 환한 얼굴들 위로 말간 수제비처럼 핏기 잃은 인희의 얼굴이 겹쳐진다. 인희는 부화를 포기한 병든 알처럼 유치장 바닥에 웅크려 있었다. 짬을 내서라도 오후엔 다시 피해자를 찾아가리라. 가서 용서를 구하고 무리수를 두더라도 인희를 빼내올 생각이다.

진료실에서 대기실로 나왔다. 저마다 오후 첫 진료를 하겠다고 서둘러 나온 환자들이라 충분히 지루할 것이다. 온 순서대로 컴퓨터 모니터 속 진료 차트를 점검한다. 수납 업무는 최 간호사가 하던 일이지만 그것까지 내가 떠맡았다. 그녀는 해산일이 가까워 출산 휴가 중이다. 네 명의 간호업무 종사자들 중 한 명이 빠졌다 해서 못 견딜 정도로 바빠지는 건 아니다. 베테랑 사무장이 웬만한 간호사 두어 몫은 해내기 때문이다. 더구나 여자들끼리 한 공간에 있을 때 느끼는 미묘한 신경전 같은 것을 줄일 수 있어 최 간호사의 부재가 그리 아쉽지도 않다. 그와의 관계를 눈치 채고도 무관심으로 일관하는 최 간호사의 태도에 조바심을 낸 것은 오히려 내 쪽이었다. 알면서도 모르는 척하는 그녀의 고단수에 나는 질투 섞인 불안을 느꼈다. 그 스트레스를 나는 김 사무장에게 풀었다. 우직하고 단순한 사무장은 영문도 모른 채 내 생트집을 받아주곤 했다.

여름이 막 시작되는 요즈음은 피부과가 비수기에 속한다.

그런데도 벌써 오후 진료 대기인 수가 열세 명을 넘어섰다.

"의사 선생님 언제 온대요? 벌써 삼십 분이나 지났어요. 원, 신용이 있어야지. 올 때마다 기다려야 하니 짜증나 죽겠어, 그냥!"

접수창구 바로 맞은편에 앉은 여자가 잡지를 휙휙 젖히며 시위를 한다. 화장독이 심해 오른 쪽 광대뼈 부위에 흑피증이 심한 여자이다. 대기하고 있던 환자들이 여자와 간호 데스크를 번갈아 쳐다본다. 여자에게 보내는 눈빛은 동조의 의미이고, 간호 데스크 쪽에 보내는 눈길은 의사에게 어서 재촉이라도 해보라는 제스처이다. 대기자들의 응원의 눈빛을 읽었는지 여자는 다시 떠들어댄다.

"다른 병원에선 레이저 치료비가 이렇게 비싸지 않던데. 올 때마다 오만 원씩 꼬박꼬박 내라는 건 진료비 과다 청구 아닌가? 미용 차원도 아니고, 치료하러 온 건데 왜 보험이 안 되나 몰라."

흑피증은 염증 치료가 아니라 미용차원의 처치라는 걸 여자가 모를 리 없다. 한 회씩 진료비를 내는 것보다 십 회, 십오 회 장기로 진료 티켓을 끊으면 할인이 된다는 것도 모를 리 없다. 저런 사람들 대부분은 한 병원에 오래 다니질 않는다. 소위 병원 순례자이다. 이 병원 저 병원 다니길 좋아하는 사람들은 의사의 성실성 유무와는 상관없이 병원이나 의사를 잘 신뢰하지 않는다. 다만 이 병원에 오는 한 진료비를 좀 깎아 달라는 시

위쯤으로 이해하면 된다.

사흘간의 귀휴를 끝낸 아버지는 그곳으로 다시 돌아갔다. 짧디 짧은 휴가였다. 아버지가 귀휴 대상자라는 교도행정과의 전화를 받고서야 나는 그런 제도가 있다는 것을 알았다. 교도소 밖으로 나와 일정 기간 허락된 자유를 누리는 것, 그것이 귀휴 제도의 표면적 의미였다. 특별사면을 받지 않는 한 아버지가 그곳에서 나올 일은 없을 줄 알았다. 아버지가 모범수로 선정되었다는 사실 자체가 믿겨지지 않았다. 벌써 일주일이 지났건만 마음껏 아버지를 받아들이지 못해 내내 마음에 걸렸다. 원망 섞인 회한과 감정적 연민이 교차되는 시간이었다.

아버지는 법이 용서하기에는 너무 엄청난, 모종의 살인 사건의 주범자이다. 내가 열세 살 때였다. 어릴 적 일이라 자세한 내막을 모른다고 변명하고 싶지는 않다. 육학년 나이면 세상 돌아가는 웬만한 이치는 깨칠 수 있으니까. 순간의 지독한 자아는 집착처럼 클로즈업하는 카메라가 되고, 음산한 히치콕 영화가 되고 그리고, 그리고……, 장기수가 되게도 하는 법이다. 왜 그런 일이 일어났는가는 지금 중요하지 않다. 다만 나는 아버지를 둘러싼 우리가족의 정직한 실존에 대해서만 얘기하고 싶을 뿐이다. 혈연을 빙자해 비논리적으로 아버지의 무죄를 설득할 만큼 나는 어리석지도 않다. 당연히 아버지는 죗값을 치러야 한다.

내가 떠나고 없어도, 의사의 권위를 어떻게 써먹어야 하는지를 잘 아는 그에게는 별다른 변화가 없을 것이다. 언제나 환자를 한 발 앞서는 그 능숙한 언변도 그대로일 것이다. 마치 예상한 것처럼 작은 흔들림조차 없이, 내가 빠진 자리를 나보다 몇 배쯤 싱싱한 인물로 대체할 것이다. 어쩌면, 나를 처음 만났을 때의 코미디 같은 기억이 떠올라 토요일 하루쯤 아예 병원 문을 닫은 채 추풍령 휴게소를 서성일지도 모른다.

몇 년 전 나는 어떤 이유로 눈발이 흩날리던 추풍령에 있었다. 그렇구나. 인희와 나를 버리고 간 엄마가 그곳 가까운 소도시에 산다는 정보를 입수하고 찾아가던 길이었다. 웃자라 버린 내게 더 이상 엄마는 필요치 않았다. 하지만 사춘기가 막 시작되던 인희에겐 모성이 필요할 시기였다. 언니로서의 책임감 같은 것이 그 불필요한 여행을 부추겼을지도 모른다. 하필 그 때 그의 차가 내 동행인의 것과 같은 차종에 같은 색깔이었는지……. 추풍령 휴게소에서 잠시 쉬어가기로 했다. 많은 차들이 눈발을 머리에 이고 주차해 있었다. 화장실을 다녀온 나는 자판기에서 뽑은 커피를 들고 동행인의 차문을 열었다. 하염없이 내리는 눈발의 폭력성에 다급해진 나는 커피를 조수석 등받이에 쏟고 말았다.

"어쩌지? 다 쏟았네. 다, 저 눈발 때문이야."

등받이를 툭툭 털어내며 동행자에게 미안함을 변명하려던 나는 깜짝 놀랐다. 동행인의 차가 아니었다. 사십대 중반은 돼 보이는 남자가 운전석에 앉아 있는 게 아닌가. 카 오디오에선 오페라 '유쾌한 미망인' 중에 나오는 아리아가 흘러 나왔다. 소도시 어딘 가에서 유쾌한 미망인 행세를 하며 살고 있을지도 모를 엄마의 얼굴이 잠시 떠올랐다. 엄마를 만난대도 당신의 새 삶이 유쾌하기만 하다면 기꺼이 그 인생에 끼어들지 않을 거라고 작정하고 떠난 길이었다.

"죄송해요. 저는 동행인의 차인 줄 알고……."

"그럴 수도 있죠. 비슷한 차를 비슷한 곳에 주차한 제가 잘못이죠."

너무 당황하면 어찌할 줄 몰라 자석처럼 그 자리에 붙박여 있게 되기도 한다. 나는 차문을 박차고 나오는 대신 앉은 자리에서 호흡을 가다듬고 있었다. 차안에서 포르말린 냄새가 났다. 집에서 흔히 바르는 피부연고제 냄새가 나는 것도 같고, 머리카락 타는 냄새가 나는 것도 같았다. 여하튼 병원에서 흔히 맡을 수 있는 냄새들이 차안의 방향제와 뒤섞여 야릇한 향취를 풍기고 있었다. 그 때만 해도 알레르기성 비염이 이토록 나를 괴롭힐 줄은 몰랐다.

"아저씨, 병원에 근무하시나 봐요. 영안실이나 응급실, 아님……."

그때 나는 간호학과 졸업반이었다. 마지막 학기 내내 병실과 응급실을 분주히 뛰어다녔기에 병원 특유의 냄새에 익숙해져 있었다.

“어떻게 알았어요? 아, 차안에서 나는 냄새 때문에? 그래요. 나, 병원에 있어요.”

그가 라디오 볼륨을 줄이며 대꾸했다.

“제가 간호학과 졸업반이거든요.”

머쓱함을 달래려고 꺼낸 말문일 뿐인데 어느새 짧은 대화로 이어지고 있었다.

“그래요? 같은 지역이면 졸업하면 연락 한 번 해요. 그때면 간호사가 필요할 지도 모르잖아요.”

그가 내민 명함을 받았다. 우연인지 숙명인지 내가 살고 있는 도시의 피부과 개업의였다. 나는 농담 삼아 대학병원 공채시험에 떨어지면 한 번 생각해 보겠노라고 대꾸했다. 그 때 동행한 지인이 동아리의 순박한 후배였다거나, 엄마를 만나려고 낯선 도시 골목을 몇 시간이나 헤맸다거나 하는 것은 그리 중한 기억거리도 못된다. 왜냐하면 나는 정말로 지방 국립대학병원 공채시험에 떨어졌고, 제 발로 그의 병원을 찾아가 성실한 고용인이 되었던 것이다.

아버지가 언제쯤 나와 인희가 살고 있는 열세 평짜리 임대아파트로 돌아올 수 있을 지는 자비로운 당국만이 알 것이다. 죄의 유무를 떠나 본능적으로 나는 아버지와 함께 살날을 꿈꾼다. 아버지의 휴가를 내 시나리오대로 보내지 못한 점은 못내 아쉬웠다. 인희의 심술 때문이었다. 인희는 아버지의 귀휴를 계기로 다시 흔들리고 있었다. 아버지는 나보다는 동생인 인희에게 더 죄책감을 느끼는 듯했다. 우연의 일치겠지만 인희가 두 돌을 맞은 날 아버지는 우리 곁을 떠나 그곳으로 갔다. 면회를 하는 둥 마는 둥 미적대던 엄마는 그 이듬해에 집을 나갔다. 외삼촌과 동업으로 꾸리던 아버지의 가구 공장은 자연히 외삼촌네로 넘어갔다. 삼촌은 나에게 '니들 살 걱정은 하지 말아라.'라고 했다. 삼촌의 그 말은 그야말로 딱 연명할 만큼만 우리를 보조한다는 뜻이었다. 갓 중학생이 된 나와 열 살 아래인 인희는 곧장 열 평이 조금 넘는 임대아파트로 옮겨졌다. 겨우 주고받는 몇 마디의 말과 또래들이 지니는 평균의 재롱이 제 가진 것의 전부였던 인희는 우리를 돌본다는 명목하에 같이 쫓겨나온 외할머니가 키웠다. 할머니가 없었더라면 인희와 나는 전국의 고아원을 떠돌았거나 최악의 경우 앵벌이로 유년을 보냈을지도 모른다.

할머니는 삼촌에게 타협안을 제시했다. 이 아파트에서 얘들과 이렇게 사는 것은 만족한다. 에미, 애비 곁에 없는 것들이 호사를 바란다는 것도 우습고. 다만, 가구공장의 반은 명희 애비 것이란 걸 잊지 말아라. 애비는 언제 나올지 기약도 없고. 명희가 크거든 늘린 재산의 일부를 넘겨줘라. 그 때까지는 생활비와 학비로 굶지 않을 정도로만 다오.

삼촌은 미숙하기만 한 할머니의 타협안을 선심 쓰듯 지켰다. '굶지 않을 정도'의 생활비 때문에 나는 쑥쑥 크는 키를 원망하며 짧아진 교복의 소맷부리를 잡아당겨야만 했다. 인희는 날개로 포장된 네모난 아이스크림을 열 살 때 처음 먹어 봤다. 외할아버지 제삿날 외사촌들이 적선하듯 던져준 그 맛을 잊을 수 없었다고 했다. 결핍이 병이 되었는지 사춘기를 맞은 인희에게 도벽이 찾아왔다. 처음엔 중학생이나 된 아이가 먹을 것 때문에 도둑질을 한다는 게 믿어지지 않았다. 방과 후 학교 근처 편의점에서 콘아이스크림을 훔치다 들켰다는 연락을 받고 나는 인희 학교에 불려갔다. 보호자 자격으로 학교를 드나들기엔 쑥스럽고 서글픈 이십 대였다. 상담 교사와 마주 앉은 인희는 죄책감 같은 건 있지도 않다는 듯 심드렁한 표정을 지었다.

"왜 그랬니?"

상담 교사를 겸임한 보건 선생님이 물었다.

"나도 잘 몰라요. 아이스크림이 탐나서 그런 것도 아니에요. 그냥 손이 그것을 집었어요. 들킨다는 생각조차 안 해봤어요. 정말 왜 그랬는지 묻는다면 이유를 모르겠어요."

인희의 말은 진심이었지만 듣기에 따라 건성으로 들릴 수 있었다. 선생님은 더 들어볼 것도 없다는 듯 볼펜을 톡톡 두드리며 나를 쳐다보았다.

"한 번은 반성문으로 끝내겠어요. 이런 일이 또 생기면 퇴학까지도 당할 수 있어요. 보호자로서 관심을 좀 가지세요."

인희의 도벽이 동생을 보살피지 못한 내 탓이라고 선생님의 성가신 표정이 말해주고 있었다. 할머니가 돌아가신 것은 인희의 도벽이 병이라는 것이 판명되고 난 직후였다. 상담의는 인희가 감정 장애를 앓고 있다고 했다. 흔히 월경전증후군이라고 알려진 이 증세는 월경 일주일 전후에 나타나는 일종의 히스테리였다. 우울, 불면, 흥분을 동반하거나 심하면 도벽, 과음, 과소비로 나타난다고 했다. 인희는 후자에 속했다. 정신과 의사는 인희를 방치하다가는 도벽보다 더한 증세로 망가질 수 있다고 경고했다.

도둑질이 병이라 카는 건 내 처음 듣는 소리구만. 내가 니를 우째 키웠는데 그런 몹쓸 병에 걸렸단 말이고. 내가 너무 오래 살았는갑다. 사위라는 놈은 감옥에 가있고, 딸년은 어느 놈하고 붙어먹는지 알 길이 없고, 불쌍하게 키운 니마저 이리도 희한한 짓을 해대니, 정말 너무 오래 살았는갑다. 이렇게 신세 한탄하던 할머니는 몇 달을 앓다가 거짓말처럼 돌아가셨다. 할머니의 죽음을 슬퍼하는 것도 사치일 만큼 인희와 나는 명백한 고아가 되어버렸다.

삼우제가 끝나기 무섭게 나는 삼촌과 담판을 벌였다. 아버지 사업 몫만큼 현금화해서 돌려줄 것을 요구했다. 그 동안 나도 할 만큼 했다, 학비에 생활비……. 이것으로 네 아버지와의 거래는 끝이다, 이렇게 말하며 삼촌은 얼마간의 목돈을 내놓았다. 삼촌은 나를 대학까지 보내줬다는 말을 유난히 강조했다. 나는 속으로 대학은 보내준 게 아니라 내가 간절히 원해서 간 거예요. 학비는 구차함을 판 아르바이트나 장학금으로 충당할 때가 더 많았어요. 생활비는 어차피 아버지 주머니에서 나오는 것 아니었나요. 우리가 살던 창 넓은 아파트는 어디 갔나요. 이렇게 내뱉으려다 참았다. 얼마간의 적선으로 우리와의 거래를 완전히 끊고 싶어 하는 삼촌의 심사를 건드릴 필요가 없었다.

알량한 목돈은 내가 대학을 졸업할 즈음 바닥이 났다. 인희와 나는 여전히 십여 평 임대아파트의 누추함에서 벗어 날 수 없었다. 혹, 생활의 곤고함을 벗어나고파, 그가 던진 미끼를 덥석 문 건 아니냐고 오해하진 말아 달라. 그렇게 묻는 자에게 나는 이렇게 답할 준비가 되어 있다. 나에게 누군가를 담는다는 것은 천성이고 관성이라고.

대학병원 간호사 시험에 떨어지자 나는 장난삼아 그의 병원으로 찾아갔다. 알 수 없는 감응에 이끌려 별 주저 없이 그의 병원을 첫 직장으로 선택해버렸다. 그놈의 뻐꾸기시계 때문이었을까? 그 앞에서 면접을 보는데 갑자기 뻐꾸기시계가 울었다. 후꾸후꾸 소리 나는 벽을 쳐다보던 나는 쿡, 하고 웃음을 터뜨렸다. 유행이 지나도 한참 지났을 뻐꾸기시계 자체도 신기했지만 그 달린 위치 또한 우스꽝스러웠기 때문이었다. 눈높이 위치에 걸려 있어야 할 시계가 천장을 뚫고 나온 굵은 생쥐처럼 높이 걸려 있었기 때문이었다. 시계를 보려면 고개를 꺾어 한참이나 위로 올려다봐야 할 지경이었다.

내 손으로 저 벽시계를 없애거나 내려 달고 싶어요. 형식적이었지만 면접의 마무리로 나는 그에게 그런 말을 했었다. 그러곤 그 시계를 바꾸거나 내려다 달 여유도 없이 서둘러 그에게 빠져 버렸다. '누군가를 담아야'하는 내 천성 때문이었다. 온전한 정신으로 사랑의 미혹에 빠지는 이는 없다. 냉정한 시선으로 한 발짝 물러설 여유가 있다면 그건 사랑이 아니다. 오욕으로 뒤범벅이 된 파국을 맞을지라도 당시엔 미치지 않는 게 더한 오욕처럼 느끼는 자만이 사랑에 빠진다. 이런 추레한 유전인자는 분명 엄마에게서 물려받은 것이리라. 지금도 낯선 도시 어딘가를 떠다니며 유쾌한 미망인 행세를 하고 있을 가엾은 엄마.

내 곁에는 늘 남자가 있었다. 관성에 탄력까지 붙어 두세 명의 남자를 번갈아 가며 만난 적도 있었다. 하지만 오래가지는 못했다. 남자들은 더도 덜도 없이 봐줄만한 내 얼굴을 보고 달려들었다. 하지만 얼마 지나지 않아 대개 내 과장된 발랄함의 한계에 실망하는 눈치였다. 처음 내게 빠진 남자들은 밉살스럽지 않은, 내 역동적인 성격에 부러움과 찬사를 보낸다. 하지만 내가 신은 싸구려 운동화의 밑창이 드러날 때쯤이면 상대방도 모든 것을 알게 된다. 그 발랄함의 원천이 궁상맞은 심신의 허기를 감추기 위한 자폐적 연기에서 비롯되었음을. 결핍에서 오는 지루한 지나침이 감지되면 남자들은 쉽게 내게서 멀어져갔다. 몇 번의 상처 끝에 나는 사랑을, 아니 사람을 믿지 않는 법을 터득하게 되었다. 하지만 소용없었다. 사람이 그리운 느슨한 천성을 극복하지 못하고 나는 새로운 대상에게 빠져들곤 했다. 나를 스쳐간 뭇 남자들과 조금도 다를 바 없는데 그에게도 너무 쉽게 빠져버렸다. 마시다 남긴 식은 커피처럼 나는 그에게 버려질 것이다. 버려지기 전에 나는 그를 죽일지도 모른다. 그럴 리야 없지만 엄마가 물려준 애증의 DNA가 폭발해 아빠에게서 물려받은 살의의 DNA로 환치되는 순간이 올까 두렵다.

그가 병원 출입문을 열고 들어온다. 너무 길게 보낸 점심시간이었다. 창 너머 살랑대던 느티나무 이파리처럼 상기된 표정이다. '텔레폰 클럽'을 통해 물오른 봄나무 같은 여자애를 더듬고 오는 길이 틀림없다. 한참 서로가 열이 올랐을 때, 모텔 침대 속으로 급하게 나를 눕히고 난 뒤의 표정도 저런 모습이었다. 내 쪽에서 서둘러 동의한 부적절한 관계였기 때문에 그를 원망할 수도 없다. 그럴 필요도 느끼지 않는다. 환자들과 눈이 마주치자 그는 가벼운 목례를 한다. 목례 정도만으로도 자신의 지각 정도는 충분히 벌충했다고 생각하는 것 같았다.

"김미란 씨 들어가세요."

접수순서가 가장 빠른, 흑피증 여자를 진료실로 보낸다. 돋은 볼에 착색된 멜라닌 색소를 레이저로 쏘아 없애는 간단한 시술인데도 그녀는 소리를 질러대곤 한다. 이번에도 예외는 아니다. 대기실까지 괴성이 들린다.

"아야, 아파 죽겠네. 멀쩡한 피부는 왜 태우고 난리야? 벌겋게 익은 피부 좀 봐. 세상에 기계가 다 파먹었네."

여자는 어린아이처럼 엄살을 부린다.

"파먹긴 뭘 파먹어요. 이틀만 햇빛 조심하시면 아무런 표시도 안 나요."

지지 않고 그가 대꾸한다.

"안 그래도 오래 기다려 칙칙한 기분인데 신경질나서 치료 못 받겠네."

보지 않아도 진료실 풍경이 훤하다. 여자애를 더듬고 온 그는 나른함 때문에 낮잠의 유혹에 빠졌고, 깜박 하는 사이 경계선 너머 깊숙이 레이저를 쏘았을 것이다. 이쯤해서 진료실로 들어가 보는 게 순서라고 생각한다. 진료실 담당 박 간호사가 감당하기엔 경력이나 성격이 너무 약하다. 그의 책상 위 벽에서 포푸리가 쓸쓸히 웃고 있다.

"아줌마, 시비 거는 거 상습이죠? 아무렴 환자에게 해가 가게 할까요? 조금만 참으세요."

나는 아줌마에게 핀잔을 준다. 가재는 게 편이다. 살의를 느끼든 말든 진료실 안에서 만큼은 나는 간호사로서 그의 충실한 고용인이 될 뿐이다. 고용인이 되어 본 사람이면 습관이나 타성처럼 고용주와 한 라인이 되는 법을 익히게 되어 있다.

"이 기집애가 미쳤나, 니도 한 번 당해 볼래? 콩 버짐 돋은 것처럼 얼굴 한 번 지짐 당해 볼래?"

순식간에 양아치 기집애로 추락해버린 자신의 고용인이 불쌍한지 그가 거든다.

"아줌마, 간호사 잘못은 없어요. 말조심해요."

"그래, 말 잘했다. 그럼 잘못한 당신이 한 번 당해 봐라. 진료 시간도 지키지 않는 주제에."

방어할 새도 없이 여자는 그를 향해 침을 퉤 뱉는다.

"아니, 이 아줌마가……. 해 보자는 거야, 뭐야? 이 상태로는 더 이상 진료를 못하겠어."

그의 흥분은 극에 달한다. 대기 중이던 환자들에게까지 그 분위기가 충분히 전달될 정도이다. 사무장이 끼어들어 겨우 사태를 수습한다. 오후 진료는 거기서 끝이었다. 대기 환자들도 대충 사안의 심각함을 깨닫는 듯했다. 양해를 구하는 사무장의 진중한 낯빛에 신뢰를 보낸 후 하나둘 자리를 뜬다. 대기 환자들에게 미안하다고 배웅하고 있을 때 스마트폰 진동음이 울렸다. 피해자가 출두했다는 경찰서의 연락이다.

피해자 앞에 앉은 인희는 담담했다. 또 일을 저질렀다. 조서를 꾸미는 형사도 많이 부드러워져 있다. 아무리 상습범이라도 그것이 병인 이상 그도 동정을 베풀 준비가 되어 있다는 뜻일 게다. 형사는 의사의 소견서를 피해자 앞으로 내민다.

"이 아가씨 병이에요. 훔치고 싶어서 훔치는 게 아니라 그냥 훔치는 거예요."

형사가 피해자 보란 듯이 소견서를 앞으로 내밀었다.

"알고 있어요. 며칠 전에 옆에 있는 언니가 찾아 왔었어요. 그리고 담당의사도 전화를 했더군요. 치유 단계에 있다니까 돕고 싶어요. 나도 이만한 딸을 키우고 있는 엄마예요. 나쁜 쪽으로 생각하고 싶지 않아요. 그 때는 사람들이 많이 몰려드는 바람에 제 정신이 아니었어요. 치유되기를 바랄 뿐이에요."

아주머니는 의외로 쉽게 합의를 해 준다. 합의랄 것도 없다. 얼마간의 위로금을 내미는 나에게 지갑을 되돌려 받았는데 뭘 그러느냐며 한사코 마다한다. 인희는 백화점 세일 기간에 붐비는 틈을 타 고객의 지갑을 슬쩍했다. 절도 현행범으로 들킨 게 벌써 네 번째이다. 들키지 않은 것을 감안한다면 제법 많은 물건이나 지갑에 손을 댔을 것이다. 용케 전과자가 되지 않은 것은 '병'이라는 의사의 소견서가 뒷받침 됐기 때문이다.

학교에서도 처음 몇 번은 반성문과 정학 처분을 내리는 정도였다. 하지만 횟수가 거듭될수록 상습 도벽이 병이란 걸 인정하기에 학교에서도 한계를 느끼는 듯했다. 다른 아이들에게까지 악영향을 미친다는 학교 측의 간곡한 부탁을 받아들여 나는 인희를 이 도시 외곽에 있는, 정원이 다 차지 못한 다른 학교로 옮겨야 했다. 겨우 중학교 졸업장을 쥔 인희는 역시 외곽에 위치한 고등학교에 진학한 지 한 학기도 지나지 않아 자퇴서를 쓰고 말았다. 생리 때만 되면 간헐적으로 생기는 도벽을 인희 스스로도 수치스러워 했다. 다행히 구청 사회 복지과의 혜택으로 정신과 치료를 받을 수 있었다. 일주일에 한 번씩 병원에 가서 상담을 하는 것 외에 무료하게 지내던 인희는 올봄, 느닷없이 취직을 했다고 통보를 해왔다.

"나, 내레이터 모델 연수받고 있어. 인력관리 이벤트 회산데, 2주 동안 집중 훈련을 받으면 현장에 설 수 있어. 이제 어느 정도 자제력도 생겼고……."

심리적인 도벽을 이길 자제력이 생겼다는 그 말에 나는 희망을 걸었다. 인희의 데뷔 무대는 스마트폰 판매 오픈 행사장이었다. 병원 창밖이 소란스럽기에 내다보았다. 인희는 백화점 옆 스마트폰 판매장 가설무대에서 통통 튀는 몸놀림을 섞어가며 콧소리 섞인 목소리로 호객행위를 하고 있었다. 헤드셋을 귀밑으로 내려 달고 미니스커트 유니폼을 입은 인희 일행은 행인들을 향해 과장된 미소와 쉼 없는 멘트를 날렸다. 가끔은 머리를 조아리기도 했는데 그럴 때면 정수리에 얹힌, 뒤집어진 배 모양의 모자가 유난히 강조되었다. 고개를 숙일 때마다 '내 인생은 뒤집어진 배 같아요.'라고 고백하는 것처럼 보였다. 하지만 인희는 진심으로 그 일을 즐기고 있었다. 막 돋아나기 시작하는 느티나무 이파리처럼 세상 속으로 싹을 틔우려는 인희의 몸부림에 나는 몇 번이나 목울대를 적셨다.

그 무렵 상담의도 인희의 도벽증이 거의 완치되어 가고 있다고 귀띔해주었다. 조심스럽고도 희망적인 의사의 말 한마디는 그 동안 인희에 대해 적대와 연대의 아슬아슬한 줄타기를 해오던 내 긴장을 잠시나마 풀어놓게 만들기도 했다. 오랜만에 나는 인희에게 마음껏 격려를 보낼 수 있었다. 병원 창을 통해 보이는 인희 일행의 건강한 탄력성에 묘한 부러움까지 느낄 정도였다. 하지만 싱싱하고 아름답기까지 한 여자애가 건너기에 세상에는 너무 많은 미끼가 널려있었다. 뒤집힌 배 모양의 모자를 쓰고 겁 없이 세파를 향해 진군해갈 때 적어도 나는 그녀 앞에 놓인 생이 결코 녹록치만은 않다는 걸 가르쳐 줄 필요가 있었다. 결과적으로 나는 그렇게 하지 못했다. 그에게 빠진 내 심장의 박동소리가 너무 커 인희에게 던져진 세상의 미끼를 미처 차단할 겨를이 없었다.

아버지의 귀휴 소식을 알리는 교도소 담당자의 연락에 나는 적잖이 당혹스러웠다. 인희와 나는 숱한 고비를 넘기며 애비 없는 유년기와 사춘기를 건넜다. 부성애 정도는 무시해도 될 만큼 커버린 우리에게 아버지의 귀휴라니. 예정에 없던 일에 기쁨보다는 당혹감이 앞섰다. 인희에게는 어떻게 설명해야 하나? 젖 뗄 무렵 아버지의 허리춤을 놓았던 인희에게 부성의 실체는 너무 막연한 것이었다. 마찬가지로 모성 역시 인정하려 들지 않았다. 사춘기를 지나는 상처의 하수관에 부성이나 모성에 대한 기대 같은 것을 가장 먼저 흘려보내려고 작정한 건지도 몰랐다. 공허해진 그 자리에는 조와 울이 번갈아 찾아왔을 테고, 급기야 생리적 도벽증이 똬리를 틀기까지 했으리라.

어린 인희와 내게 아버지 면회를 자주 할 수 있는 기회가 있었더라면 어땠을까. 미성년자에게는 보호자 없이 재소자를 만나는 게 허락되지 않았다. 할머니는 손녀 둘을 건사하기도 힘겨웠기에 면회할 엄두조차 못 냈다. 그것은 핑계일 것이다. 삼촌의 무언의 압력에 할머니는 굴복했을지도 모른다. 할머니도 나름대로 기회를 만들기는 했다. 엄마가 가출한지 얼마 뒤였다.

"에미가 집 나갔다는 건 박 서방한테 알려야 안 하겄나. 나중에라도 원망 돌아올까 겁난다. 애들 데리고 한 번 댕겨 올란다."

할머니가 삼촌의 눈치를 봐가며 말했다.

"집 나가면 아주 나갔겠어요? 언젠가는 누나도 돌아오겠죠. 아무리 늦어도 자형보다는 더 빨리 집에 올 거요."

삼촌은 아버지의 오랜 감옥행을 비꼬았다.

"피래미 같은 새끼들 두고 지가 가면 어딜 가겄소. 괜히 자형 알아서 좋을 거 없으니까 엄만 그냥 있어요. 자형한테는 내가 한 번 갔다 오지 뭐."

삼촌이 정말로 아버지를 만나러 가기는 했다. 잘은 모르지만 재소자를 위문하러 가서 사업을 자신에게 일임한다는 아버지의 동의를 얻어왔다고 보는 편이 맞을 것이다.

아버지가 귀휴하던 날, 퇴근한 나는 평상심을 잃을까봐 현관문밖에서 한참이나 호흡을 가다듬어야 했다. 집안으로 들어서자 초로의 남자가 서성이는 게 보였다. 수척하고 볼품없이 마른 아버지는 주방에서 분주했다. 병원을 비울 수도 없는 상황이라 마중조차 나갈 수 없었다. 사회복귀과 쪽에 미리 현관 비밀번호를 알려 놓은 터였다. 교정교도관이 집까지 동행하는 게 원칙이라는 소리를 들었기 때문에 굳이 호들갑스레 맞을 일도 아니었다.

십오 년만의 부녀 상봉은 생각보다 담담했다. 아버지라고 부르기엔 눌러 놓은 회한과 슬픔이 컸기 때문에 나는 몇 번이나 목소리를 가다듬어야 했다.

"뭐…… 하고 계신 거예요?"

나도 모르게 아주 느리고 침착한 말투가 튀어나왔다. 아버지라는 말은 나오지도 않았다.

"집을 쉽게 찾을 수 있더구나. 네 삼촌이 가르쳐 줬다. 삼촌도 많이 늙었더구나. 요즘 가구 사업도 신통찮은 모양이고……."

아버지는 대답 대신 딴 소리를 했다. 아버지는 미역국을 끓이고 있었다. 인희를 위한 늦은 생일상이었다. '이게 인희 생일 미역국이다.' 라고 차마 말하지 못하는 당신 마음을 나는 안다. 그때까지 인희는 들어오지 않았다. 인희의 귀가는 점점 늦어지고 있었다. 아버지가 그곳으로 떠나던 날이 인희의 두 번째 생일이었음을 당신은 기억하고 있었던 것이다. 그 사실이 예리한 칼날 같은 죄책감이 되어 아버지의 갈비뼈 어디쯤을 찌르고 또 찔러댄 모양이었다. 귀휴 기간 동안 아버지의 제일 과제는 인희의 생일상 마련이라도 되는 듯 아버지는 온 정성을 다했다. 들깨가루를 넣은 미역국과 푸른 시금치나물, 먹다 남은 김치 등이 생일상 메뉴로 차려져 있었다. 아버지는 구석에 밀쳐둔 케이크 상자까지 꺼냈다. 케이크 위에는 허브 가루가 뿌려져 있었다.

"그곳에서 가지고 온 레몬밤 허브를 좀 뿌렸다."

나는 무뎌진 내 후각을 잠시 원망했다. 아마 케이크에서는 상큼한 레몬향이 퍼져 나갈 것이다. 생일상이 식어갈 즈음 인희가 들어왔다. 단 사흘간 허락된 아버지의 외출이 부녀간에 함께 하는 것을 의미한다는 것을 알았을 때 인희는 차라리 집에 들어오지 않겠다고 했다. 나 죽는 꼴을 보고 싶거든 그렇게 하라고 맞받아 친 게 걸렸던지 인희는 내 눈치를 살피며 들어왔다. 아버지가 차린 생일상을 애써 무표정하게 쳐다보던 인희가 말했다.

"이게 뭐야? 그리고 이건 또 무슨 냄새야?"

인희는 밥상과 케이크를 번갈아 쳐다보았다. 인희는 나를 향한 질문의 형식을 빌려 아버지에게 독화살을 날렸다. 아버지는 아무 말이 없었다. 어서 빨리, 적의를 거두고 십여 년 만에 보는 막내딸이 당신이 손수 차린 생일상 앞에 앉아주기만을 바랐을 것이다.

"너 먹으라고 손수 미역국을 끓이셨어. 같이 저녁 먹자."

내 말이 끝나기도 전에 인희는 식탁 위를 자신의 팔꿈치로 확 밀어 버렸다. 미역국 건더기가 시금치나물에 엉겼다. 찌든 김치가 레몬밤 케이크 위를 뒤덮었다. 김치보시기는 저만큼 나동그라져 사금파리로 빛났다. 전쟁터가 따로 없었다. 패잔병들이 흘리고 간 유류품처럼 방바닥은 엉망이었고, 선혈 같은 김칫국물이 벽 아래로 흘러내렸다.

"제발 힘들게 하지 마. 그 동안 댁의 미역국 없이 잘만 살았어. 이제 와서 이딴 게 무슨 소용이야? 언니는 이 국 먹을 수 있어?"

물론 제 정신으로 그 국을 떠먹지는 못할 것이다. 백 번 인희를 이해한다. 인희의 분노는 결코 아버지를 향한 게 아니었다. 애비 없이 지난한 시간을 견뎌온 자신과, 팍팍하기만 한 세상에 대한 울분이었음을 나는 안다. 그것을 알고 있을 아버지 또한 말이 없었다. 태어나 처음으로 아버지의 눈물을 보았다. 부성을 거스르지 못하는 저 회한의 눈물……. 그날 밤 아버지는 한숨도 눈을 붙이지 못했다. 좁은 아파트 복도 난간에 기대어 잎 무성해지는 유월의 플라타너스를 하염없이 바라볼 뿐이었다.

귀휴 마지막 날 결국 인희는 집에 들어오지 않았다. 아버지는 적어도 겉으론 인희의 외박에 대해 아무런 반응을 보이지 않았다. 당신으로선 인희에 대해서 말할 자격이 없다고 생각하고 있는 것 같았다. 아버지는 삼 일 동안 외할머니 산소에 다녀온 것 말고는 종일을 집에 틀어 박혀 지냈다. 나는 최 간호사가 비운 자리를 채우느라 다음날 아침 출근을 할 수밖에 없었다. 곧 그만 둘 것인데 굳이 아버지의 귀휴를 그에게 알리면서까지 휴가를 내고 싶지도 않았다. 이틀째 되는 날 오후, 그가 세미나 참석 차 휴원한 걸 계기로 겨우 말미를 낼 수 있었다. 아버지와 함께 하는 시간은 아쉽고도 짧았다. 따뜻한 점심상이라도 봐드릴 생각으로 시장을 들러 집에 들어갔을 때 아버지는 예의 그 장식장을 만들고 있었다.

"……뭐, 만드세요?"

아버지라는 호칭은 가슴에만 살아 있을 뿐 목구멍에 걸려 나오지 않았다.

"그냥 뭔가 만들어 보려고 그런다."

아버지는 묵묵히 그곳 이야기를 들려주기 시작했다. 처음에 몇 년간은 목공예 일로 보냈지. 그 때 기억을 더듬어 뭔가 정표라도 남기려는 기다. 인희한테 뭔가 주기는 해야 하는데……. 그냥, 요 건너 목재소가 보이기에 재목 좀 사와서 뚝딱거려 보는 기다. 갖고 온 허브도 놓아두기 좋고……. 목공예 기술은 형편없다. 적성에 맞지도 않았고……. 요 근래 모범수로 뽑혀 허브 농원에서 일한다. 라벤더원이라고 하는데 꼭 라벤더만 키우는 건 아니다. 여러 종류의 허브를 키운다. 실버타임, 오데코롱민트, 레몬밤, 로즈마리, 라벤더 등 수 많은 종류의 허브를 키우지. 생각보다 키우는 게 힘들지도 않고 향도 좋고……. 운이 좋았다고 할 수 있지.

아버지는 읊조리듯 말을 이어나갔다.

"라벤더원에서 노동할 때가 제일 좋다. 죗값을 치르는 것치고는 너무 호사겠지만 정이 든 건 사실이다. 언제 또 다른 작업장으로 옮겨갈지 모르지만 그곳 생활은 너무 걱정하지 말거라."

아버지는 말린 포푸리 주머니 몇 개와 찻잎으로 쓸 잎이 담긴 허브 통을 내밀었다.

"마른 게 차로 마시기엔 좋으니 한 번 마셔보렴."

정작 아버지는 그곳에서 한 잔의 허브차라도 마셔 보기나 했을까? 그저 작업장에서 귀동냥한 얘기들을 내게 전하는 것처럼 보이기도 했다. 하지만 라벤더원에서 노동하는 그 시간만큼은 행복하다는 아버지 말은 믿고 싶었다. 격리된 생활을 너무 오래한 탓인지 그리운 것도 아쉬운 것도 없는 사람처럼 아버지는 사흘 동안의 귀휴를 보내고 편안히 그곳으로 되돌아갔다.

아버지가 떠난 다음날 나는 인희를 다그쳤다.

"너, 어디서 자고 왔니?"

"그것도 몰라? 그냥 어떤 놈하고 잤어. 제법 됐어. 눈치가 빠르다면 내가 아르바이트 하는 것도 알고 있었을 텐데……."

인희는 아무렇지도 않게 대꾸했다.

"그게 무슨 소리야?"

"내레이터 모델해서 밥벌이가 될 것 같애? 그것 말고도 여행 도우미로 뛰고 있어. 적성에 맞아. 쉽게 말하면 출장 가는 유한남 따라가서 비위 맞춰주는 것. 우리 회사가 따로 텔레폰 클럽이라고 만들어서 운영하고 있는데 나도 가입했어. 그만한 값어치도 없는 인간한테 빠져서 허우적대는 언니보다는 내가 더 솔직하지 않을까. 제발 좀 그 작자한테서 빠져 나올 수 없어?"

인희는 속사포처럼 쏘아댔다.

"다 알고 있어. 더 상처받기 전에 빠져 나와. 그 인간 어떤 인간인지 알아? 우리 텔레폰 클럽에도 등록돼 있어. 어제 세미나 있다고 서울 갔지? 그 때 미현이가 동행했잖아. 이번이 처음도 아냐. 그런 인간이 뭐가 좋다고 헤어나지 못해? 정신 좀 차려!"

얼굴을 들 수가 없었다. 그를 완전히 믿은 건 아니었다. 하지만 인희를 통해서 그에 관한 안 좋은 이야기를 듣는다는 건 수치였다. 인희는 아버지가 만들어 놓고 간, 간이 화장대 의자에 앉아 오랫동안 눈물을 흘렸다. 그리고 오늘 도벽이 재발해 버렸다.

경찰서를 나왔다. 인희가 집으로 가는 버스를 타는 것을 본 뒤 나는 다시 병원으로 들어갔다. 그는 아직 퇴근하지 않고 있다. 흑피녀와 벌인 실랑이 때문인 듯 많이 지쳐 보인다. 힐끔

내 쪽을 쳐다보더니 그가 말한다.

"실내 향기가 참 좋은데……. 새로 나온 방향젠가?"

허브향을 그는 인공 방향제쯤으로 생각하고 있는 듯했다. 나른해진 그의 눈빛은 나를 원하고 있었다. 오랫동안 그를 지켜봐 온 직감으로 나는 그것을 알아차린다. 단박에 그를 거절하지 못할 것이다. 형광등 불빛에 반사된 그의 훤한 정수리가 이글거린다. 내 심장 박동소리도 가빠진다. 쉽게 사람에게 빠지는 것은 내 천성 때문이 아니라 절절한 외로움 때문인가. 그가 나를 끌어당긴다. 돼지울음 소리 같기도 하고 코고는 소리 같기도 한 신음 소리를 그가 내뱉는다. 그는 호흡 중추에 이상이 있거나 편도선 비대로 남몰래 고생하고 있을지도 모른다. 욕정으로 달뜬 그의 특이한 목소리를 나는 우스꽝스럽게도 의학 상식으로 커버하려 든다. 나는 운동성이 살아있다는 걸 증명하려는 것처럼 그의 움직임 하나하나에 민감하게 반응한다. 그러면 외로움을 잊을 수 있다. 가리고 피한다고 치유되지 않을 병이라면 부대껴서 해결하는 게 더 나을지도 모르겠다.

너는 쉽게 나를 떠나지 못할 거야. 그의 눈빛이 말한다. 나는 애써 그의 눈빛을 피한다. 창밖을 내다본다. 초여름의 어스름한 바람을 타고 느티나무 잎들이 흔들린다. 맡을 수 없는 온갖 향기들이 창을 통해 들어오는 것 같다. 그 향들이 진료실 가득 흩어진 포푸리 향기와 뒤섞여 혼미해진 의식 속으로 파고드는 환영에 휩싸인다. 손끝에 힘이 빠진다. 그토록 똬리를 틀던, 아버지가 물려준 살의의 유전자는 어디로 갔는가. 이대로 무너질 순 없는데……. 나른해진 의식 저 끝으로 귀휴를 끝내고 돌아가는 아버지의 뒷모습이 얼비친다. 아버지, 사흘간의 여행은 즐거우셨나요? 내 살의의 유전자는 어떡할까요? 그곳 라벤더윈에도 허브향 진하게 흩날리겠지요?……. 내 몸은 점점 가라앉는다.

피의 일요일

1. 알리바이

유봉수, 당신이 내 손에 죽지 않았음은 명백하다. 하지만 세상은 결코 나의 무혐의를 인정하려 들지 않을 것이다. 이렇다 할 알리바이를 대지 못하는 내 갑갑함을 누가 알겠는가. 이럴 때 남편조차 곁에 없을 게 뭐람. 남편은 언제나 내 편이다. 열흘 째 출장 중인 그는 밤늦게나 도착할 것이다. 두바이 씨미르 호텔 공사 현장 지원팀에서 일하는 그는 출장이 잦은 편이다. 지금쯤 이른 기내식을 먹은 뒤, 나와 뱃속의 아기 생각으로 나른한 행복감에 젖어 있을 터이다.

유봉수는 내 시아버지 이름이다. 그 인간은 진작 내 손에 죽었어야 했다. 그럴 기회조차 주지 않고 저렇게 욕실 바닥에 엎어져 죽어 있다. 유 – 앞으로 유봉수를 이렇게 부르겠다. – 의 마지막 모습을 본 그 누구라도 유가 타살임을 믿어 의심치 않을 것이다. 얼핏 보니 이마에 깊이 팬 상처가 있고, 그곳에서 흘러내린 피로 얼굴은 온통 검붉게 물들었다. 욕실 바닥에도 피가 흥건하다. 후텁지근한 날씨 탓일까, 피비린내가 진동한다.

아무도 대놓고 내게 혐의자라 말하지 않을지도 모른다. 한데 왜 이토록 불안한 것인지. 누가 내 알리바이를 믿어 줄 것인가. 나 말고 누가 유를 죽이고 싶어 했단 말인가. 저 흉측한 몰골을 남기려고 그토록 내게 못살게 굴었나. 이러고 있을 때가 아니다. 누가 나를 유의 죽음에서 자유롭다는 것을 증명해 줄 것인가. 옆방 13호 족발댁? 아니다. 그녀와는 악연일 뿐이다. 나를 궁지로 몰아넣을 수 있는 여자다. 13호는 유와 나의 불화를 가장 자세히 알고 있는 축에 속하지 않던가. 유가 죽기 직전, 우리의 다툼까지 목격하지 않았던가. 기다렸다는 듯 유와 나 사이에 있었던 상황을 불리한 쪽으로 증언할 여자이다. 차용증 없이 유에게 빌려준 돈 오백 만원을 돌려받지 못하게 될지라도 13호는 내게 불리한 증언을 할 게 뻔하다. 그 둘 간의 정리情理를 봐서도 13호는 유의 편에 설 수 있는 여자이다.

분명 싸우는 걸 봤어요. 이렇게 끔찍한 모습이 마지막이 될 줄 알았으면 좀 더 잘 해줄 걸. 믿기지가 않네. 동네 사람들 보란 듯이 지껄여댈 13호의 목격담은 내게 치명타를 줄 것이다. 13호 족발댁은 대놓고 나와 유의 싸움을 즐겼다. 승자 없는 싸움이 끝나 갈 즈음 13호는 불쑥 나타나 내 속을 후벼 파곤 했다.

시부한테 그케 막 대하는 거 어데서 배웠으까? 산 조상이든, 죽은 조상이든 조상 잘 모시는 아랫대 치고 운대 꺾이는 것 내사 몬 봤다! 뒤탈 없을라 카믄 우째든지 시부한테 잘 해라. 어른이 둘이가, 서이(셋)가? 안주인 먼저 보낸 것도 섭섭은데, 혼자 남은 시아부지한테 본데없이 굴면 안 되제. 저 세상에 간 시엄니도 혀를 찰 일이제.

일장 연설을 늘어놓는 13호를 보노라면 내 팔자에 없는 시모가 환생한 기분이었다. 유에게 13호는 든든한 백그라운드였다. 한 때 정분난 사이였다는데 눈치로 봐선 현재 진행형인 것도 같다. 그건 내 알 바 아니다. 분가에 도움만 된다면 나로선 둘의 관계를 적극 장려할 참이다. 13호가 낭창한 목소리로 내 앞에서 훈시를 할 때 유는 옆에서 흠흠, 헛기침을 하곤 했다. 동네 지나가는 개새끼한테 물어봐라, 백이면 백, 며느리니 잘못이라 카지. 어디 함부로 까불고 있어, 이런 말이 헛기침 속에 숨어있을 것이다. 어찌 된 건지 유와 내가 갈등할 때마다 13호는 목격자의 자리에 있곤 했다. 삼흥시장 13호 점포인 족발집 문을 닫은 후 한가해진 탓이었다. 내가 분가를 하든지, 13호가 족발집을 다시 열든지 하지 않으면 13호의 주제넘은 간섭은 계속될 판이었다.

사실 한 치 양보 없는 대접전이긴 했다. 유가 주방 바닥에 도마를 내동댕이쳤다. 뒤질세라 나는 국이 든 냄비를 주방보다 먼 거실 쪽으로 날려 버렸다. 몇 날 며칠, 아니 일 년을 삭이다 폭발한 것이다. 내 인생 최초의 과격한 행동에 속했다. 자제심의 정점에서 터지는 폭죽이라 이성적 사고가 끼어들 틈이 없었다. 막무가내요 안하무인인 사람의 기를 꺾는 방법으로 물리적이고 가시적인 방법보다 나은 건 없었다. 난장판이 된 거실을 보자 유는 움찔했다. 나의 승리였다.

나는 착한 며느리 콤플렉스에 빠진 부류는 아니다. 그렇다고 시부모 앞에서 드센 끼를 휘두를 만큼 간 큰 며느리도 못 된다. 결혼하자마자 유와의 합가를 받아들여야만 했을 때 스스로 규정지은 며느리 상이 있긴 했다. 효부 소리 듣지 않을 정도로만 하자, 그 집 며느리 참 착하더라는 얘기만 피하자, 스스로 스트레스 받지 않을 정도로만 최선을 다하자. 이렇게 나만의 룰을 정해 놓았다. 꽉 막힌 어른만 아니라면 이런 내 생각이 먹힐 거라고 생각했다. 그것은 오산이었다. 사사건건 부딪치기만 했다. 유와 지낸 일 년보다는 차라리 무덤 속을 택하고 싶을 만큼 내 심기는 불편해져갔다.

효자 남편은 그간 분가 같은 건 꿈조차 꾸지 않았다. 하지만 남편은 이번 출장에서 돌아오면 분가하겠다고 했다. 어르고, 달래고, 협박한 끝에 받아낸 약속이었다. 시부 없는 일상이라니, 상상만으로도 달콤했다. 하루하루 남편이 돌아오기만을 바라고 있었다. 한데 어처구니없게도 유는 내게 살인혐의를 남긴 채 저렇게 주검으로 화답하고 있다.

우리에겐 신혼이 없었다. 시아버지 유 때문이었다. 어느 순간 나는 대가족이 나오는 일일 드라마에 알레르기 반응을 일으키고 있었다. 따뜻한 가족애를 표방하는 허울 좋은 드라마는 반드시 누군가의 희생을 전제하고 있었다. 억압적인 위계의 풍경이 미덕으로 포장되는 것은 그렇다 치더라도 왜 그 희생의 일 순위가 반드시 며느리여야 하는지 나로서는 이해 불능이었다. 자신보다 한참이나 어린 시누이에게 아가씨, 아가씨 하면서 비위를 맞추는 장면도 못마땅했고, 앞치마를 두른 채 주방이나 거실을 분주히 오가며 사지 멀쩡한 식구들의 밥 시중이나 드는 역할로 며느리를 한정하는 것도 보기에 불편했다. 가부장제 시각을 강권하는 드라마 작가나 그런 화면을 마주하고도 별 저항감 없이 빨려드는 시청자나 똑같다고 생각했다. 몇몇 시청자들이 드라마 게시판에 구성원 간의 불평등한 역할에 대해서 성토하는 걸 지켜봤지만 별반 달라지는 건 없었다. 굳건한 가부장제의 군림자인 시댁 식구들 앞에서 며느리는 여전히 심리적 노예일 뿐이었다. 며느리 하나 희생하면 온 집안에 평화가 보장된다는 것이 힘 가진 시댁의 논리였다.

이번 싸움은 더위 때문이었다. 삼복더위에 좁은 집에서, 임산부와 시부가 함께 있다는 자체가 고문이었다. 입덧 때문에 하루에도 몇 번씩 속이 뒤집혔다. 땀이 많은 체질이라 임신 초기인데도 조금만 움직여도 땀범벅이 되었다. 좁은 마루는 늘 유의 차지였다. 하나밖에 없는 선풍기도 유의 전유물이 된지 오래였다. 노인정에 출입하기엔 너무 젊고, 소일거리를 만들기에는 너무 게으른 유는 집안에서 빈둥거리며 텔레비전 보는 걸 즐겼다. 바깥 취미 활동으로는 여자를 만나는 일이 있긴 한데 최근엔 소강상태였다. 경제력이 따르지 않아 잠시 쉬고 있는 중이었다.

나는 주방에 앉아 마늘을 까고 있었다. 얼마나 더운지 목구멍에 숨이 턱턱 걸릴 정도였다. 너무 지쳐 마늘이고 겉절이고 다 귀찮았다. 유는 여전히 마루에서 텔레비전 삼매경에 빠져 있었다. 은행으로 피서를 가든지, 친구가 근무한다는 빌딩 주차장 사무실로 마실이라도 나갈 것이지 유는 내 입장 따위는 눈곱만큼도 헤아리지 않고 있었다. 은근히 부아가 솟았다. 까던 마늘을 내팽개치고 방으로 들어왔다. 될 수 있는 한 옷을 훌러덩 벗어 던졌다. 단 십 분만이라도 자유를 누리고 싶었다. 팬티 하나만 걸친 채 침대에 드러누웠다. 까칠한 삼베 침대 깔개에도 낮 동안의 열기가 배어 있었다. 여전히 땀이 흘렀지만 유가 보이지 않는다는 사실만으로도 시원했다. 유의 저녁 식탁이 걱정되긴 했지만 될 대로 되라 싶었다. 정해진 시간에 유는 어김없이 밥상이 차려지기를 원했다. 삼시 세 끼 따뜻한 밥, 제시간에 차리는 것이 며느리의 첫 번째 도리라고 대놓고 말하는 사람이었다. 그러거나 말거나 오늘만큼은 최대한 편한 자세로 낮잠을 즐기고 싶었다. 이런 내 생각은 금세 물거품이 되었다. 안방 문이 벌컥 열렸기 때문이었다.

"야, 휴지 좀 가져와!"

유가 나를 부르는 호칭은 언제나 '야' 이다. 거개의 교양 있는 시아버지들이 즐긴다는 새아가, 며늘아 같은 호칭은 애초부터 기대하지도 않았다. 하다못해 미경이라는 내 이름이라도 들먹여 주면 이렇게 비참하지는 않을 것이다. 할 말이 있으면 유는 다짜고짜로 야, 하고 일단 운을 뗐다. 야, 밥 아직도 덜 됐나? 야, 선풍기 좀 틀어 봐라. 야, 팥빙수 한 그릇 만들어 봐라……. 명령어로 끝맺는 것도 유만의 독특한 화법이었다.

유가 교양과는 담 쌓은 인물이라는 것쯤은 알고 있었다. 그렇다고 노크조차 하지 않고 며느리 방문을 열리라고는 생각하지 못했다. 아무리 한 집에서 흉허물 없이 산다고 해도, 며느리가 방안에 있는 것을 뻔히 알면서 어찌 방문을 제 맘대로 열어재낄 수 있단 말인가. 방심한 채 문을 잠그지 않은 것은 나의 실수였다. 방문을 잠그는 것도 쉽지 않다. 낡은 주택의 방문은 경첩이 내려앉은 지 오래였다. 요즘 같은 여름철이면 습기 먹은 문이 부풀어 아귀가 잘 맞지도 않는다. 그렇다고 내 실수에 면죄부를 얹겠다는 뜻은 아니다. 옷을 벗은 채 눕고 싶었다면 손수건을 묶어서라도 방문을 잠가야 옳았다.

유를 보자 나는 너무 당황했다. 근데 이놈의 영감탱이는 민망한 순간을 전혀 피할 기미를 보이지 않았다. 그 눈빛을 생각하면 지금도 소름이 돋는다.

"빨리 나가요!"

있는 힘껏 소리를 질렀다. 시아버지가 아니라 느물느물한 치한처럼 보였다. 팬티만 입은 상태라 문을 잠그러 앞으로 나설 수도 없었다. 가만 보니 유의 눈빛이 벌써 몽롱해지고 있었다. 숫제 내 몸을 아래위로 흘낏흘낏 살피기까지 하는 것이었다. 십여 초의 그 순간이 얼마나 길게 느껴졌는지 당해 보지 않은 사람은 모를 것이다.

이런 빌어먹을 영감탱이! 나는 앞 뒤 가리지 않고 침대에서 뛰어나가 문을 쾅 닫았다. 얼른 옷을 챙겨 입고 마루로 나왔다. 여기에서 머뭇대면 내가 지는 꼴이었다. 무조건 큰 소리를 쳤다.

"노크 좀 하시라고요. 노크. 기본도 몰라요?"

"누가 그런 민망시러분 꼴로 있을 줄 알았나? 휴지가 안 보이길래……."

"휴지가 제 옆구리에 붙었대요? 그 정돈 좀 알아서 챙기시라구요."

나도 모르게 악다구니를 퍼부었다. 이참에 하고 싶은 말을 다할 작정이었다. 그 때 유는 주방을 지나 창고 쪽으로 휴지를 찾으러 가던 중이었다. 한데 갑자기 주방 모서리에 있던 도마를 들어 마루로 집어던지는 것이었다. 듣기 싫으니 그만 하라는 행동파다운 경고였다.

"엉, 내 집에서 내 맘대로도 못한단 말이가? 새파란 며느리 눈치 보며 사는 기, 이기 사는 기가? 동네 사람들 좀 보소, 누가 죽일 연놈인지!"

이번만은 참고 싶지 않았다. 내 인내심도 한계에 다다랐다. 끓여 놓은 북엇국 냄비를 싱크대에서 그대로 밀어버렸다.

"저도 더 이상 못 참아요. 제발 좀 염치를 아세요."

도마 떨어지는 소리에 이어 국 냄비 내동댕이치는 소리, 내 악다구니와 유의 소란이 차례로 밖으로 퍼졌다. 기다렸다는 듯이 옆방 13호가 현관문을 열고 들어왔다. 13호로서는 이제나 저제나 좋은 구경거리를 기다리고 있던 참이었다. 13호는 정해진 순서대로라면 나를 향해 일장 훈시를 해야 했다. 한데 평소와 달리 독 오른 내 모습에 심상치 않음을 깨달았는지 아이구, 어쩌누, 저러다 일내지, 만 연발했다. 손으로 입을 가린 채 발까지 동동거렸다. 과장된 그 제스처가 어쩐지 속마음은 그렇지 않다는 걸 더욱 극적으로 보여주는 것만 같았다. 어서 빨리 둘 중 누구 하나 일 내주기를 바랐겠지만 13호의 느닷없는 출현이 오히려 유와의 싸움을 싱겁게 만들고 말았다. 머쓱해진 유가 슬며시 화장실로 사라지자 더 이상 훈수를 둘 일이 없어져 버린 13호도 제 집으로 쏙 들어가 버렸다. 유가 죽기 한 시간 전 일이었다.

숨을 돌리기 위해 집 앞의 방죽 위로 올라갔다. 그대로 집안에 있을 수가 없었다. 패대기쳐진 도마와 퍼질러진 국 냄비는 치울 생각조차 못했다. 생각하니 그것조차 내게 불리한 상황이 되어 버렸다. 누가 봐도 갈등이 있었다는 명백한 증거물이 될 터이니까.

오후 방죽 위로 태양이 이글거렸다. 여차하면 둔치 너머 강물 속으로 빠져 들 수도 있겠다는 생각이 들었다. 하지만 시부와의 갈등 때문에 착한 남편 두고, 뱃속의 아이와 함께 죽는다는 건 말도 되지 않는 일이었다. 그늘 하나 없는 흙길을 하염없이 걸었다. 방죽엔 사람 그림자조차 보이지 않았다. 지독한 더위였다. 그 순간만은 더위도 힘듦도 의식하지 못했다. 오직 유가 내 눈에 보이지 않는다는 사실에 안심이 될 뿐이었다. 혼란스러운 마음을 추스르기 위해 그저 걷고 또 걸을 뿐이었다. 시간이 약인지 조금 있으니 한결 나아졌다. 집으로 돌아갔을 때, 유가 주차요원 친구를 찾아갔거나 그도 아니라면 그늘을 찾아 뒷산에라도 올라갔기를 바랐다. 남편이 돌아오는 밤까지 유를 마주치고 싶지가 않았다.

땀범벅이 된 채 집으로 돌아왔다. 곧장 샤워를 하기 위해 욕실 문을 열었다. 그 때 유가 화장실 변기 바닥에 널브러져 있었던 것이다. 너무도 놀란 나머지 나는 뒷걸음질을 쳤다. 뭔가 음모에 휘말린 기분이었다. 도대체 누가, 왜? 아무리 생각해도 주변에 나 말고는 유를 죽여야 할 이유를 가진 사람은 없었다.

이런 때일수록 침착해야 돼. 일단 호흡부터 가다듬었다. 살며시 욕실 문을 닫았다. 두려움이 심장을 옥죄어 왔다. 의심받을 게 뻔한데 섣불리 경찰에 신고를 할 수도 없다. 복잡한 경우의 수를 찾아보지만 그럴수록 혼란스럽기만 하다. 지금 경찰을 부른다면 나는 최악의 사태를 맞이하게 될 것이다. 사건 현장의 최초 목격자가 피의자 신분으로 바뀌는 일은 흔히 있는 일이다. 리얼 24시 같은 범죄 추적 프로그램에서 자주 봐오지 않았던가. 취조실의 분위기는 상상만 해도 끔찍하다. 천장에선 알전구가 흔들릴 테고 낡은 테이블을 사이에 두고 주눅이 한껏 든 채 나는 모니터 앞의 형사와 마주앉게 될 것이다. 이 봐 새댁 아줌마, 좋게 말할 때 불어! 시간 끌어 봤자 체력만 소모된다고. 그간 유봉수한테 못 된 짓 많이 했다며? 온 동네가 다 알던데. 이렇게 목격자도 있잖아. 이 상황에서 새댁 말고 누구를 의심할 수 있겠어? 13호 아줌마를 목격자로 내세운 형사는 나를 옥죄어 올 것이다. 혐의자로 몰린 이상 읍소를 곁들여 무죄를 호소해 봤자 소용없다. 그럴수록 알리바이와는 더욱 멀어질 것이다. 어리석은 짓은 벌이지 않는 게 상책이다.

한참을 죄책감에 시달렸다. 그 때 옆방 총각이 외출에서 돌아오는지 대문을 두드리고 있었다. 일단 문을 열어 주었다. 총각에게 아버님이 죽었어요, 잠시 나갔다 오니 욕실에 뻗어 있었다구요. 무서워요, 라고 동정심을 구할 수도 없다. 껄끄럽기 그지없는 유와 나의 상황을 이곳 다가구 주택 사람들이라면 모르는 이가 없다. 총각에게 도움을 청했다간 본전도 못 뽑을 수도 있다. 내겐 생각할 시간이 필요하다.

총각은 새마을 금고 직원이다. 직장 경력 일 년도 채 안 되는 새내기이다. 방죽에서 조금 늦게 내려왔더라면. 그리하여 총각이 먼저 유의 시신을 발견했더라면, 하는 엉뚱한 생각도 들었다. 욕실을 같이 쓰는 총각이 시신을 먼저 발견할 수도 있는 일이었다. 그렇다고 근본적으로 달라질 건 없다. 내가 현장을 피했다고 생각할 수도 있지 않겠는가. 대출 문제로 유와 감정이 별로 좋지 않은 총각에게 내가 기댈 수도 있다. 하지만 이것도 별 도움이 되진 않는다. 우리의 싸움을 지켜본 13호가 있는 한, 그 한 시간 안에 외부인이 들어와 만행을 저질렀으리라고는 그 누구도 생각하지 않을 것이기 때문이다. 명쾌하게 알리바이를 대지 못할 바에야 사체를 유기하는 게 나을지도 모른다. 악연도 이런 악연이 없다. 망할 놈의 새끼 유!

2. 유봉수의 엽기 행각

유의 못된 행태는 그간 쭉 있어 왔다. 며느리 구박하는 것까지는 참겠는데 며느리 희롱 수준에 이르러서는 도저히 참을 수가 없었다. 남편이 돌아오면 내 분기탱천을 고대로 전할 작정이다. 분가 계획에도 그리 나쁘지 않는 양념이 될 터였다.

아부지는 정신이 있어요, 없어요? 좀 어른답게 처신하세요. 아무리 대단한 효자라도 느물대던 시아버지를 향해 남편은 이 정도의 힐난은 할 수 있을 것이다. 한데 그 원망의 말 한마디

들을 기회도 없이 유는 우리 곁을 떠나 버렸다. 사실 유는 남편 앞에서는 큰 소리 한 번 치지 못한다. 혹시라도 아들에게 밉보여 내침을 당할까 두려워하는 면이 없지 않다. 아들이 두려운 만큼 유는 내 존재를 무시했다. 유의 집에 우리가 얹혀사는 꼴이고, 대신 유는 남편의 수입에 의존한다. 해서 남편으로서는 분가의 명분을 찾지 못하고 있었다. 장남 콤플렉스에서 벗어나지 못하는 남편은 유를 그리 쉽게 포기하지는 못할 것이다. 그러니 유와 남편 사이를 불편하게 해야지만 나로서는 분가라는 전리품을 얻을 수 있다. 한 번씩 유의 횡포에 못 견딘 내가 고자질을 할 때마다 남편은 유에게 소리를 버럭 질렀다. 남편의 그 행동이 곧 내 편을 든다는 의미가 아닌 것도 나는 알고 있다. 남편이 이러지도 저러지도 못하는 샌드위치 신세라는 걸 난들 왜 모르겠는가. 하지만 조금만 더 맺고 끊는 게 확실했다면 유의 엽기 행각이 덜했을 거라는 생각이 드는 건 어쩔 수 없다. 천륜이 밥 먹여 주나? 불효막심한 놈이란 소리 한 번만 들으면 남은 생애가 편할 텐데 남편은 그럴 배짱조차 없다.

유가 저지른 만행은 일일이 열거할 필요조차 없다. 어느 날 아침 유가 말했다. 북엇국이 끓고 있었다.

"니는, 국이라 카믄 북어국밖에 아는 게 없제?"

"어제, 강 영감님과 한 잔 하셨다면서요."

내 딴에는 해장국이랍시고 준비한 터였다.

"그라모, 술 안 먹은 어제 아침에는 와 북어국이 밥상에 올라 왔노?"

"그거야, 북어무침을 하려다가 여의치 않아서……."

내가 생각해도 나는 어른들이 원하는 참한 며느리 감은 못 된다. 따박따박 말대답하는 싸가지 없는 며느리다.

"야가, 야가! 어디 어른이 말씸 하시는데 톡톡, 말대꾸고? 니는 친정에서 그리 배웠나?"

유는 습관처럼 친정에서 그리 배웠나, 하고 죄 없는 친정을 걸고넘어졌다. 친정에서 그리 가르치지는 않았겠지만, 실은 나는 말대답에는 일가견이 있다. 유의 기준에 말대답이지, 내 기준으로 보면 할 말은 하고 사는 정도이다. 친정아버지 앞에서도 할 말은 해야 직성이 풀리는 성격이었다. 아무리 어른 앞이라도 살다 보면 왜 할 말이 없겠는가. 나는 그걸 맘속에 담아 두지 않고 그 때 그 때 해소하는 편이었다. 이런 환경에서 자란 내가 유 앞에서 갑자기 말문을 닫고 살 수는 없지 않은가.

"오늘은 된장국이 땡긴다. 함 끓이 봐라."

"네? 북엇국 이렇게 끓고 있는데요. 식탁도 다 차려놨는데……."

약간의 동정심을 기대하며 내가 말했다.

"야가, 야가! 국 다시 끓이는데 한 시간이 걸리나, 두 시간이 걸리나?"

막무가내였다. 만약 된장국이 밥상에 오르지 않는다면 그날 유의 전화통에는 불이 날 것이었다. 하나밖에 없는 제 누나에게 고자질을 할 것이기 때문이다. 유의 누나, 그러니까 시고모도 만만찮은 사람이다. 남매간에 세트로 어깃장을 놓는 데는 일가견이 있었다. 온갖 나쁜 소문의 근원지인 시고모에게 걸리면 집안 일대에 불효막심한 며느리로 소문나는 건 시간 문제였다. 언제나 내 행동은 과장되고 부풀려져서 전해졌다. 어떤 땐가, 집안 행사에 남편을 따라 간 적이 있었다. 사돈에 팔촌보다도 먼 친척 되는 시가 쪽 사람들까지 모였다. 모두들 가자미눈으로 나를 째려봤다. 거기까지는 참을 만했다. 한데 듣지 않아도 좋을 말을 들어 버렸다. 화장실 안에서였다.

"석호, 글마 마누라가 그리 여시라 카네. 지 시아부지를 똥구녕의 방구 대하듯 한다네."

"설마요, 석호 아부지도 만만찮은 영감이라는 건 일가가 다 알잖나."

누군가 내 편이 되어 주는 듯했다. 꾹 참고 다음 말을 기다렸다.

"그래도, 어른 아침상에 국도 없이 마른 찬만 올리는 건 너무 한 거 아이요?"

"그기 무신 소리고?"

"아, 글씨. 입안 깔깔한 노친네한테 맨날 국 없는 밥을 맥인다 안 카요."

"그기 사실이믄, 석호 마누라가 참 못 됐제."

이런 대화를 엿들었던 것이다.

그 때 일이 생각나 할 수 없이 다시 된장국을 끓여 내야만 했다. 어찌해서 멀쩡하던 여자들이 '시'자 들어간 사람들하고만 마주치면 주부 우울증이 걸리는지 이해가 됐다. 이 정도에서 유가 죽기를 바랐다면 엄살이다. 일일이 열거하지 않아도 시부의 엽기 행각은 동년배에선 따를 자가 없을 것이다. 손발톱 마른행주 위에 올려놓고 깎기, 그 행주로 자신의 얼굴 닦기. 또 그 행주로 발바닥을 문지른 후에 식탁을 닦으라고 건네주기까지 했다. 며느리 앞에서 팬티 바람으로 돌아다니는 것은 애교에 속했다. 텔레비전을 볼 때는 더 가관이다. 리모콘이 바로 옆에 있어도 소용없다.

"야, 9번 틀어 봐라. 9번!"

완전 종 대하듯 했다. 자신의 엉덩이 밑에 리모콘이 숨어 있어도 찾을 생각조차 하지 않았다. 다분히 의도된 며느리 괴롭히기였다. 아무리 봐도 가학 증세가 있는 영감탱이였다. 마침 텔레비전에서는 효도법 제정에 관한 시사 토론이 진행되고 있었다.

노인회와 유림 대표들이 오른쪽에, 여성계 대표들이 왼쪽에 패널로 마주 앉아 있었다. 먼저 여성계를 대표하여 한 여성 변호사가 말했다. 여성 측에서 보면 효도법은 며느리 혹사법이나 다름없다. 왜 멀쩡한 여자들이 결혼만 하면 도리니, 효부니 하는 콤플렉스에 시달려야 하나, 뻔뻔하게 불효하던 남자들은 왜 결혼과 동시에 갑자기 효자로 돌변하나, 그것도 마누라 등에 업고. 대체로 이런 내용이었다. 한마디로 결혼한 아내에게 효를 강요하거나, 효부 이데올로기를 주입시키지 말라는 주장이었다. 핏줄인 아들도 손사래 치는 부모 공경을 왜 들어온 며느리가 짐짝 떠맡듯이 맡아야 하는가, 사회보장의 일환으로 노인 문제를 다뤄야지 왜 그것을 가정의 테두리에 가두려 하느냐, 가정 내에서 효를 운운하기엔 여자, 특히 며느리의 희생이 너무 크다, 개인의 손을 떠나 이는 사회와 국가 차원에서 책임져야 한다, 여성 변호사는 이런 논지를 펼치고 있었다. 백 번 옳은 말이었다.

"저기, 무신 소리고? 하이튼, 입 함부로 놀리는 여자들 때문에 우리나라가 요모양 요꼴이 됐다 카이. 무식한 여자가 대통령 한다고 설칠 때부터 내 알아봤다 카이."

유는 분해서 못 견디겠다는 표정이었다.

"요새 것들은 위아래가 없어. 죽은 파리보다도 못한 대접 받는 게 늙은이까네."

나를 겨냥한 말이었다. 늙은이 축에도 못 낄 나이인데 유는 스스로 대접받는 늙은이가 되고 싶어 했다.

여성 단체를 대표하는 유일한 남자 패널이 말문을 열었다. 자칭 페미니스트라 칭하는 사람들도 엉터리더라구요. 여성 권익 단체에서 일 하는 여성들도 어찌된 것인지 명절만 되면 자청해서 앞치마 두르고 시집에서 일만 하더라구요. 마치 고급 시녀나 종이 되기로 작정한 사람처럼요. 박사, 여성학자, 장관

가릴 것도 없어요. 앞장서서 여성계를 지휘해야 할 사람들이 왜 그러느냐고 인터뷰를 했더니, 글쎄, 가족을 상대로 한 인습과의 싸움이 가장 어렵다는 거예요. 문제를 일으키느니 그냥 묻어 두는 게 편하다는 거예요. 이게 우리 현실이에요. 진정한 여성 해방, 아직 멀었어요. 전 남자지만 이런 여성 스스로의 모습이 이해가 안 돼요.

나로선 속이 후련했다. 하지만 유는 그 남자 패널을 향해 일갈했다.

"저런 미친 새끼들 때문에 사회가 이 꼴이라 카이. 우예끼나 저런 것들은 남자 자격도 없다. 물건을 확 잘라 뿌리야 된다."

한 번은 이런 적도 있었다. 명절 끝, 신문에 다음과 같은 칼럼이 실렸다.

……사흘간의 휴식은 달콤했다. 일터에서의 수고는 잊을수록 좋았다. 전을 굽고 나물을 무치는 아내의 손길이 분주했다. 기름기와 물기 묻은 아내의 앞치마는 가족애라는 훈풍이 말려줄 것이었다. 애기꽃이 담장을 넘는 일은 명절이 주는 큰 즐거움 중의 하나였다.……

이런 내용의 글이었다. 나는 며느리로서 결코 피해망상증 환자는 아니었지만 읽을수록 열이 뻗쳤다. 해서 남편에게 따지듯이 물었다.

"자 봐라, 이것이 남자들이 명절을 대하는 시각이다. 물기 묻은 앞치마를 어쩌고 저째?"

남편이 받아쳤다.

"또, 그 피해 의식!"

"내가 흥분하지 않게 됐냐구? 니들 달콤한 휴식을 취할 때, 며느리들 노동이 시작된다는 것 몰라?"

한데 갑자기 유가 끼어들었다. 그 새 칼럼을 읽은 모양이었다.

"구구절절 옳은 말만 했구만. 명절에 꼴 난 물 좀 묻힌다고 손가락 부러지나?"

물 좀 묻히는 게 억울한 게 아니라, 인간 대접 못 받는 게 분하다, 라고 말하려다 나는 그만 두었다. 그런 말이 통할 유가 아니기 때문이었다.

실은 나는 남들에게 유를 이야기할 때 한 번도 아버님이란 호칭을 쓴 적이 없었다. 이것 하나만으로도 무궁동에서 최고의 못된 며느리 타이틀은 내 차지였다. 사람들의 이중 잣대는 이러했다. 유가 아무리 인간 말종이라 해도 며느리로서 할 도리는 해야 한다는 것이었다. 그런 인간들에게 외치고 싶다. 단 하루라도 유에게 시달려 보라고. 하루는커녕 한 시간만 겪어 봐도 내게 그런 요구는 하지 못할 것이다.

오죽했으면 묵묵히 견디던 남편도 유가 죽었으면 좋겠다고 말한 적이 있겠는가. 남편이 그런 말을 꺼낸 것은 아주 사소한 일 때문이었다. 텔레비전을 보지 않을 때 유가 즐기는 또 다른 유흥은 소박하게도 화투 놀이였다. 술과 담배를 좋아하지 않는 유는 화투로 재수패 뜨기를 하곤 했다. 그 화투를 잠시 우리가 만진 게 문제였다. 유가 외출하고 없는 휴일, 우리는 유의 화투로 고도리를 쳤다. 입덧을 잊어 볼 요량이었다. 어떻게 된 건지 중간에 흑싸리 껍질 한 장이 사라져 버렸다. 아무리 찾아도 뵈지 않았다. 유의 성격을 아는 남편은 새것을 사다가 흑싸리만 끼워 놓았다. 반질반질하게 질이 난 화투와 새것은 단박에 표시가 났다. 아니나 다를까 새 화투를 본 유는 고함부터 질렀다.

"내 화투 어쨌노?"

"그냥 새 것 쓰세요. 잊어버리고."

"뭐라꼬? 새 기면(새 것이면) 다가? 어째 니들은 아까분 게 없노, 으이? 그래 가지고 언제 집 사가꼬 나갈래?"

없어진 헌 화투를 내놓으라고 어깃장을 놓았다. 환장할 노릇이었다. 새 것 표시가 너무 나는 흑싸리를 유는 그 자리에서 분질러버렸다. 참다못한 남편이 옆에서 나 들으라고 나직이 말했다.

"아버지, 지금 죽는다고 해도 원통할 것 없을 것 같다. 차라리 어디 가서 죽어 버렸으면 좋겠다."

그런 남편이 조금 가엾어 보였다. 통쾌하기 이를 데 없기도 했다. 남편이 유가 죽기를 바랐다면 나는 유를 죽이고 싶은 심정이었으니. 한 두 달만 기다려 줬어도 그 꿈을 성사시켰을지도 모르는데 그 기회는 사라지고 이렇게 타인의 의심과 스스로의 자책만 남게 생겼다. 어떻게 이 일을 처리해야 하나. 남편조차 내 말을 믿으려 하지 않을 것이다.

3. 혐의자

누가 유를 죽였을까? 따지고 보면 옆방 총각도 용의선상에 올릴 만하다. 유와 갈등이 분명 있었다. 유에겐 돈이 급하게 필요한 적이 있었다. 지난 봄, 유는 늦바람이 났었다. 항상 바람끼가 있기 때문에 늦바람이 났다고 말하는 것조차 새삼스럽긴 하다. 여자에게 쓸 돈이 필요했던 모양이었다.

"야이야, 돈 좀 어째 안 되겠나?"

유는 처음엔 남편에게 손을 내밀었다. 낌새를 차린 내가 남편을 단속했다. 순둥이 남편은 내 말을 잘 따라 주었다. 뜻대로 되지 않자 이제 옆방 총각을 못살게 굴었다. 유는 옆방 총각이 근무하던 마을금고 창구로 갔다. 말단 직원으로 창구에 앉아 공과금이나 받으면서 청원 경찰 노릇까지 겸해야 했던 총각에게 대출 결재권이 있을 리 만무했다. 공과금을 내러 간 13호가 내게 목격담을 전해 주었다. 13호는 유가 밖에 나가서 어떤 대접을 받고 있는지 안다면 빨리 돈을 마련해 주라고 충고까지 하는 것이었다.

"미시타 강, 우째 한 오백만 안 되겠나?"

"대출이 그렇게 내 맘대로 되는 게 아니라니까요."

"이웃 좋다는 기 뭐꼬? 우째 힘 좀 써 봐라."

"제 선에서 결정할 수 있는 사안이 아니라니까요."

"그라모, 누가 하노? 이 안에 남자는 미시타 강 빼께 없구만도."

"점장님한테 물어보세요."

"으이, 그래? 지점장한테 미시타 강이 한 집에 산다꼬 얘기하면 되겠네. 그거보다 더한 시용(신용)이 어디 있겠노?"

"이런 마을금고 같은 데서는 신용보다는 담보가 중요해요. 정 빌리고 싶으시면 집 담보로 빌리세요."

바른 말만 하는 총각이 견딜 수 없었는지 바로 유의 주무기가 나왔다.

"우라질 놈, 붕알을 씹어 먹어도 시원찮을 놈! 돈 오백 빌리주는 기 뭐 그리 대수고?"

좁은 마을금고 안에서 자신이 알고 있는 육두문자는 다 써먹었노라고 13호가 전해 주었다. 그 대출 사건 이후 유는 총각을 괴롭히기 시작했다. 부담스러워진 총각이 방을 빼서 나가겠다고 했기 때문이다. 총각이 낸 열 달치의 보증금을 쉽게 내줄 유가 아니었다. 총각 입장에서는 나가고 싶어도 열 달을 견뎌야 할 판이었다. 아주 완곡한 표현으로 총각이 방을 빼달라고 했을 때, 유는 어림없는 수작 말라고 트집을 놓았다. 심지어 별 탈 없었던 수도료, 전기료 같은 것까지 따지고 들었다. 사실 그러한 것은 주부인 내가 할 일이었다. 하지만 당신

집이라는 이유로 유는 자질구레한 집안 살림까지 일일이 챙겼다. 이런 유에게 젊은 혈기의 총각이 욱하고 덤비지 말라는 법은 없지 않겠는가. 더구나, 오늘은 일요일, 내가 잠시 방죽으로 나간 사이, 외출을 했다 집으로 돌아온 총각에게 유가 시비를 걸었을 수도 있지 않았을까. 일을 벌인 총각이 그것을 은폐하기 위해 다시 외출을 했다 돌아온 걸처럼 꾸몄을 수도 있고.

또 다른 혐의자를 꼽자면 당연 변 영감이 될 터였다. 변 영감은 유의 집과 담장을 나란히 아는 이웃사촌이다. 변 영감은 몇 달 전에 오래된 주택을 헐고 신축을 했다. 그 때 측량을 했는데 자신의 땅 일부가 유의 마당으로 편입되었다는 사실을 알게 되었다. 한 평 조금 넘는 땅이었다. 하필이면 우리가 드나드는 대문 쪽의 땅이었다. 구청 지적과에 확인한 결과 틀림없는 사실이었다.

"어이, 유 주사 어째 해결 안 되겠는가?"

전직 공무원이었다는 변 영감은 처음에는 점잖은 어법으로 유를 압박했다. 변 영감이 말했다. 담을 허물어 경계를 새로 만들어 주든지, 아니면 그 땅을 사라는 것이었다. 물론 후자가 더 현실적인 대안이었다. 하지만 유로서는 이제껏 제 것으로 알고 밟아온 땅이었기에, 변 영감의 요구를 수용할 수가 없었다.

"법대로 해뿌리라. 내가 한 짓도 아인데 내가 와 덮어 쓰노?"

시세대로 땅값을 부른다 해도 씨알도 먹히지 않을 유에게 변 영감은 두 배 이상을 요구했다. 유는 더 이상 대꾸조차 하지 않았다. 중간에 남편이 나서서 중재를 하려 했지만 소용이 없었다. 천상천하 유아독존의 방식이 유의 처세술이었다. 변 영감은 곧바로 자신의 땅인, 유의 집 대문 앞쪽에다 벽을 세워 버렸다. 변 영감이 바리게이트를 치면 유는 치우기를 반복했다. 몇 번을 거듭한 끝에 지금은 흉터만 남았다. 고집에서 한 수 위인 유의 승리였다. 하지만 조만간에 그 문제는 해결될 것이다. 겨우 유를 뒤로 빠지게 하고 남편과 변 영감이 타협을 하고 있기 때문이다. 이런 갈등을 보자면 변 영감도 혐의자의 목록에서 완전히 지울 이름은 못된다. 한데 오늘 하루 종일 변 영감을 보지 못했으니 섣불리 판단할 수도 없다.

마지막으로 13호도 혐의를 완전히 벗어나지는 못한다. 유와 13호의 관계는 심학규와 뺑덕어미의 그것과 같았다. 한 때 그 둘에게는 미묘한 애정 기류가 흐르고 있었던 것은 사실이다. 내가 결혼하기 전 일이긴 하지만 세상을 등진 시어머니를 대신해 유가 13호에게 의지를 많이 했다고 한다. 시샘 많고, 물욕 강한 13호 앞에서 유는 착한 양처럼 굴었다. 잘 나가던 둘 사이가 삐끗거린 것은 욕심 때문이었다. 재혼까지 결심했던 유에게 13호는 이 집에 대한 공동 명의를 조건으로 내걸었다. 집은 유의 유일한 재산이었다. 당시만 해도 삼흥시장 족발집을 경영하던 13호로서는 거칠 게 없었다. 그 요구가 묵살되자 둘 사이엔 앙금이 생겼다. 하지만 갈등이 오래 간 것도 아니었다. 유는 여전히 13호에게 전세 보증금을 턱없이 낮게 책정해 주고 있다. 세입자인 13호로서는 경제적 프리미엄을 마다할 이유가 없었다. 유로서도 한참 정분 나던 시절에 대한 자존심만은 지키고 싶었던 모양이었다. 유에게 자존심이나 배려가 있었다는 게 나로서는 이해가 되지 않지만.

여기까지만 들으면 그 둘에겐 더 이상 갈등이 없는 것처럼 보인다. 하지만 그렇게 간단한 문제가 아니다. 총각에게서 대출 문제를 해결하지 못한 유는 그 대출 대상을 13호로 바꾸었던 것이다. 새 여자 때문에 급전이 필요했던 유는 결국 13호를 구슬려 오백 만원을 손에 쥘 수 있었다. 마을금고에서 수모를 당하던 유를 보고 13호가 동지애를 발휘했던 것이다. 나중에야 자신 아닌 다른 여자 때문에 돈을 빌린 것을 안 13호는 분개했다. 이미 여자에게 돈은 다 썼고, 갚고 싶어도 갚을 돈이 없는 유는 13호에게 은근히 시달릴 수밖에 없었다.

내가 방죽으로 나간 뒤 유를 위로하려던 13호는 여러 이야기 끝에 돈을 갚으라고 했을 수도 있다. 흐지부지하게 된 여자와의 관계만 청산해 준다면 채권자로서의 권리를 포기하겠다고 말했을지도 모른다. 물론 이 집에 대한 공동 명의를 요구하면서. 천하에 없는 악한끼리라도 서로는 궁합이 맞기도 한다. 유와 13호가 그랬다. 그 소박한 꿈이 이루어질 것 같지 않자 13호는 우발적으로 유를 죽였을지도 모른다.

4. 실마리

아랫배가 욱신거린다. 요윈지 통증인지 분간이 서질 않는다. 처음엔 유 때문에 신경을 써서 그런가 보다 했다. 저 끔찍한 욕실로 들어가야 하다니. 그렇다고 주방에서 볼일을 볼 수는 없지 않은가. 배꼽 밑으로 간헐적인 통증이 인다. 느낌이 좋지 않다. 날카로운 칼날로 쑤셔대는 것만 같다. 될 수 있으면 냉정해지기로 한다. 일단 볼일을 본 후 경찰서에 신고를 하든지 친구에게 전화를 하든지 그도 아니면 남편이 돌아올 때까지 기다리기로 한다.

입구 쪽에 유가 널브러져 있다. 조심스레 유를 타넘어 좌변기에 앉았다. 슬리퍼 아래로 피가 물컹거리는 기분이었으나 실제로는 물기가 묻은 것에 불과했다. 얼핏 보았을 때 피로 흥건한 줄 알았던 바닥이 의외로 멀리 번지지 않았다. 처음에 너무 충격적인 모습을 본 터라 뇌리에 과장되게 인식된 것 같았다. 변기에 앉았을 때 왼쪽 편에 유가 누워 있었다. 앞으로 고꾸라진 채였는데 얼굴은 출입문 쪽으로 돌려져 있었다.

방광을 비웠는데도 개운하지가 않다. 아랫배가 점점 쑤셔올 뿐이다. 쿡쿡 박자를 맞춰 가며 통증은 아랫배를 조인다. 겁이 난다. 임신 삼 개월, 여전히 몸조심을 해야 할 시기이다. 쓰린 배를 쓰다듬으며 한참이나 변기에 앉아 있다. 아무래도 내일 쯤 병원에 가 봐야 할 것 같다. 아린 배를 움켜쥔다. 일어날 힘조차 없다. 가만 앉아서 앞 벽만 주시한다. 칫솔통과 컵이 걸렸던 대못 두 개가 없다. 욕실 안을 다시금 살펴본다. 저 멀리 못 두개가 나동그라져 있다. 겨우 고개를 숙여 유를 관찰한다. 이마에 가까운 관자놀이가 찢겨져 있다. 처음엔 무조건 칼날 자국인 줄 알았다. 한데 자세히 보니 창상이 맞긴 한데 어떤 흉기인지 가늠할 수는 없다.

어쩌면 유의 죽음이 타살이 아닐지도 모른다는 생각이 든다. 내가 방죽으로 나간 뒤 분을 못이긴 유가 화장실에서 쓰러졌을지도 모르지 않는가. 평소 유에게 고혈압 같은 지병이 있었다는 소리는 듣지 못했다. 큰 병 때문에 병원에 가는 유를 본 적도 없었다. 하지만 멀쩡하던 사람들이 어느 날 심근경색이니 뭐니 해서 돌연사하는 경우가 있지 않은가. 화장실에서 볼일을 보려던 유가 갑자기 쓰러졌을지도 모른다는 생각에 이른다. 어디까지나 이것은 내 생각이다. 화장실은 좁다. 해서 앞으로 쓰러지던 유의 안면이 정통으로 컵 걸이 대못에 찔렸을 수도 있는 일이었다. 설사 대못에 유의 얼굴이 찍히지 않았어도 이미 유는 죽을 운명이었을지도 모른다. 욕실 바닥에 그대로 쿵 쓰러지는 순간 죽음의 신이 유의 곁에 있었을 것이다. 직접적 사인은 스트레스와 – 이건 내게도 책임이 있다. – 무더위를 수반한 심근경색쯤이 아닐까 하는 생각이 든다. 간접적 사인은 이미 위암이나 폐암이 진행되고 있었을지도 모르고. 그토록 건강했던 친정아버지도 위암 말기 진단을 받고 삼 개월도 버티지 못하고 돌아가시지 않았던가.

유가 피를 흘린 것은 체중이 실린 채 못에 호되게 긁혔기 때문이고, 앞으로 넘어지면서 타일 바닥에 부딪혔을 수도 있지 않은가. 지금 생각하니 아무도 내게 살인 혐의를 씌우지 않았다. 유와 내가 불편한 사이라는 걸 세상이 다 아니까 스스로 그런 최면에 걸려 버린 것이다. 처음부터 아무도 나를 질책하려 하지 않았다. 하지만 나는 지레 겁을 먹었다. 주변의 눈을 지나치게 의식하다 보니 스스로 피해의 집에 들어앉은 것이다. 피가 흥건하다든가, 피비린내가 진동했다는 것은 지극히 주관적인 나만의 생각이었다. 남들이 나를 살인자로 볼 것이 명백하다는 결론에 이르자 스스로 갈팡질팡했던 것이다.

차분히 유를 들여다본다. 어느 정도 객관적인 눈이 생긴다. 사실 유가 흘린 피는 그리 대단한 것도 아니었다. 온몸에 힘이 빠진다. 이제 안심하고 경찰서에 전화를 할 수 있을 것도 같다. 변기에서 일어서려는데 힘이 없다. 허벅지가 풀리면서 균형을 잃는다. 유의 주검 위로 내 몸이 포개진다. 하필 유의 어깨 위로 넘어질 건 뭔가. 이게 아닌데, 겨우 실마리를 풀게 됐는데…….

아랫도리에서 미적지근한 액체가 흐른다. 손을 가까이 대보니 피가 묻어 있다. 하체 가득 물컹한 것이 빠져나오는 느낌이다. 유의 피비린내가 다 가셨나 싶은 참에 유의 몸 위로 내 피가 흘러내린다. 더 이상 꼼짝을 할 수가 없다. 스스로 푼 실마리가 다시 엉긴다. 운명의 신은 끝까지 내 편이 아니다. 정말 이지 누가 봐도 내가 유를 죽인 상황이 돼 버렸다. 벌떼 같은 언론 매체들은 임산부, 시부와의 갈등 끝에 욕탕에서 살해, 그 충격으로 아이 유산, 이라는 끔찍한 헤드라인을 뽑아 댈지도 모른다. 백 번 양보한다 해도 시부와의 갈등이 시부의 죽음을 초래했다는 결과는 변하지 않을 것이다. 최소한 며느리와 시아버지가 엉겨 싸우다가 이 꼴이 난 것처럼 되어 버릴 터이다. 13호의 목격담 또한 그것을 증명해 주지 않겠는가.

손전화기가 있는 안방까지가 너무 멀다. 계속해서 피가 흐른다. 유의 몸이 내 피로 범벅이 된다. 서서히 의식이 혼미해진다. 내 무혐의를 어서 빨리 증명해야 하는데……. 통증조차 느껴지지 않는다. 이제 꿈결에서나 119 버튼을 누르게 될 것이다. 여기, 무궁동이거든요……. 빨리 좀 와주세요……. 일어설 힘도 없어요. 전 임산부라구요……. 헛소리를 해댄다. 눈꺼풀이 감긴다. 서서히 어둠이 밀려온다. 오늘도 며칠 째 열대야는 계속될 것이다. 열대야 속, 내 몸은 얼음장처럼 차가워진다.

강 건너 데이지

그날 빌보드 차트 넘버원은 〈더 리플렉스〉였다.

그 노래는 듀란듀란의 세 번째 앨범 타이틀곡이다. 그 사실은 나중에 엄마에게 들었다. 하기야 몇 번째 앨범 타이틀이었냐 하는 게 뭐 그리 중요할까. 분명한 것은 그날 오후 엄마가 고물상 담벼락 아래에서 여자를 낳았을 때 그 노래가 흘러나왔다는 사실이다. 1984년 6월 22일, 엄마 나이 스물 셋 때였다. 심박동 소리처럼 규칙적인 드럼 비트에 맞춰 엄마는 산통으로 가빠진 호흡을 조절했다.

그 즈음 엄마는 영국의 오인조 그룹 듀란듀란의 노래를 즐겨 들었다. 베이시스트 존 테일러 때문이었다. 당시 또래집단이 그러했듯이 엄마는 오직 잘 생겼다는 이유 하나 만으로 존 테일러를 좋아했다. 젊은 날의 엄마가 발품을 팔아 구했을 존 테일러의 대형 브로마이드를 우연히 발견한 순간 여자는 '잘생겼다'는 그에 대한 세간의 평가를 인정해야만 했다. 여자는 갸름하고 날렵한 턱 선을 가진 남자들을 좋아했다. 장롱과 벽 사이에 둘둘 말린 채 먼지더께를 쓰고 바래져가던 존 테일러의 상반신 브로마이드야말로 여자의 그런 취향을 만족시켜주었다. 엄마의 끓는 가슴 안에서 하나의 전설이 되어도 좋았던 존 테일러의 브로마이드는 당시 여성 잡지 부록으로 가장 인기 있던 품목이었다. 모든 면에서 엄마와 엇나가기만 하는 여자로서는 이성에 대한 외모 취향이 엄마를 닮았다는 것이 그리 유쾌하지는 않았다.

존 테일러를 알게 된 후 엄마는 자신을 거쳐 간 모든 남자를 존 테일러라 불렀다. 엄마가 스무 살 때 만났다는 여자의 아빠는 엄마의 첫 번째 존 테일러였다. 듀란듀란의 존 테일러보다 아빠를 먼저 알게 된 것이 자명한데도 엄마는 아빠가 존 테일러를 닮았기 때문에 좋아한 것이라고 우겼다. 엄마는 지금 다섯 번째 존 테일러를 꿈꾸고 있다.

엄마의 전언에 따라 내 탄생일의 풍광을 조합해본다. 엄마의 자취방은 대로를 낀 고물상 근처 깊숙한 골목에 있었다. 홀로 산고를 참아내던 엄마는 택시를 잡으려고 골목길을 기어 나왔다. 하지만 고물상 앞까지 왔을 때 그 자리에서 고꾸라져버렸다. 야적장 한쪽엔 쓰레기와 잡동사니 고물들이 뒤

섞여 있었고, 허물어진 담벼락 너머론 능소화 가지가 뻗어 있었다. 금세 터질 것 같은 주황빛 꽃봉오리 위로 불어터진 국수 가락 같은 습습한 기운이 엉겨 붙었다. 장마철이 가까웠다는 신호였다.

담장 밑 허름한 평상이 분만실을 대신했는데 엄마의 기억에 의하면 그 고물상 이름은 '신성 재활용 센터'였다. 고물상 안주인이 쓰러진 엄마를 발견하고 산파 노릇을 해주었다. 병원으로 옮길 새도 없이 여자의 머리통이 반쯤이나 나와 있었다고 했다. 그 안주인 얼굴은 가물가물해도 평상 위로 울려 퍼지던 팝송만은 선명하게 기억한다고 했다. 대학생이던 고물상집 아들이 라디오를 틀어놓았던 것이다. 더 리플렉스. 1980년대를 풍미했던 그룹 듀란듀란의 빌보드 넘버원 노래가 여자의 탄생 축하곡이 된 순간이었다.

언제 들어도 더 리플렉스의 드럼 비트는 규칙적이고 강렬하다. 브라보! 언제 들어도 여자의 탄생 비화 또한 극적이다. 만약 고물상 안주인을 못 만났더라면? 이 상황을 가정한 엄마의 답은 거침이 없었다. 그날 쓰레기 더미가 네 무덤이었어야 했어, 이년아! 술기운을 빌려 엄마는 아무렇지도 않게 그렇게 내뱉곤 했다. 태어난 장소가 곧 무덤이 될 뻔한 애는 그리 흔치 않다. 그것도 쓰레기 가득한 담벼락이라니. 하지만 덤덤해지기로 한다. 자신이 좋아하던 가수의 빌보드 차트 넘버원을 들으면서 출산한 엄마를 가진 이도 흔치는 않을 테니까. 그날 빌보드 차트 넘버원이 더 리플렉스였다는 사실은 엄마도 한참 뒤에나 알았다고 했다. 엄마는 당시 팝송에 관한 무료 팸플릿을 모으곤 했는데, 뒤늦게 주간별 차트 정보를 훑어보다가 그 사실을 알게 되었다. 기저귀도, 젖병도 제대로 갖추지 못한 채 골방에서 몸조리를 하는 동안 엄마의 유일한 친구는 라디오였다. 그 때도 더 리플렉스는 쉼 없이 흘러나왔다.

"세상에, 쟤들이 저렇게 늙었어?"

듀란듀란을 보고 깜짝 놀란 엄마가 컴퓨터 모니터 앞으로 바투 다가온다.

"엄마 나이는 생각 안 하셔?"

여자는 건성으로 대꾸했다. 엄마는 손톱 정리를 하면서 '나는 수우풀 우거진 처엉산에 살리라'를 부르던 중이었다. 여자는 유튜브를 통해 듀란듀란의 2004년 런던 공연 실황을 보고 있었다. 이십여 년 만에 다시 뭉친 그들이었다. 서른 번째 생일 아침, 쓸쓸해진 여자는 자축곡으로 이 화면을 골랐다. 무의식적이었다. 언제나 그렇듯 엄마는 여자의 생일을 눈치조차 채지 못했다. 엄마에게 여자의 생일은 목청 가다듬기용 가곡만도, 시간보내기용 손톱 정리만도 못하다. 일상처럼 굳어진 엄마의 무관심이 차라리 편하다. 태어났다는 사실만으로도 죄의식을 느끼는 여자로선 엄마의 그런 태도에 조금이라도 마음이 가벼워질 수 있기 때문이다.

“저땐 팝 가수들이 대단했지. 깝죽대는 요즘 아이돌과는 비교불가야.”

“무슨 말이셔? 요즘 국산 아이돌의 글로벌한 인기를 몰라서 그래?”

여자가 항변했다.

“동남아나 유럽의 뒷골목 인기가 인기냐? 쓰잘데기 없는 소리 말고 볼륨이나 높여 봐, 이년아!”

호기심을 참지 못하겠다는 듯 엄마가 재촉한다. 여자는 스피커 볼륨을 높인다. 조금 있으면 엄마는 외출을 할 것이고 그 틈에 네오가 오기로 되어있다. 생일 축하를 받는 일은 네오만으로도 충분하다. 엄마를 떠날 거야. 버릴 거야. 그간 충분했으니까. 최근에야 여자는 이렇게 마음먹었다. 이런 여자의 마음은 네오도 알고 있다. 네오는 별 말이 없었다. 그것은 네오가 여자에게 할 수 있는 가장 호의적인 응원이었다. 때마침 네오에게서 카톡 메시지가 온다. 좀 있다 만나. 울트라 절정 피곤. 초죽음 직전! 땀범벅이 된 존 테일러의 단독 샷에 눈길을 주면서도 여자는 네오가 너무 무리하게 일한다고 생각한다.

“테이프로만 들을 때하고는 영 딴 판이네.”

엄마가 혼잣소리처럼 말했다. 엄마 말처럼 그들의 공연실황 음색은 둔탁했다. 전성기를 넘긴 아티스트들의 라이브 목청을 절정기의 스튜디오 녹음 사운드와 비교한다는 자체가 무리였다. 삼킬 듯 마이크를 입에 들이댄, 벽돌색 재킷을 입은 사내가 무대 위를 뛰어다닌다. 보컬리스트 사이먼이라고 누군가 댓글로 달아놓았다.

쏘 와이 돈츄 유즈 잇……, 더 리플렉스 이즈 언 온리 차일드. 동영상을 보는 내내 여자는 불편하고 당혹스럽다. 노장의 예술혼 포즈를 취하긴 했지만, 안간힘을 다해 사이먼이 내뱉는 거칠고 가쁜 호흡에서 밥벌이의 신산함이 배어 나오기 때문이다. 카메라도 부담을 느꼈을까. 렌즈는 이내 사이먼을 지나쳐 무대 뒤쪽의 멤버들을 비춘다.

"세상에, 존 테일러야."

무대 왼쪽 뒤, 존 테일러를 발견하고 엄마는 호들갑스레 손뼉을 쳤다. 엄마는 존 테일러를 단박에 알아보았다. 베이스 기타를 든 그의 움직임은 소극적이었고 지루해 보였다. 엄마의 낡은 브로마이드를 통해 보던, 날렵하고 갸름한 턱 선의 미소년은 더 이상 거기 없었다. 대신 볼 살이 늘어난 느끼한 중년 남자가 흐느적거리듯 기타를 튕기고 있었다. 긴 갈색 코트자락을 걸친 채, 웨이브를 한껏 살린 은갈색 머릿결을 나부끼는 그는 분명 존 테일러였다. 관객을 향한 심드렁한 표정이야말로 한 때 그가 소녀부대를 몰고 다녔음을 증명하는 마지막 자존심처럼 보였다. 민소매 차림의 드러머 로저 테일러의 얼굴은 땀범벅이 되었다. 규칙적으로 드럼 위에다 스틱을 내리찍는데, 그 때마다 여자의 심박동 소리도 커지는 것 같았다. 확실히 보컬이나 기타 소리보다도 드럼 비트가 더 강렬하다고 여자는 생각했다. 드러머를 두어 번밖에 훑지 않는 카메라의 눈이 아쉬울 정도였다. 소리로만 울리는 그 리듬을 놓치지 않으려고 여자는 신경을 곤두세웠다. 드럼 소리에 산고의 호흡을 가다듬었다는 엄마의 얘기가 이해될 정도로 여자의 호흡도 드럼 비트에 보조를 맞추고 있었다.

화면에 빠진 엄마의 짧은 티셔츠 단 아래로 시퍼런 아랫배가 드러난다. 주사자국이다. 엄마는 일주일에 한 번씩 황여사네 아파트를 찾는다. 뱃살 빼는 주사를 맞으러 간다. 불법의료장인 황여사네는 중년여성들로 넘쳐난다. 뱃살을 빼거나, 팔자주름을 없애고, 통통한 볼 살을 갖고 싶어 하는 여자들이 모여든다. '소리사랑' 멤버들 대개는 황여사의 고객이다. 엄마는 소리사랑 중창단에서 소프라노 파트를 맡고 있다. 황여사도 엄마처럼 소리사랑 멤버이다. 엄마는 우아함과 고상함에 대한 실천 덕목이 허영심인 줄 착각한다. 자기부정의 욕망이 클수록 허영심의 매뉴얼은 다양해지고 변덕스러워진다는 걸 엄마를 통해 알았다. 헬스, 그림, 요가, 수영을 거쳐 엄마는 요즘 성악에 푹 빠져있다. 노래로 찾는 봉사라는 캐치프레이즈를 내 건 소리사랑 활동을 엄마는 숭고한 명예로 생각했다. 차라리 등산을 표방한 '묻지 마' 관광버스에 오르는 것이 엄마의 명예를 드높이는 데는 제격이라고 여자는 생각했다.

누군가 안부를 물어오면 엄마는 기다렸다는 듯이 말했다. '어휴, 하는 일 없이 바빠요. 작으나마 봉사활동을 하거든요.' 양로

원이나 고아원 위문 공연을 하거나 일 년에 한 번 정기 공연을 할 때 소리사랑 멤버들은 천사처럼 하얀 드레스와 블라우스를 입었다. 엄마의 성화에 못 이겨 정기 발표회를 보러 간 적이 있었다. 여자는 도무지 공연에 집중할 수가 없었다. 십여 명의 멤버 중 첫째 줄 맨 오른쪽에 서있던 엄마는 남들보다 훨씬 눈에 띄었다. 하얗게 얼굴을 덧 분칠하고, 실제 입술선보다 작게 빨간 립스틱을 바른 엄마는 가부키 공연 배우가 분장 지울 새도 없이 성악 무대로 다시 불려나온 꼴을 하고 있었다. 마지막곡인 사랑으로를 부를 때 여자는 과장되게 하얗게 덧칠한 엄마의 얼굴을 납작한 끌로 긁어내리고 싶은 충동을 느꼈다.

"이번엔 괜찮아, 진짜 존 테일러가 울고 간다니까."

엄마가 자신의 '네 번째 존 테일러'를 일컬어 그렇게 말했을 때 여자는 터지는 웃음을 참기 힘들었다. 외모로만 봤을 때 더도 덜도 없이 대머리 까진 전형적인 중년일 뿐이었다. 한데도 엄마는 그 남자를 두고 존 테일러라고 우겼다. 백번 양보해도 머리카락 드문 존 테일러를 상상하기는 힘들었다. 엄마에게 존 테일러냐 아니냐의 기준은 두 가지였다. 돈과 섹스. 그런 네 번째 존 테일러와도 지금은 소강상태이다. 엄마는 '네번째'에게 일방적으로 절교를 선언했다. 이제 엄마는 다섯 번째 존 테일러를 물색 중이다.

여자에겐 네번째야말로 새아버지 자격을 부여하고 싶은 유일한 사람이다. 아빠를 포함해 엄마를 거쳐 간 남자치고 네번째만큼 제대로 된 남자는 없었다. 네번째를 여자는 아저씨라고 불렀다. 최대한의 호의와 정감을 담은 호칭이었다. 엄마와 결혼했던 유일한 남자인 두 번째 존 테일러에게도 제대로 호칭을 써본 기억이 없는 여자였다. 엄마가 집칸이라도 마련하게 된 건 두 번째 존 테일러 덕이었다. 스무 살 연상인 '두번째'는 엄마에게 작은 아파트와 얼마간의 현금을 남기고 죽었다. 오 년 남짓 결혼 생활을 이어간 엄마에게 가장 현실적인 보상이었다. 오욕과 치욕의 지난했던 그 과정은 여기서 말하고 싶지 않다.

어쨌든 엄마의 네번째인 아저씨는 가전제품 대리점을 발판으로 한 때 목돈을 쥐기도 했다. 돈이 있었을 때 아저씨는 엄마에게 대접을 받았다. 하지만 대형 가전업체 매장들에 밀려 업종을 바꾸면서부터 아저씨는 엄마에게 푸대접 신세가 되었다. 비디오 대여점과 체인 세탁점, 치킨집을 거쳐 족발집에 안착하는 동안 아저씨의 경제 사정은 악화일로를 걸었다. 아내와 사별한 아저씨는 천성적으로 연민과 배려가 넘치는 사람이었다. 좋을 때나 나쁠 때나 한결 같은 성품 때문에 엄마 곁에 오래 머물 수 있었다. 아저씨의 경제력이 떨어진 지금 엄마는 아저씨를 더 이상 집으로 들이려 하지 않는다.

생계형 족발가게가 한가한 날, 한두 잔 걸친 아저씨는 엄마에게 전화를 걸어온다. 어떨 땐 여자에게도 안부 전화를 걸어온다. 니 엄마가 불쌍해. 거둘 사람은 나밖에 없어. 이런 말을 하는 아저씨를 보면서 여자는 착한 천성이 꼭 좋은 것만은 아니라고 생각했다. 아저씨가 엄마를 버렸다고 생각해요. 자신이 엄마에게 그러하듯 아저씨도 엄마에게서 자유로워지기를 진심으로 바랄 뿐이다.

거짓말 보태 존 테일러 반만 닮았다고 생각해. 그게 니 아빠 모습이야. 어린 시절, 기억하지 못하는 아빠에 대해서 얘기할 때 엄마는 어린 여자에게 그런 식으로 말했다. 그 때마다 낡은 카세트 테이프에서 듀란듀란의 노래가 흘러나왔고, 엄마는 장롱 모퉁이에 끼워둔 존 테일러의 대형 브로마이드를 꺼내곤 했다. 지금은 낡은 테이프도 대형 브로마이드도 남아있지 않다. 엄마의 이상과는 달리 실제 아빠와 존 테일러는 전혀 닮지 않았다. 유일한 아빠의 사진은 그걸 증명시키고도 남는다. 갸름한 얼굴형을 가졌다고 다 존 테일러가 되는 것은 아니었다. 사랑에 빠진 청춘의 눈썰미가 객관적이기를 바란다는 건 얼마나 어리석은 일인가. 그것을 알기에 이 점은 엄마를 이해하기로 한다.

시내의 한 레코드 상에서 엄마의 취향대로 선별 녹음했다는 그 테이프 속에 듀란듀란의 노래가 들어있었다. '헝그리 라이프 더 울프'와 '더 리플렉스' 두 곡이었다. 여자는 그룹 저니와 컬처 클럽, 가수 닐 다이아몬드와 크리스토퍼 크로스 등 옛날 팝 가수들이 낯설지 않다. 엄마의 취향 담긴 낡은 테이프 때문이었다. 엄마는 시도 때도 없이 그 테이프를 틀어댔다. 그러다 어느 순간 그 테이프를 들을 수 없게 되었다. 사춘기 시절, 여자는 자신의 생일을 기억해주지 않는 엄마에 대한 보복으로 그 테이프와 브로마이드를 쓰레기통에 처박아버렸다. 엄마는 자신의 실수였다고 생각했는지 그것들에 그다지 미련을 보이지 않았다. 그때 엄마는 세 번째 존 테일러에 막 빠져들고 있었다. 분신 같은 추억의 물건도 새 남자 앞에서는 하찮은 것이 되어버릴 절묘한 타이밍을 엄마 앞에서 여자는 선택한 셈이었다. 엄마가 그렇게 쉽게 잊을 줄 알았다면 그 테이프를 버리지 않는 거였다. 결과적으로 실패한 복수였다.

여자 탄생일 두 달 전에 홀연히 사라져버린 아빠는 한동안 행방이 묘연했다. 도망을 감으로써 엄마와 뱃속의 여자를 배신했다. 스물네 살, 준비되지 않은 부성이 할 수 있는 가장 비겁하고도 솔직한 방법이었다. 여자가 두 살 때, 엄마를 위해 돌아왔다던 – 실은 오갈 데 없어 왔겠지만 – 아빠는 이내 주검이 되어 다시 엄마를 떠났다. 위암 말기였다. 채 일 년도 되지 않는 기간이었고, 너무 어렸기에 여자로서는 그것을 전혀 기억하지 못한다. 여자 기억 속의 아빠는 언제나 부재중이었다. 대신 엄마는 다양한 버전의 존 테일러들을 여자 앞에 부려놓음으로써 여자가 지닐 본능적 부성 갈구를 방해하는데 일조했다. 더 리플렉스만 아니었더라도 네 년은 죽었을지도 몰라. 돌돌 말린 낡고 큰 브로마이드를 펼치며 엄마가 어린 여자에게 말할 때 여자는 제 태생이 곧 죽음으로 이어지지 못한 그날을 원망하곤 했다.

동영상의 정지 버튼을 누른다. 더 리플렉스 공연이 채 끝나기 전이었다. 네오가 오기 전에 세수라도 해야 한다. 처음부터 오래 동영상을 볼 생각은 아니었다. 심란한 생일 아침, 울적함을 뿌리치려 자신만의 퍼포먼스를 즐기고 싶었을 뿐이다. 한데 엄마가 소리를 질렀다.

"아직 덜 봤다. 니 눈깔만 눈이냐?"

아마 붉은 셔츠를 입은 존 테일러가 화면에 막 잡히는 순간이었는지도 모른다. 여자는 엄마가 화면을 주시하고 있었다는 것을 깜박했던 것이다.

"그깐 일로 뭘 고함을 쳐요?"

여자도 덩달아 예민해진다.

"꺼도 되는지 물어봤어야지. 이 지지배야!"

"그만 좀 하라고요. 몰랐다구요."

이 정도는 평소 같으면 평범한 대화에 속했다. 하지만 오늘은 쉽게 받아들일 수가 없다. 생일 밥상 대신 퉁명스럽고 호전적인 말투를 마주해야 하다니. 모욕과 설움의 감정이 한꺼번에 몰려온다. 오늘이 생일이란 말만은 내뱉지 않기 위해 여자는 입술을 앙다물었다.

"그만 좀 하라고? 니년이 내게 해 준 게 뭐가 있다고 큰 소리야?"

"내가 왜 엄마에게 항상 뭔가를 해줘야한다고 생각해?"

"애비 없이 니년 키운 대가가 겨우 이거야?"

"이제껏 생활비는 누구 손에서 나왔는데? 헤픈 엄마 씀씀이는 누가 감당했고?"

손부채를 만들며 여자도 악다구니를 퍼붓는다. 이참에 참았던 말까지 쏟아냈다. 더 이상 엄마랑 같이 살지 않겠다고. 독립할 테니 더 이상 기댈 생각 말라고. 머지않아 네오와 결혼까지 할 거라고. 생일날 아침에 모녀가 나눌 대화는 아니었지만 언제까지나 미뤄둘 수 있는 얘기도 아니었다. 엄마는 충격을 받은 듯했다. 뭐라고, 뭐라고? 니년이 분가를 하겠다고? 나이 서른인데 독립 못할 게 뭐냐고 여자도 맞고함을 쳤다. 엄마는 키워준 대가가 고작 엄마 버리고 도망가는 거냐고 고함을 질러댄다.

엄마는 어린 여자에게 글과 그림과 숫자 대신 세상의 모든 부정적인 감성들을 먼저 가르쳐주었다. 못생긴 것이, 키도 조막만한 것이, 얼굴도 큰 것이, 눈도 축 쳐진 것이……. 엄마를 스쳐간 존 테일러들과 일이 꼬일 때 그런 언사는 더했다. 거울 앞에 마주 선 어린 여자는 검붉은 피부와 작은 키에는 리본 달린 원피스가 어울리지 않는다는 것을 또래들보다 일찍 알아버렸다. 언젠가 오프라 윈프리 쇼에 여자와 같은 경험을 한 게스트가 나온 적이 있었다. 네겐 안 어울려, 넌 못해. 니가 감히……. 엄마의 부정적인 말로 게스트는 늘 위축됐고 사회적으로 성공했음에도 한 순간도 당당하지 못했노라고 고백했다. 엄마에게 당한 수모를 꺼내면서 그녀는 자주 울먹거렸다. 쇼가 제대로 진행되지 않을 정도였다. 숨죽이며 시청하던 여자도 울었다. 극단적 욕설만이 언어폭력이 아니죠. 자신의 정체성을 모독하고 위협하는 모든 언사는 폭력이죠. 오프라 윈프리가 게스트에 동조하고 격앙할 때까지 그녀의 울음은 멈추지 않았다. 여자의 눈물도 멈추지 않았다. 분가하세요. 카운슬러로 나온 패널 중 한 명이 단호하게 말했다. 그 장면에서 여자는 명치끝이 뻥 뚫리는 느낌을 받았다.

최근엔 여자의 수입만으로 엄마는 자신의 품위를 유지했다. 엄마가 이마주름살을 없애고, 팔뚝 살을 빼고, 지방주사로 허리 사이즈를 줄일 수 있었던 건 순전히 여자가 번 돈 때문이었다. 소리사랑 활동비도, 그 같잖은 품위유지비도 여자의 노동에서 나왔다. 그것도 모자라 엄마는 무덤에 갈 때까지 자신을 책임져줄 사람이 여자라고 못 박았다. 처음에는 그것이 당연한 줄 알았다. 엄마니까. 아무리 그래도 쓰레기 무덤에 방치됐을지도 모를 새끼를 거둔 모성이니까.

여자는 밤낮으로 일했다. 수학 과외를 했다. 다행인지 불행인지 여자에게는 가르치는 재능이 있었다. 웬만한 직장 여성 연봉을 훌쩍 넘는 수입이 보장되었다. 여자는 집과 될 수 있는 한 먼 곳에 조그만 과외방을 열었다. 엄마 때문에 의뢰인들에게 나쁜 선입견을 주고 싶지 않았다. 니 장래를 위해 불려주겠다고 입버릇처럼 말하면서 엄마가 가져간 돈은 소리 소문 없이 사라졌다. 엄마를 책임져줄 존 테일러를 만나는 게 쉽지 않을 만큼 늙어간다는 것을 알았는지 엄마는 부쩍 여자를 의지하려 든다. 엄마 인생 전반이 빈대 작전으로 점철되어 왔으니 이상할 것도 없다.

"니년 없어도 혼자 잘 살 수 있다. 당장이라도 네 년 흔적 깡그리 없애버려!"

현관을 나서며 큰소리치는 것도 마음에 없는 소리다. 황여사네에 가나 보다. 그곳 거실 풍경은 보지 않아도 뻔하다. 서로의 주름진 얼굴을 들여다보며 매선침을 맞아야 할 부위와, 앞당겨지는 보톡스 주사 주기에 대해서 주절댈 것이다. 그도 아니면 삼 개월이 넘어도 청산에 살리라, 정도의 가곡 엘토 파트도 소화해내지 못하는 다른 멤버에 대해 입 칼질을 해댈 것이다.

어디선가 윙윙, 벌레 날갯짓소리가 들린다. 베란다 방충망과 유리창 사이에서 말벌 한 마리가 퍼덕인다. 창을 열어 밖으로 내쫓으려 했지만 방충망과 창틈에 끼인 벌은 제자리에서만 맴돌 뿐이다. 잘못하다가는 집안으로 들어올까 봐 겁이 났다. 여자는 현관 우산꽂이에 꽂아 둔 파리채를 가져왔다. 유리창을 한껏 밀어젖힌 뒤 재바르게 파리채를 방충망에다 내리 찍었다. 말벌은 그대로 더께 낀 베란다 창틀 위로 고꾸라진다. 머리도 몸통도 터지지 않고 온전했다. 위협을 감지한 꽁무니의 독침이 연신 왔다 갔다 한다. 여자는 연민이나 동정심 대신 사내아이 같은 장난 끼가 발동한다. 나무젓가락으로 창틀에 떨어진 벌을 집어 신문지 위에다 옮겼다. 아직 감각이 살아있는 독침은 바짝 약이 올라 제 꽁무니를 쉴 새 없이 왔다 갔다 한다. 좀 전 길길이 날뛰던 엄마 얼굴이 말벌 위로 포개진다. 여자도 전의를 가다듬는다. 이대로 둘 순 없지. 여자는 벌 꽁무니를 나무젓가락으로 눌렀다 놓았다 반복한다. 좀 더 세게 누르자 독침 달린 꽁무니가 쏙 빠진다. 움찔했다. 뭔가 섬뜩하면서도 시원한 느낌이 들었다. 머리통과 몸통까지 나무젓가락으로 지긋이 눌러보았다. 투둑 콩깍지에서 콩이 튀어나가듯 벌 분비물이 터져 나왔다. 잔인한 쾌감 같은 게 전신을 감돌았다. 여자는 벌의 잔해가 남은 신문지를 찢어 주먹껏 움켜쥐었다.

현관문 소리가 들린다. 네오? 여자는 기다렸다는 듯 현관문을 연다. 네오는 한 손엔 작은 데이지꽃 화분을, 다른 한 손엔 쇼핑백을 들고 있다. 편의점 아르바이트를 끝내고 자취방으로 돌아가던 중에 들렀다. 익숙한 발 고린내가 좁은 실내를 점령한다. 자정 이후 아침이 올 때까지 꼬박 편의점 계산대 앞을 지킨 탓이다. 서비스 규정상 슬리퍼도 신을 수 없어 무좀 낀 발에서는 언제나 고약한 냄새가 났다. 엄마가 집을 나서자마자 여자는 네오에게 잠깐 들르라고 다시 문자를 넣어두었다. 이미 새벽에 축하 전화를 받은 상태였지만 여자는 더 큰 위안을 얻고 싶었다.

네오가 쇼핑백을 건넨다. 화분도 건넨다. 쇼핑백 안에는 햇반과 즉석미역국과 포장 김치가 들어있다. 편의점에서 퇴근하면서 사온 것이다.

"이게 뭐야?"

"네 생일상 차려주려고. 아직 밥도 못 먹었다며?"

"뭘……. 이런 걸 바란 건 아냐."

여자의 눈에 눈물이 고였다. 주방으로 간 네오가 즉석미역국과 햇반을 데워 내왔다. 둘은 여자의 컴퓨터 책상 위에 조촐한 생일 밥상을 차렸다. 수저와 햇반, 즉석미역국, 그리고 김치 한 조각. 냉장고에 다른 반찬도 있었지만 여자는 온전히 네오 것으로만 생일상을 받고 싶었다. 미역국에서 김이 모락모락 났다. 한 숟갈 퍼 올리는데 미역건지 위로 또 울컥 눈물방울이 떨어진다. 하루라도 빨리 네오 곁에 머물고 싶다는 생각뿐이다. 그러기 위해서라도 한시 바삐 엄마를 버려야 한다. 즉석미역국과 햇반이 있는 서른 번째 생일상. 더 바랄 것도 없다. 따뜻하다, 정겹다, 라는 소박한 형용사가 이처럼 숭고한 느낌으로 다가온 적은 일찍이 없었다.

편의점에서 퇴근한 네오는 오후에는 은행으로 출근해야 한다. 졸업을 한 학기 앞두고 휴학한 네오는 학과장의 추천으로 인턴 사원으로 근무한다. 가난 때문에 네오는 휴학과 등록을 번갈아하고 있었다. 다음 학기엔 무사히 졸업하고 정식 사원이 되었으면 하는 게 여자의 바람이다. 이유 없이 엄마는 네오를 마땅찮아 한다. 예의바르지만 호락호락하지 않아 뵈는 네오를 엄마는 경계한다. 가난한 네오가 맘에 들지도 않지만 당신 맘대로 조종되지 않는 게 엄마로서는 분한 모양이다. 당신 여생까지 우아하게 책임져줄 착한 사윗감이 나타나리라는 환상 속에 있는 한 엄마에게 만족이라는 것은 없을 것이다. 평생 누군가에게 빌붙어만 살아왔던 엄마로서는 당연한 일이다.

"데이지꽃엔 눈길도 안 주네."

네오가 다시 화분을 가리킨다. 최악의 생일선물이야. 영문을 모르는 네오 앞에서 여자는 목구멍까지 찬 말을 삼킨다. 네오에게 데이지꽃에 대해 아니 데이지에 대해 말할 날은 결코 오지 않을 것이다. 네오 곁이라면 모든 게 만족스럽다. 머지않아 결혼하고, 아이를 낳고, 오래오래 함께 할 것이다. 가난한 집 세 아들 중 장남이면 어떠랴. 주눅 들지 않고 잘 살아낼 것이다. 지금은 다만 책상 위, 저 데이지꽃이 자꾸만 걸릴 뿐이다.

여자 나이 열네 살이었을 거다. 분주한 연말연시였다. 강도나 성폭행범이 들끓기 좋은 때이기도 했다. 돈 없이 불량 끼만 남은 사람도 연말연시의 들뜬 기분을 즐길 권리는 있으니까. 강도는 하필이면 집안의 두 개뿐인 방 중에 여자 방에 들었다. 일층 빌라의 문간방, 창문은 달려 있었지만 방범창은 뜯겨 나간 지 오래였다. 연말연시와 무관하게 어린 여자에겐 무료한 밤이었다. 여자는 무심코 위대한 개츠비를 들었다. 어린이용 만화 버전 명작소설 시리즈였는데 학교 도서관 정리 때, 폐기 처분용으로 나눠 준 책 중에 한 권이었다. 여자는 그 책을 몇 번이고 읽었다. 여주인공 데이지에 대한 개츠비의 맹목적 사랑이 그렇게 부러울 수가 없었다. 단 한 순간만이라도 데이지가 될 수 있다면.

엄마는 그때 세 번째 존 테일러와 안방에서 소주 파티를 열고 있었다. 그 즈음 엄마와 세 번째는 같이 살 것인지 말 것인지에 대해 한참 궁합을 맞춰보던 시기였다. 초저녁에 여자는 눈치 없이 엄마 방문을 열고 들어갔다. 텔레비전을 보기 위해서였다. 신화라는 아이돌 그룹이 막 태동하던 즈음이었다. 엄마 방 옷걸이에는 세번째가 사들고 온, 어린 여자가 보기에도 싸구려로 보이는 스카프가 걸려있었다. 겨울에 어울리지 않는 선물이었다. 엄마의 세번째는 캐시미어 울 백퍼센트 머플러 정도는 사줄 수 있는 사람이었다. 지금 생각하면 형편 되는 남자가 애인에게 경제적으로 최선을 다하지 않을 때는 사랑하지 않는 이유 말고는 없었다. 엄마는 그것을 알아채지 못했다.

엄마, 나 신화 잠깐만 보고, 하면서 텔레비전 화면을 주시하려는데 엄마의 칼날 같은 눈매가 여자를 쏘아 보았다. 세번째가 눈치 못 채게 얼굴을 비스듬하게 돌린 엄마는 여자를 향해 턱을 한 번 치켜들었다. 꺼지라는 신호였다. 연말연시는 가족과 함께, 라고 방송에서 떠들었는데 엄마에겐 세번째만이 가족인 모양이었다. 엄마와 세번째가 비운 소주병이 다섯 병째를 넘어서고 있었다. 엄마는 여자에게 안주로 배달된 족발 하나를 집어주었다.

여자는 엉겁결에 받아들고 자기 방으로 건너왔다. 신화, 아니 민우오빠의 눈웃음이 보고 싶었던 것이지 이딴 족발이나 얻으려고 엄마 방에 간 것은 아니었다. 족발 같은 연말연시라니! 여자는 족발을 책상 위에다 아무렇게나 밀쳐놓았다. 창밖에 도둑고양이라도 지나가면 던져줄 참이었다. 위대한 개츠비를 다시 집어 들었다. 단 한 순간이라도 개츠비의 사랑을 받는 데이지가 될 수 있다면. 강 건너 불 켜진 데이지 집을 애틋하게 바라보는 개츠비의 장면에서는 심장이 오그라들듯이 쿵쾅거렸다. 만화책을 펼치기만 해도 그 첫 장면이 나올 정도로 읽고 또 읽었다. 돼지족발 같은 연말을 떨쳐내려 책을 얼굴에 덮고 누웠다. 개츠비의 시선을 한 몸에 받는 데이지를 꿈꾸면서 잠들고 싶었다. 저 멀리 강 건너 불빛이 어른거리고, 개츠비가 바라보는 가운데 정원을 거니는 데이지라니. 상상만 해도 가슴이 저렸다.

한데 믿을 수 없는 일이 벌어졌다. 정말로 여자 눈앞에 개츠비가 나타나버렸다. 모자 쓴 개츠비였다. 번득이는 칼까지 든 개츠비였다. 여자는 장난인 줄 알았다. 녀석은 여자 얼굴에 덮인 책을 발로 걷어찼다. 외마디 소리 한 번 지를 새도 없이 모자 쓴 개츠비는 왼손으로 여자 입을 틀어막았다. 날랜 동작이었다. 소리치면 죽어, 개츠비의 오른손엔 손잡이 달린 회색빛 도루코가 빛나고 있었다. 쓱, 여자의 목을 스치는 시늉을 하더니 개츠비는 이내 칼날을 거두었다. 입은 여전히 틀어 막힌 채였다. 모자 쓴 개츠비는 방범창 없는 창을 통해 들어왔다. 파악했으면 눈알 내리깔아. 개츠비가 말했다. 여자는 그 말이 끝나기도 전에 눈을 감아버렸다. 어떤 일이 벌어질지 완전하게 이해하지는 못했지만 막연한 공포감 때문에 꼼짝도 할 수 없었다. 벽 하나 사이에 엄마를 두고도 도움을 기대할 수 없는 현실이 원망스러웠다.

모자 쓴 개츠비는 급하게 제 아랫도리를 벗어 내렸다. 무지막지하게 부풀어 오른 자신의 물건을 여자의 입에다 들이댔다. 숫제 어린여자의 머리통을 양손으로 부여잡고 집요하게 파고들었다. 여자는 완전한 공포에 휩싸였다. 죽음보다 더한 공포였지만 참아내는 것 말고는 도리가 없었다. 창밖엔 눈발이 흩날렸고, 제야의 종소리가 울렸다. 모자 쓴 개츠비는 여자의 머리통을 운동기구쯤으로 생각하는 듯했다. 이빨이 아니고 입술을 움직이란 말이야. 정작 여자의 입은 아무런 반응조차 할 수 없었다. 너무 갑작스런 일이라 공포에 질린 채 모자 쓴 개츠비가 하는 대로 가만있을 수밖에 없었다. 신음 같은 한숨을 토해내던 개츠비가 나가 떨어졌다. 여자는 그대로 쓰러져버렸다. 입 다물고 처자기나 해. 재수 없다 생각하고. 모자 쓴 개츠비가 허리춤을 추스르며 말했다. 여자는 소리치지 못했다. 창을 넘어 사라지는 개츠비의 실루엣을 멍한 상태로 바라볼 뿐이었다. 머릿속이 하얘졌다. 하염없이 눈물만 흘렀다. 어린 나이지만 슬픔보다 더한 고통이 외로움이라는 것을 깨달았다. 자신에게 변변한 방패막이가 없다는 것을 아는 인간이 저지른 소행일 거라고 짐작하니 더 비참해졌다. 위대한 개츠비 따위는 없어. 여자는 말라비틀어진 족발을 집어 열린 창밖으로 힘껏 던졌다. 발 빠른 고양이가 창밖을 지나가기만을 바랐다.

그 새벽, 모자 쓴 개츠비가 내던 소리와 같은 신음이 엄마 방에서도 났다. 모자 쓴 개츠비가 한 짓을 엄마의 세번째도 엄마에게 똑같이 하는지도 몰랐다. 지난밤의 공포가 밀려왔다. 도저히 그 소리를 들을 수는 없었다. 여자는 이불을 뒤집어썼다. 어금니에 힘을 주고 귀를 막았다. 그 순간도 수치심보다 외로움이 먼저 떠올랐다.

훗날 엄마에게 그 밤 얘기를 한 것을 여자는 후회했다. 엄마는 위로도 분노도 없는 뜨악한 표정만을 여자에게 보여주었다. '이년아, 목에 칼이 들어왔어도 소릴 질렀어야지. 그도 아니면 그놈 물건을 콱 깨물었어야지. 벽 하나 사이가 그렇게 멀디?' 엄마로서 할 수 있는 말이었지만 여자가 듣고 싶은 말은 아니었다. 차라리 아무 말 없이 끌어안고 실컷 울어주기라도 했으면 엄마에게 남아있을 일말의 모성을 인정하는 계기라도 됐을 것이다. 그럴 수도 없었지만, 엄마 말처럼 그 때 소리를 지르거나 더한 반항을 했다면? 여자는 이 세상 사람이 아니거나 엄마와 엄마의 세번째는 얼굴이나 배꼽 언저리에 깊은 칼자국 하나를 훈장처럼 지니게 되었을지도 모른다. 거기서 그쳤으면 좋겠는데 엄마는 한술 더 떠 없던 기억까지 만들어냈다. '그러게, 그 때 엄마가 같이 텔레비전 보자고 했잖아. 괜히 지 방에 건너가서 몹쓸 짓은 당하고 지랄이야.'

저 데이지꽃. 여자는 책상 위의 데이지꽃에 자꾸만 신경이 쓰인다. 데이지란 이름과 화해하는 날은 쉽게 오지 않을 것이다. 네오가 일어선다. 자취방에 가서 한 숨 붙이고 난 뒤 다시 은행으로 가야 한다. 현관을 나서는 뒷모습에서 투잡을 하는 청년의 피곤함이 묻어난다. 언제쯤 네오와 내게 안정된 일상이 보장될까. 여자는 데이지꽃을 쳐다본다. 아무렇지도 않게 저 꽃을 쳐다볼 수는 없을 것 같다. 밖으로 나가 무른 땅에 화분을 부려놓고 와야겠다고 생각한다.

모종삽과 데이지 화분을 들고 집앞 화단으로 나왔다. 가는 빗줄기가 내리고 있었지만 우산이 필요한 정도는 아니었다. 빗줄기보다 습한 공기가 전신을 휘감는다. 장마가 시작된 모양이다. 여자는 모종삽으로 땅을 팠다. 약하게 빗물이 스민 화단은 위쪽만 물렀다. 데이지를 화분에서 분리해 구덩이에다 심었다. 붉은 꽃잎이 화단의 잡풀 속에서 우뚝한 게 오히려 걸렸다. 찜찜해서 고개를 갸웃대는데 누군가 등을 두드린다. 엄마의 네 번째 존 테일러인 아저씨가 수박을 들고 서있다.

"아저씨!"

"니 엄마 좀 만나려고."

말은 그렇게 했지만 여자는 알고 있다. 자신의 생일을 기억하고 찾아온 것이란 걸. 자주색 점퍼와 날선 양복바지가 부자연스럽지만 아저씨로서는 최선을 다한 것이라는 것도 알겠다. 그새 머리가 더 빠진 것 같았다. 훤한 이마는 아저씨의 순한 인상을 더 물러 보이게 했다.

"너도, 엄마도 챙겨주질 못하고……."

아저씨는 진심으로 미안해하는 눈치다.

"아저씬 최선을 다했어요. 이제 맘 편히 지내세요."

"최선은 무슨……."

집으로 들어가자는 여자의 말에 아저씨는 괜찮다고 했다. 시원한 음료라도 마시면서 얘기를 하고 싶었지만 엄마가 집에 없다니 굳이 가지 않겠다고 했다. 네 얼굴 봤으면 됐다, 하는 아저씨 말에서 여자는 아저씨가 자신의 생일을 기억하고 있다는 확신이 섰다. 여자와 아저씨는 화단 옆 빌라 입구에 쪼그려 앉았다. 시멘트 처마가 있는 쪽이라 비를 가릴 수 있었다.

"생일 축하한다. 변변한 선물 하나 못 사왔다."

쑥스러움을 감추려 아저씨는 담배를 피워 물었다.

"이렇게 수박 사오셨잖아요."

여자는 모퉁이에 놓인 수박을 가리켰다. 여자는 진심으로 아저씨가 새 여자를 만났으면 좋겠다고 생각한다. 엄마가 새로운 존 테일러를 찾으려 애쓰는 만큼 새로운 인연을 만나려고 애라도 써봤으면 좋겠다. 하기야 쇠락한 지금의 아저씨에겐 생활인으로 일어서는 게 먼저이긴 하다. 빗줄기가 조금씩 굵어진다.

"다음에 보자."

담뱃재를 끄고 아저씨가 일어선다.

"아저씨, 저 곧 분가해요. 그 때 연락할게요."

연락하지도 않을 거면서 여자는 그렇게 말했다. 여자는 그냥 자신의 현재 심정을 아저씨에게 간접적으로라도 알리고 싶었을 뿐이다. 아저씨는 별 말이 없다. 아저씨가 빗속으로 멀어지자 여자는 데이지꽃을 쳐다본다. 잡풀들 춤사위에 섞여 데이지도 비춤을 춘다. 풀잎에 꽃잎에 묻은 흙이 빗물에 씻기듯 이 시간 이후의 삶이 좀 더 맑아졌으면 하고 여자는 생각한다. 빌라 처마 밑 수박이 놓인 옆자리에 여자는 쭈그리고 앉는다. 빗줄기는 점점 굵어진다. 여자에게 그 소리는 드럼 비트 섞인 노랫가락처럼 들린다. 쏘 와이 돈츄 유즈 잇……, 더 리플렉스 이즈 언 온리 차일드……. 우미빌라 나동 103호. 엄마 집 쪽에서 계속해서 더 리플렉스가 흘러나오는 것만 같다. 후드득 장맛비 소리는 점점 굵어진다. 더 리플렉스 비트 소리도 점점 커진다.

누가 빈지를 잠갔나

소설이 무엇일까. 여전히 모르겠다. 확실한 건 좋은 소설을 만나면 내가 쓰는 게 소설이 되려면 멀었구나, 하는 자괴감이 인다는 것. 좋은 소설이란 이야기 안에 서늘한 진실이 들어 있다. 그렇다면 나쁜 소설이란? 이야기 안에 작가의 자기합리화가 들어간다. 그래서일까. 나는 일인칭 시점 소설을 별로 신뢰하지 않는다. 삼인칭 소설을 표방하지만 작가의 자의식을 조금도 양보하지 않는, 무늬만 삼인칭인 소설 역시 그다지 믿지 않는다. 그렇다. 그것들은 자기연민이며 자기방어의 소산물이다. 선악의 구분이 모호한 요즘 세상에 내레이션을 맡은 화자의 진술이 얼마나 진부하며 자기기만을 일삼는지를 자주 보아왔다. 중립을 가장한 채 자기연민에는 당위성을 끌어다 붙이고, 타자를 향한 시선에는 근거 없이 객관적인 척하는 기만.

내 소설이야말로 팔 할은 일인칭 관찰자거나 일인칭 주인공 시점이다. 당연히 자기기만 깃든 허섭스레기다. 그래도 쓸 수밖에 없다. 소설은 어차피 팔 할이 구라와 뻥이고 나머지 이 할은 자의식이 낳은 똥일 테니까. 그 말은 모든 소설이 진실을 다 이야기하지는 못한다는 말과 같다. 진실인 척하면서 이야기를 꾸밀 뿐이다. 왜 그럴까? 아무리 소설이 사람 사는 일을 다루고 있다 해도 작가 자신을 다루는 데는 서툰데다 완벽히 솔직하기 힘들기 때문이다. 여타 일인칭 소설들이 즐기는 도덕가연하고 객관적인 척하는 내레이션의 포기가 이 글의 지향점인데 잘 될지는 모르겠다. 벌써 어리바리 갈 길을 잃었다.

카카오스토리, 일명 카스라 불리는 SNS 공간에서 약자를 다시 만났다. 거의 사십 년만이었다. 한 달 전 낯선 닉네임 하나가 내 카스에 댓글을 달았다. 고향을 다녀온 뒤 올린 몇 컷의 사진 밑에 댓글이 달렸다. '땅섬에는 빈지문이 있었지.' 군말 없이 짧은 한 줄이 맨 위 댓글로 올라와 있었다. '지도'라는 닉네임을 가진 이였다. 땅섬이니 지도니 하는 말을 쓴 걸로 보아 동향 사람일터였다. 내 카스에 고향 사람을 초대한 적은 없었다. 누굴까? 쉽게 감이 오질 않았다. 지도라는 닉네임 옆의 퍼스나콘을 눌러 보았다. 물에 얼비친 자작나무 사진이 프로필로 떴다. 약간 몽환적인 느낌이 나는 것 말고는 별 특이할 것도 없는 계정이었다. 퍼스나콘이 안내하는 정보로는 별로 건질 게 없는 소셜미디어였다. 지도의 카스에는 전화번호도 나타나 있지 않았고, 사진과 동영상 음악 코너에도 0이라는 숫자만 뜰 뿐이었다. 타인의 미디어를 보기 위해 계정만 만든 부류였다.

다만 예의 몽환적인 프로필 사진을 감싸는 배경 사진만이 지도에 관한 유일한 정보를 제공해주고 있었다. 배경 사진은 낡고 오래된 나무문이 바람벽에 기댄 채 겹겹이 쌓여있는 모습이었다. 화질이 선명하지 않은 걸로 보아 스냅 사진을 부분적으로 확대해 올린 게 아닌가 싶었다. 그것의 사실 여부는 중요치 않았다. 다만 사진을 보는 순간 저 나무문짝을 어디서 많이 봤는데, 하는 느낌이 들었다. 어디서 봤을까? 겹쳐진 낡은 문 틈새를 들여다보듯 기억을 더듬어봤다. 그랬다. 그것은 우리 옛날집, 그 중에서도 '점빵'이라 불린 곳의 미닫이문 역할을 했던 나무문짝이었다. 그렇다면 지도라는 닉네임은 고향 사람, 그것도 우리집과 아주 가까운 사람 중의 한 명일 거였다. 그제야 생뚱맞게 올린 '땅섬에는 빈지문이 있었지.' 라는 댓글이 배경 사진과 중첩된다는 것을 알아차렸다. 땅섬은 처음부터 알아들었지만 '빈지문'이 무슨 말인가 싶었는데 아마 저 문짝을 가리키는 모양이었다. 저 문을 일컬어 빈지문이라 부른 사람은 내 기억에는 없었다. 그때는 '널문'이라 불렀던 것 같다.

오래된 문짝 사진 하나에 얘기가 딴 데로 샜다. 성질 급한 나를 알아채기라도 한 듯 빈지문 배경 사진의 주인공은 금세 나타났다. 약자였다. 강약자. 약자는 두 번째 카스 방문에서 제 신분을 밝혔다. 내 카스를 방문할 수 있었던 건 내 후배와 약자가 친구 사이였기 때문이었다. 후배의 카스에 드나드는 내 존재를 약자는 알고 있었고, 이번에 내가 올린 땅섬 마을 사진을 보고 나임을 확신하게 되었다고 했다. 가상공간이긴 하지만 나로선 약자를 다시 만난다는 건 생각조차 못한 일이었다. 더 오래 자신의 존재를 숨기고 살 거라 생각했다. 이렇게 쉽게 세상으로 나올 줄은 몰랐다. 조심스럽기는 하지만 반가운 일이었다. 회포를 풀만큼 긴박하고 살뜰한 추억은 아니더라도 약자와 나는 어린 시절 공유한 기억들이 그 누구보다 많았다. 약자와 나는 또래였다. 내가 일찍 학교에 가는 바람에 한 학년 차이가 지긴 했지만 약자와 나는 똑 같은 뱀띠였다. 내 생일이 저보다 빨라서인지 한 학년 늦은 약자는 나를 언니라고 불렀다. 약자는 내게 연민의 대상이었다. 그건 나뿐만 아니라 약자를 아는 모든 사람들이 느끼는 공통의 감정이었다.

일주일 뒤 다시 내 카스를 찾은 약자는 자신의 전화번호를 문자로 보내왔다. 카톡방에서 수다를 떨자고 했다. 아닌 게 아니라 나는 약자가 그간 어떻게 살아왔는지 무척 궁금했다. 약자는 서울에서 산다고 했다. 뜻밖에도 시댁이 내가 사는 동네와 그리 멀지 않다고 했다.

–그럼 시댁에 올 때 당장 만나. 언제 내려 와?

내가 보낸 말에 약자는 이렇게 답문을 보내왔다.

-언닌, 그때나 지금이나 급한 건 같네.

-그래?

땅섬은 내 고향 이름이다. 그것의 행정 명칭은 '지도리'였다. 그래서 약자는 지도라는 이름을 닉네임으로 삼은 것이다. 땅섬 마을이라고 불러도 충분히 아름다운데, 문서화된 모든 것에서는 마을 이름이 지도리地島里로 바뀌어 있었다. 문서의 권위를 증명하는 데는 우리말보다는 한자어가 낫다는 건 그때나 지금이나 같았다. 희한한 건 대부분의 마을 사람들도 우리끼리 있으면 땅섬, 땅섬 하다가도 외부 사람들 앞에서는 제 점잖음을 뽐내기라도 하려는 듯 한결 같이 지도리 사는데요, 지도리에서 왔는데요, 라고 대답한다는 것이었다. 어딘지 싱겁고 멋대가리 없는 지도리보다는 땅섬 마을이 훨씬 정감가고 동글동글한 이름이라는 걸 온몸으로 느끼면서도 사람들은 그렇게 했다.

땅섬은 높은 지대에 있었다. 멀리서 보면 마치 땅 위의 섬처럼 보인다고 해서 땅섬 마을로 불렸다. 댐이 건설되면서 같은 학교를 다니던 천여 명의 아이들 모두는 학교를 잃고 흩어지게 되었다. 수몰 대상 마을 중에 가장 높은 지대에 있다는 우리 땅섬 마을도 삼킬 정도의 물높이였으니 얼마나 큰 댐이었는지 상상이 갈 것이다. 댐은 고향 사람들에게서 모든 것을 앗아 갔다. 수십 개에 이르는 마을은 한 순간에 물밑으로 사라졌고, 사람들은 뿔뿔이 새 터전으로 흩어졌다.

그렇게 고향을 등진 사람들은 오래 향수병을 앓았다. 내 부모 형제들도 예외는 아니었다. 하지만 나는 고향을 떠난 뒤로도 그런 정서로 힘겨워하거나 감상에 젖어 본 적은 없었다. 씻어내기 어려울 정도의 추억 같은 걸 간직하기엔 너무 어린 나이였다는 핑계도 있지만, 딱히 그런 이유만도 아니었다. 열두 살은 결코 어린 나이는 아니었다. 이미 나는 내 마을이, 내 고향이 품고 있던 근거 없는 자만심과 폐쇄적 비관용의 정서를 갈파하고 있었다. 양반 마을이라는 자부심과 집성촌이라는 결속에서 오는, 마을 사람들로서는 근거 타당한 그 자만이 어린 내게는 한 장면의 코미디처럼 비치곤 했다. 나는 조숙했다면 조숙했고, 삐딱했다면 삐딱한 눈을 가진 아이였다. 예의니 범절이니 하는 무의미해 보이는 가치들에 목숨을 거는 그 형식주의에 염증을 느꼈다. 젊거나 못 가진 자들은 영혼 없는 몸짓으로 가진 자나 연장자들에게 머리를 조아렸다. 타지에서 시집온 눈치 빠른 새댁들은 제 속을 감춘 채 착한 며느리라는 소리를 듣기 위해 입을 가리거나 눈을 아래로 깔며 수줍은 척했다. 하지만 시간이 지나면 살아내기 위해 하나 같이 그악스러워졌다. 장정들도 다르지 않았다. 그토록 위계질서와 규율을 따지고 논하던 장정들도 자기 이익 앞에서는 그 모든 것을 허물어버렸다. 모내기철이면 서로 물을 먼저 대기 위한 악다구니가 소나기처럼 논배미를 후려치곤 했다. 가진 자들은 예의를 지키라는 논리로 자신들보다 못한 사람들의 몸과 마음을 지배했다. 그들에게 예의와 범절은 낮은 자가 높은 자에게 행해야 할 의무이자 당위일 뿐이었다.

아버지라고 남다르지 않았다. 고만고만한 시골 사람들이 갖는 완고한 보수성은 당신이 알고 있는 지상 최대의 교양이었다. 서푼 어치도 되지 않는 권위를 활용할 줄 아는 속물근성도 적당히 있었다. 이장이었던 아버지는 성실한 편이었고 평판도 나쁘지 않았다. 알뜰 콤플렉스에 젖어 당신 스스로와 가족들에게 철저한 경제관념을 심어주긴 했지만 집안대소사에는 부지런히 체면치레하는 부류였다. 그것은 아버지만의 생활 방식은 아니었다. 양반이라는 자부심이 뿌리 깊게 세뇌된 그 지방 사람들의 공통된 습성이었다. 아버지는 이장이라는 세속적 지위를 최대한 이용했다. 양심불량하고도 불공평한 처사로 우리집과 지인들의 이익을 대변하곤 했다. 수몰지역 공고가 나기 직전 두 채의 집을 증축했고, 빈 터마다 대추나무나 감나무를 심었다. 그렇게 하면 보상을 더 받을 수 있다는 걸 누구나 알고 있었다. 하지만 추진력과 경제력이 바탕이 되지 않으면 그마저 요원한 희망일 뿐이었다. 그렇게 급조된 부동산들은 감정평가단들도 알고 있었지만 눈을 감아 주었다. 조사파견단으로 머무는 그들에게 숙식과 편의를 제공하는 이 역시 아버지 잔당들이었기 때문이었다. 그렇다고 남들보다 더 나은 이주 정착을 한 것도 아니었다. 당시 같은 보상금을 받았어도, 앞날을 보는 눈썰미가 있는 사람들은 그야말로 대박이 났다. 대도시의 허드레 미나리꽝에라도 재투자한 사람들은 십여 년 뒤, 그들이 바란 것보다 더한 졸부가 되었다. 하지만 고루하고 타분한 아버지는 조금의 의심도 없이 아버지의 원고향인, 땅섬보다 깊은 산골의 논을 사는데 보상금을 다 썼다. 고향 떠나면 불효인줄 알고 쌀 없으면 죽는 줄 알던 시대의 투자법이었다. 결과는 참담했다. 대처의 땅값이 열배 스무 배씩 오를 때 여전한 산골로만 머물러 있던 아버지 원고향의 땅값은 요지부동이었다. 그마저 한두 마지기씩 팔아 자식 교육을 시켰고, 막내인 내 결혼비용을 마지막으로 깡그리 남은 밭뙈기까지 처분하고 말았다. 그렇게 수몰민 아버지의 한 생애는 소박하게 막을 내렸다.

–언니, 점빵 빈지문 기억나?

–빈지문? 그게 뭐야?

–점빵 파할 때, 왜 다섯 개짜리 나무문으로 막곤 했잖아.

–그걸 빈지문이라 했나? 그땐 '널문'이라 한 것 같은데.

–난 빈지문으로 알고 있는데. 그걸로 일기 쓴 기억도 나.

–그랬었나? 건 모르겠고 너랑 점빵에서 훔친 껌 씹다가 널문 뒤에 붙여놓고 다시 씹곤 했던 기억은 나.

–그래, 언니? 난 그 기억은 없어. 세워둔 빈지문과 바람벽 사이에서 쳐다보던 북두칠성은 생각 나.

약자와 나의 카톡 놀이는 그렇게 시작되었다. 카톡을 주고받을수록 조금 놀라웠다. 공유한 추억은 분명 같은데 디테일한 부분에 대한 기억은 각각이었다. 약자는 약자 식으로 나는 내

식으로 기억하고 있었다. 빈지라는 말만 해도 그랬다. 나로서는 처음 듣는 말이었다. 우리집 점빵을 닫는 문이라면 널문이란 말로 불린 게 틀림없었다. 이참에 빈지문이나 널문이란 낱말이 있기나 한지 사전을 찾아보았다. 둘 다 문을 일컫는 말로 나와 있었다. 사전대로라면 우리집 점빵에 있던 문은 빈지문이 더 맞는 것 같았다. 빈지문은 '널빈지'의 다른 말로 옛날 잡화 가게 마감 시간에 닫던 문 종류라고 친절하게 설명되어 있었다. 그렇다고 그 문이 시골에서 빈지문으로 불렸다고 확신할 순 없었다. 수몰이 된 뒤 약자는 서울로 이사를 갔고, 서울 생활을 오래하다 보니 어릴 적 즐겨 부르던 널문이라는 말을 잊어버린 채 책이나 인터넷을 통해 알게 된 빈지문이라는 말을 새기게 된 건지도 몰랐다. 빈지문에 대해 일기를 쓴 기억이 있다고 말한 건 그 문과 관련된 에피소드를 썼다는 뜻이지 빈지문이란 단어를 직접적으로 그 일기에 썼다는 말은 아닐 것이다. 고향을 떠날 때 약자는 오학년이었고, 나는 육학년이었다. 오학년 아이가 그 문을 가리키는 정확한 표준어인 빈지문이란 단어를 썼을 리가 없었다. 내 기억에는 어른들이 널문이라는 말을 썼기 때문에 나도 그렇게 알고 있었다. 하지만 이것 역시 확실한 건 아니었다. 문 이름 하나를 두고도 약자와 나의 기억은 달랐다.

우리집은 신작로를 마주한 채 위채는 살림집이었고, 아래채는 점빵이었다. 점빵 뒤쪽으로는 보상을 더 받기 위해 아버지의 꼼수로 지은 두 채의 집이 더 있었는데 둘 다 빈 방이었다.

농사철이면 고추나 깨 등 수확물을 말리는 용도로 썼다. 그 옆에 아담한 집이 약자네였다. 신작로를 낀 가게에서는 담배와 각종 잡화를 팔았다. 요즘으로 말하면 구멍가게 쯤 되겠는데, 당시 사람들은 그것을 점빵이라 불렀다. 점빵은 주로 아버지가 맡아 꾸렸다. 그 점빵을 닫을 때 쓰던 문이 약자가 말하는 빈지문이었다. 지금의 셔터문 쯤이 될 것인데, 모양은 셔터와는 완전히 달랐다. 대여섯 짝의 세로로 된 나무문을 차례대로 문틀에 끼워 맞추는 식이었다. 첫 번째 문부터 번호가 매겨져 있었는데 아귀가 맞으려면 매겨진 순서대로 끼워 넣어야 했다. 그렇지 않으면 아래 위 각이 맞지 않아 문설주 안에 문이 들어가질 않았다. 우리집 것은 앞 번호 문짝부터 안쪽에 고리가 있어서 거기에 빗장을 지르고 마지막 하나가 남았을 때는 바깥에서 쇳대를 걸어 잠그는 구조였다.

카톡으로 약자를 만난 뒤 부쩍 감정이입이 잦아졌다. 며칠 전이었다. 집을 팔려고 내놓았다. 매수자가 나타나 계약서를 쓸 때였다. 천성으로 인자한 얼굴을 한 매수자 쪽의 남편과 우울의 그림자를 얼굴에 드리운 아내가 내 맞은편 탁자에 앉았다. 보일러는 잘 돌아가나요? 싱크대는 새로 갈아야 하지 않을까요? 살림을 꾸려야 하는 주부 입장에서 당연히 물을 수 있는 사항들을 그쪽 아내가 내 쪽에 묻고 있었다. 우울한 표정이 가득한 아내가 궁금한 것을 묻기만 하면 남편 쪽에서는 못마땅한 듯 제지를 하는 것이었다. 그건 입주한 뒤 여쭤 봐도 되잖아. 어제 통화할 때 싱크대는 손 댈 필요 없다고 했다니까. 이런 식으로 남편이라는 사람이 아내의 말끝을 가로채며 무시하는 것이었다. 우울을 드리운 아내 앞의 험악한 남편 표정은 유심히 보지 않으면 눈치 채지 못할 정도였다. 자기 아내가 아닌 상대를 향할 때는 그지없이 온화하고 관대한 인상을 연출했기 때문이었다. 실제로 계약서를 쓰는 동안 남편이라는 사람은 단 한 번도 내게 인상을 구기지도 무례를 범하지도 않았다. 심지어 깎아달라는 소리조차 하지 않았다. 그런 얘기는 중개사를 통해야 체면이 선다고 생각하는 모양이었다. 천성으로 인자한 표정은 식구들이 아닌 오직 타인을 위한 용도인 모양이었다. 그런 남자의 태도에 나는 불쾌했다. 감정이입마저 되는 것이었다. 제 식구를 무시해서 얻은 여력으로 타자에게 친절을 베푸는 사람들이야말로 내가 가장 경멸하는 인간 중의 하나였다. 오해할까봐 밝히는데 나는 가족제일주의, 나아가 가족 이기주의자는 결코 아니다. 오히려 그런 사람들을 이해할 수 없어 한다. 하지만 자신의 체면을 위해 또는 제 부끄러움을 감추기 위해 어린 자식이나 착한 아내를 제물로 삼는 이만큼 못난 사람도 없다는 게 내 생각이다.

그건 일종의 간접 트라우마였다. 오래전 주변에 그런 사람이 있었다. 약자네 아버지였다. 아버지와 의형제를 맺은, 우리가 아재라 불렀던 약자네 아버지. 그 때문에 약자는 집을 나갔고,

차례로 아지매와 두 여동생마저 가출을 했다. 아재 곁엔 아무도 없었다. 홀로 쓸쓸했던 아재는 당뇨와 외로움에 지쳐 쓰러졌다. 피붙이 없는 장례식은 쓸쓸했다. 망자 앞에서는 누구나 관대한 법이지만, 그 관대함은 때론 누군가를 향한 원망이 되기도 했다. 아버지와 엄마는 곁에 있지도 않은 아지매에게 모진 말의 화살을 꽂았다. 뒤늦게 소식을 들은 고향 사람들은 어린 나이에 집을 먼저 나간 약자더러 죽일 년이라 했다. 하지만 내 기억으로는 집 나갈 당시의 약자는 누구에게나 동정과 연민의 대상이었다. 누가 봐도 아재가 지나쳤다고 했다.

선대의 할아버지 친구 아들이었다는, 사고무친의 아재를 아버지는 의동생으로 삼았다. 아버지의 후광으로 아재는 아버지 곁에서 장가를 들고 딸 셋을 얻고 밭뙈기도 늘려갔다. 남부러울 것 없는 자수성가였다. 하지만 가족을 대하는 방식이 문제였다. 아재는 제 딸들보다는 나와 두 살 터울인 오빠와 나를 더 챙겼다. 일과가 끝나면 아재네 집이 아니라 우리집 점빵 사랑채로 건너왔다. 아버지와 이야기를 나누거나 어린 나와 오빠를 위해 민화투를 쳐주곤 했다. 윷놀이를 같이 하거나 홍길동과 장화홍련전 이야기를 구성지게 들려주기도 했다. 혹여 약자가 사랑채에 놀러 오기라도 하면 얼굴 표정 하나로 쫓아버렸다. 집에 가. 어디 감히 여길 오느냐는 낯빛으로 약자를 그렇게 제 집으로 몰아내곤 했다. 자신의 맏딸인 약자를 챙기지 않고 왜 약자와 비슷한 또래인 나와 오빠와 놀아주기를 더 좋아했는지 그때는 몰랐다. 우리와만 놀아주는 아재가 이상하긴 했지만 당시의 나로선 아재를 약자에게 뺏길 마음도 없었다. 여태 그래왔으니 오빠와 내가 아재를 차지하는 건 당연하다고만 생각했다. 말이 될지는 모르겠지만 엘렉트라 콤플렉스 비슷한 감정이 당시 아재를 향한 내 마음이었는지도 모르겠다. 성실했지만 병약하고 예민했던 아버지는 자식들의 친구가 되기에는 너무 멀리 있는 사람이었다. 그때 오빠와 내겐 아재가 전부였다.

아재는 우리집의 궂은일을 도맡아 해주었다. 점빵을 보는 일, 쇠죽을 끓이는 일, 농사일 등 아재의 바지런한 손끝은 두 집 살림을 꾸리느라 쉴 틈이 없었다. 남이 보기엔 나무랄 데 없는 사람이었다. 수몰이 되면 우리는 대도시로 나가 장사를 하고, 아재네는 아버지가 땅을 사놓은 원고향으로 들어가 농사를 지을 것이었다. 일가를 이룬 아재도 그곳에 정착할 땅을 마련했다. 우리 농토와 아재 농토를 합하면 제법 큰 규모의 농사가 될 터였다.

아재의 죄는 염치와 체면을 너무 차린다는 것이었다. 철들고 자리 잡는데 도움을 준 아버지에 대한 고마움과 미안함을 바지런한 노동력으로 보상하려는 것까지는 이해가 되었다. 하지만 처자식을 하대하면서까지 제 겸양과 체면을 유지하려 한 것은 지나친 처사였다. 그건 아버지를 포함한 우리 식구 누구도 바라는 바가 아니었다. 이 글을 쓰는 지금도 실은 얼마만큼의 상처로 아재가 아지매와 약자 세 자매를 힘들게 했는지는 잘 알지 못한다. 다만 객관적인 사실은 수몰이 된 그해 여름 직전 약자가 집을 나갔고, 뒤이어 일이 년 사이에 아지매가 아재 곁을 떠났으며 사춘기에 들어선 나머지 두 자매도 차례로 아재를 버렸다는 사실이다. 십리 길 먼지 나는 신작로를 걸어 약자는 어차피 떠나야할 고향을 그렇게 앞서 등졌다. 약자가 떠난 한두 달 뒤 새 학기 직전, 몰려오는 물줄기를 피해 우리 식구와 아재네도 각각 새로운 터전으로 옮겼다.

–언니, 나 그때가 행복했어.

–그때 언제?

–큰아버지 무릎에 앉아 큰아버지 밥상의 계란찜을 먹던 때.

약자는 아버지를 큰아버지라 칭했다. 당시에는 한 번도 그렇게 부르는 걸 본 적이 없었다. 약자네 세 자매가 우리집에 드나드는 기회를 아재가 처음부터 차단했기 때문에 어쩌면 약자가 아버지를 만날 수 있는 기회가 자주 없었을지도 모른다. 그러니 당연히 아버지를 큰아버지로 호칭할 기회마저 얻지 못했을 것이다.

–세상에, 우리 아버지가 널 무릎에 앉혔다고? 난 상상이 안 돼.

–아빠에게 쫓겨나 빈지문 뒤에 숨어 있었던 게 한두 번이 아니었지. 그때 날 발견한 큰아버지께서 저녁밥상 앞에서 날 무릎에 앉히고선 계란찜을 덜어주셨어.

–그랬어? 울 아버지 그리 자상한 사람이 아니잖아. 너 희망 사항 아니었을까?

–아냐, 언니. 그때 언니가 막 숟가락 던지며 나보고 니네 집에 가라고 했잖아.

–얘가 소설 쓰네. 내가 왜 널 구박해?

–구박은 아니고, 언니도 함부로 못 먹는 계란찜을 내가 먹었으니 심통이 난 거겠지.

–그래? 그런 기억은 없어. 니가 빈지문 뒤에 쪼그려 앉아 있던 기억은 나. 그때 점빵에서 풍선껌을 꺼내와 나눠 씹었잖아.

–아니지, 언니. 나도 그때 기억이 어렴풋이 나는데 새 풍선껌을 가져온 게 아니라 빈지문 뒤쪽에 붙여뒀던 껌을 언니 혼자 씹었어. 설사 껌이 두 개 있었다 해도 금세 쫓겨난 상태라 씹을 기분도 아니었을 거야.

–그랬나? 근데 왜 그날 아재한테 쫓겨났어?

–언니네 점빵에서 조미료를 훔쳤거든.

–그건 또 무슨 소리야? 어린 니가 조미료가 왜 필요해?

–미풍이라는 상표 기억나?

–기억나지. 아지노모도라 해서 그땐 집집마다 미원이나 미풍 이런 상표의 조미료 많이 먹었잖아. 우리 점빵에서도 새마을이나 청자 담배 다음으로 많이 팔린 게 그걸 걸.

–그랬나? 실은 그날 미풍을 훔치려 한 게 아니었어. 콜라가 목표였어.

—근데 왜 맘을 바꿨어?

—콜라 상자가 진열대에서 너무 멀리 있는 거야. 꺼내기엔 무겁기도 했고. 그래서 가까이 있던 미풍을 슬쩍 했지. 아침에 엄마가 그걸 사달랬는데 아빠가 화를 내셨거든. 이사하려면 아껴야 한다고. 하지만 언니도 알잖아. 아빠는 이사 때문에 아끼는 게 아니라 엄마와 내 앞에선 뭐든 아꼈잖아.

—그랬어? 난 그 정도인 줄은 몰랐어. 오빠와 나한테 잘해주셨으니.

—그거 기억나?

—뭐?

—수몰되는 학교의 마지막 운동회. 특별히 성대하게 열렸잖아.

—아니, 별 기억이 없어. 아, 앞 친구들이 줄줄이 넘어지는 바람에 달리기 이등해서 팔뚝에 2자 찍어서 으쓱했던 것 말고는.

—그날 아침 아빠가 언니와 오빠에게 용돈 줬던 거 기억나?

—그랬나? 그건 기억에 없어. 엄마가 점심 같이 먹게 너 찾아오라고 해서 온 운동장과 교실을 찾아 헤맸던 기억만 나. 그날 무슨 일로 아재매가 못 오셨잖아. 결국 널 못 찾고 우리끼리 회나무 아래서 도시락을 먹었지. 엄마가 너 주겠다고 남겨두었던 황태구이를 다 먹어버린 기억은 나네. 나 못됐지? 내가 황태구이 좋아했거든.

—그때 언니가 날 찾아다니는 걸 알고 있었어. 모른 척 숨었지.

–왜 숨어?

–언니와 오빠가 어묵꼬치를 사먹고 있는 걸 봤거든. 점심시간을 알리는 박주머니가 터지기 무섭게 그것부터 찾을 정도로 당시 우리에겐 꼬치에 꿴 오뎅이 로망이었잖아. 아빠가 준 돈으로 언니와 오빠가 그걸 사먹었다고 생각하니 아빠가 용서가 안 되고 언니 오빠도 미웠지.

–그랬구나. 기억이 안 나.

카톡으로 이야기를 나누면 나눌수록 혼란스럽기만 했다. 같은 상황을 두고도 약자의 기억과 내 기억은 달랐다. 누구나 보이는 것만 보고, 보고 싶은 것만 보고 볼 수 있는 것만 본다는 말이 사실인 모양이었다. 아버지가 약자를 무릎에 앉혔다는 것도 믿겨지지 않았고, 약자가 미풍을 훔쳤다는 고백은 코미디 같아 보였다. 아재가 우리에게만 용돈을 줬다는 대목은 믿고 싶지는 않았지만 오빠와 나를 유독 챙겼던 아재로서는 있을 수 있는 일이긴 했다. 내 기억 속의 약자는 우리집에서 밥을 먹은 적이 거의 없었다. 잔치가 있는 날이 아니고서는 밥을 먹으러 우리집에 올라온 적이 없었다. 체면치례의 달인인 아재는 본인은 우리집에서 거의 살다시피 했지만 제 식구들이 우리집에 얼씬거리는 걸 좋아하지 않았다. 아재는 땅섬 마을의 또 다른 섬에다 제 식구를 고립시켰다.

–너 다리 아픈 건 괜찮아? 그때 조금 아팠잖아.

–뭐, 다리가 아팠다고?

–왼쪽다리가 아파서 학교에 몇 달 가지 못한 적 있었잖아.

–아, 그거 왼쪽다리가 아니라 오른쪽 팔뚝이었지. 팔뚝에 금이 간 적 있었지. 막내 동생 업다가 댓돌에서 꼬꾸라져서 팔뚝을 다쳤지.

–그랬어? 근데 왜 다리를 절었어? 내 기억엔 다리 전 기억이 선명한데.

–아픈 팔을 구부려 걷다보니 반사적으로 왼쪽 다리를 절게 되더라고. 언니 눈에 그게 더 띄었나 봐.

–그렇구나. 기억은 믿을 게 못돼.

–언니, 근데 그날 조금만 더 참을 걸 그랬어.

–그날이라니? 집나간 이야기 하는 거야?

–응. 내가 미풍을 훔쳐온 날 엄마는 시키지도 않은 일 왜 했냐고 했지만 나무라는 기색은 아니었어. 아빠를 향한 복수심 같은 거였겠지. 부엌 찬장에 넣어두고 쓸 기회를 봤지. 근데 사흘 째 되던 날 아빠에게 들킨 거지.

–아재는 모른 척 좀 하시지.

–아빠 성격에 그게 돼?

–그렇긴 하네.

–아빠는 내가 훔쳤다는 걸 믿지 않았어. 엄마만 잡은 거지. 그 부분은 얘기하고 싶지도 않아. 당장 그 밤에 엄마한테 제 자리에 갖다 놓으라고 윽박질렀어. 난 무서워서 이실직고하지도 못했고.

–그랬겠다.

–그 밤에 오해가 생긴 거지.

–오해, 어떤 오해? 그런 게 있었어?

–정말 몰라? 그날 빈지문의 마지막 쇳대를 잠갔던 사람은 언니가 아니었어?

–무슨 소리야, 쇳대를 잠그다니? 널문 그 큰 문짝은 내가 들지도 못하는데.

–그렇긴 하네. 그 부분은 엄마가 오해를 한 거네.

–아지매가 그런 소리를 했어?

–아니, 그 일 이후로 엄마완 그런 얘기 나눠 본 적 없어. 다만 내 기억에 그때 엄마가 언니를 지목한 것 같아서. 기억을 다 믿을 순 없잖아. 잊어 버려. 괜한 소리를 한 것 같네.

–아냐. 지금이라도 그런 소릴 해줘서 다행이야. 나도 조각난 퍼즐을 맞춰 볼게.

그날 상황을 나로선 어떻게 재편집을 해야 할지 모르겠다. 나로선 그날에 대해 아는 바가 거의 없기 때문이다. 주워들은 기억으로 그날의 조각보를 만들면 이렇다. 아재에게 머리채를 뜯긴 아지매가 기다시피해서 점빵집 골목으로 올라왔다. 한 손엔 미풍을 들고서. 밤이 깊어지면 다섯 짝의 빈지문 중 네 짝은 닫고 나머지 한쪽만 열어두곤 했다. 손님도 뜸한데 굳이 문을 다 열어 놓을 필요가 없었기 때문이다. 점빵을 보는 아버지 몰래 미풍을 제 자리에 놓으려면 아버지가 화투패로 그날의 운세를 보느라 한눈을 팔거나 잠자리에 일찍 들어야만 했다. 만족한 상황이었는지 아지매는 점빵 안에 잠입할 수 있었다.

미풍은 둥글둥글 돌아가는 낮은 원형 고리에 걸려 있었다. 콜라 상자는 5번 빈지문 앞쪽 높은 선반에 있었고, 그 앞에 미풍 조미료 걸이가 있었다. 미풍을 제 자리에 걸어놓고 5, 4, 3번 빈지문을 지나 출구인 1번 문을 향해 가는데 아뿔사, 출입문에 해당하는 하나 남은 문이 닫혀 있었던 것이다. 순식간의 일이었다. 아지매가 미풍을 제자리에 가져다 놓고 돌아서는 데는 일분 정도는 걸릴 것이었다. 발자국 소리를 줄여야 하는데다 걸이에 달린 집개로 미풍을 집어놓고 나오려면 그 정도 이상의 시간이 걸릴 수도 있었다. 어쨌거나 아지매가 움직이는 그 시간보다 빠르게 누군가 남은 하나의 빈지문을 소리 소문 없이 닫아걸었고 졸지에 아지매는 그 안에 갇히고 말았다. 바깥에서 문을 잠갔기 때문에 빈지문으로는 더 이상 나갈 수가 없었다. 유일한 탈출구는 점빵에 딸린 사랑채를 통하는 것밖에 없었다. 하지만 거기엔 아버지가 있었다. 깊은 잠에라도 빠져있으면 모를까. 아버지 몰래 그 방을 통과할 수는 없는 노릇이었다. 설사 깊이 잠들었다 해도 코 고는 소리로 확인하지 않는 이상 아버지가 자는지 안 자는지 알 도리가 없었다. 유리 봉창문에다 대고 안을 자세히 들여다 볼 수도 없는 노릇이었다. 꼼짝 않고 갇힌 신세였던 아지매는 자정이 넘어서야 점빵에서 탈출할 수 있었다. 만신창이가 된 자존심을 안은 뒤였다.

간힌 아재매를 먼저 발견한 것은 아버지였다. 빈지문이 다 닫힌 줄도 모르고 가게문을 닫기 위해 점빵으로 통하는 방문을 열고 가게로 나갔다. 점빵 안에서 밤을 샐 수 없었던 아지매는 염치불구하고 아버지에게 제 신분을 노출할 수밖에 없었다. 그렇다고 자초지종을 설명할 수도 없는 노릇이었다. 어리둥절해진 아버지는 일단 아지매를 밖으로 내보내야겠다는 생각이 우선이었을 것이다. 밤 깊은데 아지매를 붙잡고 사정 얘기를 들을 수는 없었다. 빈지문은 누군가가 잠가버렸고, 뒤로 돌아나가 빈지문을 열어 아지매를 밖으로 나가게 하기에는 시간이 너무 걸렸다. 그래서 점빵에서 사랑채로 통하는 방문을 통해 빨리 밖으로 내보낼 참이었다.

아지매가 사랑채를 열고 밖으로 나가는 순간 새로운 장벽이 나타났다. 살림채에서 건너온 엄마와 딱 마주친 것이었다. 엄마와 아버지와 아지매는 설명할 수 없는 복잡미묘한 감정으로 한동안 말을 이을 수가 없었다. 아지매가 허심탄회하게 나와 오해를 풀었으면 좋으련만 그러기도 쉽지 않은 상황이었다. 진실을 알 수 없기로는 아버지도 마찬가지였다. 자초지종을 캐는 임무는 엄마가 맡았다. 엄마는 며칠 뒤 아지매를 조용히 불렀다. 하지만 아지매는 끝내 묵묵부답했다. 그간 가까이 살면서 느꼈을지도 모를 엄마에 대한 서운함과 피해의식 때문에 그런 방식으로 저항했는지도 모른다.

엄마와 아버지가 그날의 진실을 알게 된 건 약자가 집을 나간 이후였다. 아재는 미풍 사건을 계기로 더욱더 아지매를 닦달했다. 어린 약자도 맏딸이라는 이유만으로 그에 못지않은 훈계를 들어야만 했다. 도저히 못살겠다고 생각한 아재매는 홧김에, 어쩌면 시나리오대로 약자에게 소리 질렀다. 니부터 집을 나가야 내가 살 것 같다고.

그것이 빈지문에 얽힌 사연이었다. 몇 십 년 동안 풍문이 들려오긴 했지만 그 어떤 것도 확실한 것은 아니었기에 나는 새겨듣진 않았다. 내게 닥친 삶을 헤쳐 나가기에도 벅찬 세월이었다. 가끔씩 엄마가 그 때 일을 꺼내긴 했다. 한결 같이 엄마는 아지매를 '결곡이 덜 된 여자'로 폄하했다. 결곡이란 말은 심지가 굳고 야무지다는 의미로 고향에서 자주 쓰는 말이었다. 내 생각은 달랐다. 결곡하지 않은 아지매네 여자들의 선택이야말로 불가항력의 운명에 맞서는 현명한 선택이었다고. 지금이라도 그 방법 말고 더 나은 방법이 어디에 있었을까.

–언니, 이렇게 카톡으로라도 만나니 꿈만 같아.

–나도 믿어지지 않아.

–나, 이번에 졸업해. 대학 졸업.

–그래. 잘 됐네. 장해.

–방송대에서 청소년 관련 공부했어.

–그랬구나. 빨리 만나서 그간 못다 한 얘기 터놓자.

–언닌, 급할 게 뭐 있다고. 난 이대로도 좋아.

—내가 좀 급하지? 근데 왜 쇳대를 잠근 게 나였다고 생각해? 내가 그 무거운 널문을 들 수나 있을 것 같아? 그것도 소리 없이.

—그러게. 근데 내 기억엔 엄마가 점빵안으로 들어가면서 언니를 봤대. 세워놓은 빈지문 뒤에서.

—그렇다면 붙여놓은 껌 떼서 씹으려고 그랬던 게 아닐까.

—그 야심한 밤에 껌 생각이 났을까?

—그럼 아지매가 잘못 봤겠지. 대체 누가 그때 빈지문을 닫았을까?

—그게 지금 와서 뭐가 중요해? 그냥 난 언니라고 믿을래. ㅋ

저 말 끝에 달린 웃음소리 표시인 'ㅋ'이 달리지 않았더라도 약자의 그 말은 농담이라는 걸 나는 알아차렸다.

—그래. 그러고 보니 내가 닫았을 수도 있다고 생각했겠다. 그때 아지매가 날 싫어했잖아. 니 막내 동생 안 업어주고 너랑 만날 놀러만 다닌다고.

—그게 아니지. 언니가 나랑 안 놀아줘서 엄마가 싫어했다면 몰라도.

—야, 내 기억엔 너랑 공기놀이했던 기억밖에 안 나.

—그건 다른 놀 친구가 없었을 때였고, 동생을 겨우 재워놓고 나가면 언니는 나를 따돌리고 옆집 경희와 놀았잖아. 그러다 보면 금세 동생은 깨서 울고.

—그랬나. 어쩌면 네 기억과 내 기억이 맞아 떨어지는 게 없

니?

–사람은 원래 기억하고 싶은 것만 기억하잖아.

–그건 그래. 그럼 니 기억도 완전히 온전한 건 아니겠네.

–그렇지. 달리 말하면 내 기억도 안 맞고 언니 기억도 안 맞을 수 있는 거고.

–기억은 왜곡돼서 저장되고 부풀려서 환기 된다, 그 말 하려는 거야?

–뭐, 그럴 수도 있고 아닐 수도 있지.

–뭐야? 내 말에 동의하는 거야, 아닌 거야?

–그때나 지금이나 언닌 급해. ㅋ

–그래. 인정해. 시댁 내려오는 김에 한 번 보자.

–아냐, 언니. 아직은 아냐. 이렇게 허물없이 이야기한다고 내 죄가 다 씻어지진 않아.

–괜찮아. 죄랄 게 뭐 있어? 네 잘못이 아닌 걸 세상이 다 아는데.

–내가 아직 날 용서하지 못해.

–그건 용서의 문제가 아냐. 상황의 문제이지. 도리어 세상이 니한테 용서를 구해야 하는 문제지. 그때의 나라면 너보다 더 빨리 가출했을 거야.

–어쨌든 고마워, 언니. 또 얘기해.

그때 마지막 빈지를 닫고 잠근 이는 누구였을까? 우리집 식구 모두와 아재가 그 용의자가 될 수 있을 터였다. 쇳대와 열쇠 쌍은 점빵 벽에 붙은 우체통 밑에 있었다. 아버지와 아재가 평소에 가장 많이 문단속을 했지만 그날 상황으로 봐서는 그 두 사람은 용의선상에서 예외이다. 아무것도 모르는 아버지는 사랑채에서 선잠이 들었거나 홀로 화투로 재수 패를 뜨고 있었을지도 모른다. 유추할 수 있는 건 아지매가 점빵 안으로 들어갔다는 것을 안 누군가가 의도적으로 문을 잠갔다는 것이다. 아지매가 눈치 채지 못하게 빠른 속도로 빈지문 문설주를 맞추고 걸쇠까지 걸어 잠글 정도였으니 분명히 그래야만 했다. 방학이라 시내에서 자취를 하고 있던 언니도 와 있었고, 대처에서 대학을 다니고 있던 큰오빠 둘도 와있었다. 그리고 엄마도 있었고, 중학교 이학년이었던 막내 오빠도 있었다. 물론 나도 있었지만 맹세컨대 그때까지 단 한 번도 나는 빈지문을 닫아 본 적이 없었다. 닫을 필요도 기회도 없었다. 내 키보다 큰 그 문을 어떻게 소리 없이 그토록 빠르게 닫을 수 있었겠는가? 아지매가 골탕 먹어야 할 분명한 이유를 가진 자만이 그렇게 할 필요가 있었다. 단서가 될지 모르지만 나중에 들은 이야기로는 아지매는 약자보다 더 먼저 점빵의 물건을 훔치기 시작했다고 한다. 그것을 가장 먼저 알아챈 사람이 빈지문을 닫아 건 것일 수도 있다.

누가 빈지문을 잠갔을까. 아직 답은 나오지 않았다. 다만 나로선 이 모든 상황이 진실이 아닐 수도 있다는 의심을 누군가

해줬으면 좋겠다. 어차피 백퍼센트 완벽한 기억은 없으니까. 그게 이 이야기의 요점이기도 하고. 더구나 이건 소설이니 반전 같은 걸 기대해도 되지 않을까. 과연 누가 빈지를 잠갔을까. 내 식의 반전은 이렇다. 가령 누군가 빈지문을 닫은 건 틀림없는 사실이다. 하지만 그것이 아지매가 미풍을 제 자리에 놓던 그 시간이 아니라 그 훨씬 뒤의 일일 수도 있다는 걸 가정하면 어떨까.

점빵에 들어간 아지매는 사랑채에 아버지가 없다는 걸 알아챘다. 아버지는 밤참을 먹으러 신작로를 건너 본채로 갔을 것이다. 순간 긴장이 풀린 아지매는 멍해진 상태에서 진열대에 있는 소주를 병째로 들이켰을 수도 있다. 그렇게 한 잔 한 뒤 집에 들어가 알딸딸한 기분으로 아재와 대화를 시도하려 했을지도 모른다. 그런데 술에 약한 나머지 취기가 너무 빨리 돌아 점빵 바닥에 쓰러졌을 것이다. 그 새 누군가가 마지막 남은 빈지를 잠갔을 것이다. 수몰 지역이라 전기도 들어오지 않았기에 어두컴컴한 상태에서 점빵 바닥에 아지매가 잠들어 있다는 사실은 까맣게 모른 채. 그렇게 몇 시간은 흘렀을 것이다. 술 깬 아지매의 인기척에 아버지는 놀라고 당황했을 것이다. 우선 사랑채 문을 열어 아지매를 밖으로 나가게 했을 것이고, 때마침 새벽 쇠죽을 끓이러 본채에서 점빵 아궁이로 내려왔던 엄마가 그 장면을 목격했을 수도 있다. 그 시간까지 아재는 아지매를 찾아 나서지 않았다. 부부 싸움을 할 때마다 강변에 바람 쐬러

나갔던 아지매였고, 더 늦을 경우 옆집 경희네서 자고 온다는 사실을 알고 있었기 때문이다. 설사 그렇지 않더라도 아재 성격에 살뜰히 아지매를 찾아 나섰을 것 같지도 않았다.

기억이란 얼마나 허황된 가공품인지. 얼마나 다양한 변수가 각자의 기억들을 조종하는지. 그랬다. 처음부터 누가 빈지문을 닫았을까 하는 건 중요한 문제가 아니었다. 진실을 알고 있는 당사자들에겐 그건 아무런 문제조차 되지 않았다. 그때 상황을 모르는 약자와 나만 가로 늦게 의미 없는 수수께끼 놀이를 했다. 각자 자신만의 기억으로 이야기를 하다 보니 엉뚱한 해프닝을 벌인 셈이었다. 상황과 개별자가 만난 접점에서 우리의 기억이 얼마나 엉뚱하게 재구성될 수 있는지를 약자와의 조우가 말해주었다.

꽃집을 지나다가 그 꽃을 만났다. 라넌큘러스. 얇디얇은 꽃잎이 겹겹이 쌓인 꽃이다. 꽃잎만 무려 삼백여 장이 넘는단다. 꽃받침마저 줄기에 바짝 붙어 있어 지저분하지도 않고 담백한 느낌이 난다. 백합과 수국 옆에서도 제 기품을 잃지 않는 꽃이다. 넓은 잎과 휘돌아간 매무새는 장미를 닮았지만 꽃잎 개수가 많은데다 활짝 피었을 때 겹겹이 벌어지는 건 국화를 닮았다. 미나리처럼 연한 꽃대에서 저토록 무성한 겹꽃잎을 피워올린다는 게 믿어지지 않았다. 오직 꽃 하나만으로 풍성한 자태를 드러내는 그 모양새에 반했다. 습지꽃이라고 했다. 그래서 이름도 라넌큘러스. 개구리라는 뜻의 라이나와 무관하지 않는데 주로 연못이나 늪에서 자라기 때문에 이름마저 그렇게 붙었단다.

멋대로 그 꽃을 기억꽃이라 부르기로 한다. 음지나 습지의 기억일수록 잘 살아나고 확산된다. 처음엔 한 두 잎으로 시작했겠지. 하지만 돌봐야 할 저마다의 기억을 윤색하고 다듬는 과정에서 저토록 많은 꽃잎으로 늘어났겠지. 꽃말조차 매혹과 비난이라나. 인간사에서도 매혹과 비난은 이음동의어가 아니던가. 매혹과 비난의 꽃말이 왜 같은 자리에 있는지는 세파를 겪다 보면 절로 알게 된다. 수 겹의 잎으로 피어나는 꽃잎은 한 장 한 장 각기 다른 기억의 조각보를 지닌다. 같은 상황에서 다른 조각보를 만드는 사람의 기억처럼 얇디얇은 꽃잎도 각자마다 다른 기억을 품는다. 라넌큘러스 꽃잎이 벌어진다. 잎 얇고 빛깔 많은, 수 백 개의 잎으로 번지는 저 기억의 낱 잎들. 그 잎들은 각자가 만든 틀 안에서 재편집되고 수정되고 확산된다. 그렇게 기억의 꽃잎은 피고 진다.

왼손엔 달강꽃

창을 열면 햇살보다 먼저 송홧가루가 들어앉곤 했다. 문틀에, 마룻바닥에 앉은 노란 가루는 닦아내기가 무섭게 쌓였다. 노래진 손바닥을 씻은 뒤 여자는 작업대 앞에 앉았다. 겨우 '송덕봉' 여사의 뼈대를 만들었다. 일주일 만이었다. 꼼꼼하게 철사를 갈무리한다 해도 두어 시간이면 족할 것을 너무 끌었다.

오월에 여자는 입병이 자주 났다. 혓바늘이 돋거나 입술 주위가 자주 부풀었다. 면도날로 혀를 긁는 듯하고 사포로 입술을 문지르는 듯한 통증이 몰려왔다. 저도 모르게 악, 소리를 질러대곤 했다. 마음은 반드시 몸에 흔적을 낸다니까. 면역력이 떨어져서 그래. 푹 쉬면서 고단백 식사를 해. 입술 전용 헤르페스 연고를 건네며 지혜가 말했다. 간호사 출신다운 현실적인 위로였다. 갑갑해진 여자는 자주 창을 열었다. 그때마다 아파트 뒷산의 송홧가루가 집안으로 날아들었다. 더께 낀 마음이 더욱 무거워지는 나날이었다. 푹 쉬어야 할 것으로 말하면 지혜도 마찬가지였다. 스트레스로 양쪽 눈 밑이 거멓게 타들어가는 지혜를 볼 때마다 여자는 먹먹했다. 별 문제는 없어. 남편도 잘 해주고. 그런데도 자꾸 눈물만 나. 지혜 목소리에 물기가 자주 배었다. 울고 싶을 땐 실컷 울어. 여자가 해줄 수 있는 말은 그것뿐이었다.

다양한 버전의 송덕봉 여사를 구상해본다. 실재했던 덕봉보다 과장된 그녀를 형상화할 예정이다. 남편에게 권주가를 청하는 덕봉, 저잣거리 목로주점에서 외간 선비와 시담을 나누는 덕봉, 장대숲 들마루에 누워 대숲 사이로 하늘을 즐기는 덕봉, 남편 유희춘의 사랑방에 내어갈 술상 앞에서 먼저 취한 덕봉……. 그때그때 떠오르는 이미지들을 스케치해둔 것만도 이십 여 컷이 넘는다. 그 리버럴하고 당당한 모습 모두에게 송덕봉 여사의 이름을 걸어 주리라. 첫 번째 작품은 제목도 벌써 생각해두었다. '어찌 책에만!' 뒤에 느낌표를 살린 것까지 맘에 들었다.

여자는 일군의 내로라하는 조선시대 주체적 여성들을 종이 인형으로 만든다. 테마는 '자유의 여인상'이다. 한지 인형과 자유의 여인상이라니. 이질적이긴 하다. 하지만 부조화 속 조화라고나 할까. 전통 속에 숨어 있는 여성의 자유와 주체성 찾기 쯤이 여자가 추구하는 주제였다. 기왕 여성을 형상화한다면 희생이 당연한 모성이나 까닭 없이 부당한 인고의 생을 견뎌온 여성상만은 탈피하고 싶었다. 짧지만 불꽃처럼, 일상적이나 재치 있게, 진중하나 열정이 넘치는 이라면 소재로서 그만이었다. 그간 신사임당, 안동 장씨, 허난설헌 등을 한지 공예로 형상화했다. 송덕봉은 네 번째였다. 이 작업이 끝나면 김만덕, 풍양조씨, 바우덕이 등으로 확대해나갈 참이다.

뼈대에 붙일 신문지를 뭉치고 있는데 p에게서 전화가 왔다. 높낮이 없이 온화한 느낌을 주는 목소리는 그대로였다. 오래전 p가 떠났던 오월에도 여자는 입병이 자주 났다. 눈에서 멀어지면 마음마저 멀어진다는 말은 거짓이었다. 멀어진 거리만큼 진창에 빠지는 게 사랑이었다. 질척거리는 마음자리가 맹렬할수록 혓바늘은 심해지고 입술 가장자리도 크게 부풀었다.

"잘 지내지? 내일 오후에 그곳으로 내려갈 것 같아. 네 시쯤에 시간 돼?"

p는 짧게 요점만 말했다.

"저번에 말한 사립대학 입학협의회 어쩌구 하는 그 모임?"

여자는 대답 대신 말끝을 짧게 끊어 물었다.

"응. 그곳 테크노 센터에서 세미나가 있어. 낼 저녁부터 이틀간이야."

"잘 됐네."

"잠깐 차 한 잔 할 시간은 돼. 도착해서 전화할게."

명치끝이 살짝 떨려왔다. 기분 좋게 빨라진 호흡이 여자를 달뜨게 했다. 새 학기가 시작된 지난 삼월 통화에서 p는 승진했고 바빠졌다고 했다. 오월에 업무 차 이곳으로 오게 될 거라고 귀띔을 한 적이 있었다. p는 공식적인 핑계를 빙자한 안부전화를 가끔 해왔다. 헤어지고 난 뒤 줄곧 있어온 일이었다. 잊을 만하면 전화를 해왔기 때문에 p와 헤어졌다는 사실이 실감나지 않을 정도였다. 멤버들 뭉치기로 했는데 너도 올 수 있지? 이번엔 얼굴 한 번 보자. '문헌터'의 연락책도 아니면서 꼭 그렇게 모임 날짜를 알려왔다. 못 가. 재미있게 놀고, 안부나 전해 줘. 여자는 매번 같은 대답을 했다. 그러거나 말거나 다음 모임 때가 되면 p는 어김없이 전화를 걸어왔다. 일말의 애정에 기댄 관심이든, 그동안 꾸려온 우정에 대한 배려이든 여자는 그런 p가 싫지 않았다. 애정을 몰아낸 자리에 들어찬 부담 없는 우정이랄까.

지혜에게 당장 전화를 걸었다.

"p가 내려온대."

흥분한 여자가 말을 꺼냈다.

"좋겠다. 만나 봐. 이 나이에도 떨려?"

"모르겠어. 걔 눈에서 달강꽃이 아른거리면 같이 자버릴까?"

순간적으로 그런 말이 나왔다. 무의식중에 그런 물음을 스스로에게 해왔음을 깨닫고 여자는 움찔했다.

지혜는 신혼 중이었다. 정확히 재혼의 신혼이었다. 이혼한 뒤 삼 년만이었다. 자생력과 자립심이 부족한 지혜가 재혼을 선택한 것은 응원할 만한 일이었다. 재혼치고는 달콤한 신혼인 것 같아 여자는 내심 안심했다. 그렇다고 지난했던 이전의 지혜 삶이 완전히 없어지는 건 아니었다. 재혼남편이 잘 해줄수록 두고 온 두 아들에 대한 죄책감으로 무너지곤 했다. 감옥 같아. 누가 날 가둬서가 아니라 스스로 느끼는 마음의 감옥. 재혼의 성공 여부와는 상관없이 무거운 돌 하나를 진 채 형틀에 갇힌 것만 같다며 지혜는 울먹였다.

“성규와 통화했어. 이번엔 보통 때보다 우울한 목소리였어. 엄마로서 무력감만 느껴.”

“너무 자책 마. 네 잘못도 아니잖아.”

“통화할 때마다 재혼만은 하지 말라고 신신당부해.”

아이들에게 무슨 신상 변화가 있는 건 아닌지 불안하기도 하고, 재혼하지 말라는 아들 성규의 부탁을 들어주지 못한 자괴감으로 괴로워했다. 더구나 재혼 사실을 성규 앞에서 비밀로 해온 것에 더욱 우울감이 몰려오는 모양이었다. 지혜가 아이 둘을 놓고 떠나온 것은 어쩔 수 없는 선택이었다. 서울에 사업체가 있는 전남편은 아이들을 보러 가끔씩 본가로 온다고 했다. 서울에서 새 여자와 살림을 차린 것 같다고 했다. 사춘기에 접어든 성규가 그것을 눈치 챘기에 배신감에 엇나갈까 봐 노심초사했다. 같은 기분을 두 번 맛보고 싶지 않은 성규는 지혜의 재혼만은 강하게 거부한다고 했다. 엄마만이 자신의 희망이니 조금만 기다려 주면 엄마를 행복하게 해주겠다고 말했단다.

"기왕이면 둘이 잘 됐으면 좋겠어. 그 사람이 안정되면 녀석들에게 피해가 덜 가잖아."

"아이들을 그들이 키우는 것도 아니고 할머니가 있는 본가에서 키운다며. 하여튼 착한 게 죄야."

그런 까탈장이를 견뎌낼 사람이 있을까. 단지 지혜와 맞지 않는 사람일 뿐이겠지만, 무조건 지혜 편을 들어주기 위해 여자는 지혜에게 그렇게 말했다. 네 대책 없는 착함이 이혼에 한몫을 했어. 지혜에게 그렇게 말할 수는 없었다.

여자가 p를 최근에 만난 것은 몇 년 전 겨울이었다. 가족동반 송년회에서였다. 도처에 흩어진 문헌터 멤버들이 모일만한 곳으로 이 도시만큼 적격인 데도 없었다. 창립 20주년을 겸한 그 자리에 p는 아내와 두 아이를 동반했다. 여자에게 아내는 초면은 아니었다. p의 결혼식과 집들이 이후로 세 번째 만남이었다. p의 아내는 살집이 좀 불어 있었다. 통통한 볼 살을 지닌 p의 아내는 여자와 눈이 마주칠 때 새치름한 표정을 지었다. 거칠 것 없지만 귀여운 데가 있던 그녀의 첫인상을 기억했던 여자는 당황했다. 그녀가 원래 깍쟁이 이미지가 아니었다는 것은 곁에 있던 그녀의 딸에 의해 금세 증명되었다. 어딘지 모르게 당돌하게 느껴졌던 p 아내의 첫인상을 그녀의 딸에게서 발견했기 때문이었다. 아줌마, 아줌마는 중국사람 같애. 뷔페식당에 마주 앉았을 때 p의 일곱 살 난 딸이 느닷없이 여자에게 그렇게 말했다. 왜? 영문을 모른데다 살짝 언짢아진 여자는 애써 입 꼬리를 올리며 물었다. 웃지도 않고, 말도 안 하잖아요. 캐나다 있을 때 옆집에 살던 찡첸 아줌마같아요. p의 딸은 새까만 눈을 여자 턱밑에 들이대고 다시 말했다. 안식년 때 캐나다에 머물렀다더니 그때 이웃이 무뚝뚝한 중국인인 모양이었다. 요런 맹랑한 것이 있나 싶었지만 틀린 말은 아니었다. 여자 스스로 p의 아내를 의식하다 보니 얼굴은 경직되었고 저도 모르게 뚱한 인상을 지은 모양이었다. p의 아내도 마찬가지였다. 여자를 경계하다 보니 원래의 활달한 모습을 감추고 자신도 모르게 새침한 방어벽을 쳤던 것이다.

문헌터의 추억이 가장 많이 서린 곳이 이 도시였다. 추억의 하이라이트는 숲속 음악회였다. 드넓은 숲이 호위병처럼 둘러싼 곳에 왕녀의 무덤이 있었다. 남자 회원들이 숲 가운데 잔디밭에 턴테이블과 스피커를 세팅할 때 여자 회원들은 편한 자리 아무 곳에나 돗자리를 깔았다. 원하는 멤버 누구든지 눕거나, 앉거나 걷거나 자유롭게 음악을 들었다. p의 곁에 앉아 솔숲에 이는 바람소리를 듣듯 라벨의 피아노곡을 들었다. 잔잔한 솔바람처럼 느리던 템포가 광풍을 몰고 오듯 빨라지는 곡이었다. 죽은 왕녀를 위한 파반느였다. 꽃으로 피어야 할 이십대에겐 어울리지 않는 곡이었다. 여자는 그때 저 깊고 음습한 죽음에의 동경을 꿈꾸고 있었던가. 그랬을지도 모르겠다. 번듯한 직업도 희망의 앞날도 없이 세파에 휩쓸리던 젊은 날이었다. 늦은 과외를 끝내고 시든 풋사과처럼 골방으로 스며든 여자에게 위안이 된 것은 음악과 p였다.

문헌터는 고전음악 감상실 이름이었다. 입장료 몇 푼만 내면 온종일 음악을 들을 수 있던 그곳은 여자에게 맞춤한 도피처였다. 그곳에서 동갑내기 p를 만났다. p만큼 문헌터를 자주 드나든 이도 없었다. 경영난을 핑계로 문헌터가 문을 닫던 그해 그곳을 드나들던 몇몇이 모임을 만들었다. 모임 이름은 자연스레 문헌터가 되었다. 초대회장으로 추대된 정로환 씨는 당시 60대 치과의사였고, 가장 어린 이가 좌판에서 액세서리를 팔던 열여덟의 소녀였다. 시주라는 이름의 소녀는 이름에 걸맞게 자신이 듣다 싫증난 엘피판을 여자에게 곧잘 주곤 했다. 그래서 p말고는 여자에게 가장 기억에 남는 사람이기도 했다. 당시 가장 많은 수를 차지하는 부류는 그래도 여자와 p를 비롯한 이십대였다. 심야 극장에서 영화를 보다 조용히 죽어간 어느 시인처럼 여자도 감상실 한쪽 귀퉁이에서 조용히 생과 이별할 수 있다면 바랄 게 없다고 꿈꾸던 나날이었다.

대학 입시 직후부터 입학 때까지 석 달 동안, 옷가게에서 아르바이트를 마친 여자는 문헌터로 달려갔다. 밤 열두시까지 구석진 자리에 죽치고 앉아 시간을 죽였다. 딱히 음악을 좋아해서가 아니었다. 너무 앞서 비관적 인생관을 가졌던 여자에게 그곳보다 나은 천국은 없었다. 지금 생각하면 한참 팔팔해야 할 청춘을 왜 그렇게 염세와 비관으로 몰아갔는지 모를 일이었다. 반면에 p는 음악을 정말로 좋아하는 아이였다. 우리 학교에 '클래식의 이해와 감상'이라는 교양과목 있는데 들으러 올래? 그해 삼월 어느 날 p가 말했다. 그 말 한마디에 여자는 제 학교에서 한 시간이나 떨어진 p의 학교로 달려가, 클래식 감상 교양 수업을 도강했다. 물론 p와 함께였다. 지휘를 전공했다는 키 작은 교수의 칼칼한 해설도 좋았지만, 그것을 제 식으로 해석해서 여자에게 재교육을 해주는 p의 설명이 더 와 닿았다. 뭔가를 이해하고 받아들일 때 막연한 학습 욕구보다 정서적 교감이 전제될 때 훨씬 효과적이라는 것이 증명되는 순간이었다. p는 클래식뿐만 아니라 영화음악, 팝송, 파두, 칸초네까지 두루 관심이 많은 아이였다. 추억의 칸초네인 토니 달라라의 라노비아를 불러달라는 p를 위해 내용도 알 수 없는 가사를 외우느라 밤을 새웠다. 그러는 동안만은 염세도 비관도 여자의 친구가 될 수 없었다. 왜 하필이면 이 노래냐고 여자가 물었을 때 p는 음색이 맘에 든다고 했다. 떠나간 내 사랑 라노비아, 사람들 틈에 숨어 소리 없이 흐느끼는 어설픈 내 사랑이여. 나중에 p가 떠난 뒤 라노비아가 이런 노랫말을 가졌다는 걸 알았을 때 여자는 배신감을 느꼈다. 가사를 완벽히 이해하고 p가 그 노래를 불러달라고 한 건 아니었겠지만 생각할수록 여자는 비참했다.

p와 통화를 끝낸 여자는 얼마 전 턴테이블을 버린 것을 후회했다. 여자는 버리는 것을 좋아했다. 필요치 않다 싶으면 무엇이든 잘 버렸다. 현관문을 나서는 여자의 한 손엔 자주 무언가가 쥐어 있곤 했다. 달 지난 잡지나, 그을린 냄비, 묵은 옷가지 등 뭔가를 버릴 때 여자는 쾌감을 느꼈다. 살아있음을 느꼈다. 주변이 휑하다 싶을 만큼 버려야 속이 시원했다. 강박에 가까운 습성이었다. 그런 여자가 몇 번의 이사를 하면서도 턴테이블만은 쉽게 버리지 못했다. p와 함께 고른 물건이었기 때문이었다. 대청소를 하던 얼마 전 그것을 갖다버렸다. 즉흥적으로 결정한 일이었다. 먼지 쌓인 채 한 구석을 차지한 턴테이블을 보는 순간 버릴 때가 됐다고 생각했다. 유효기간 지난 감정의 미망에서 벗어나려면 구체적 행동이 필요했다. 재활용 코너에 턴테이블을 처박고 돌아서는데 뭔가 후련하면서도 아련한 기분이 들었다.

턴테이블을 버리지 않았다면 여자는 지금쯤 아이 간자키의 로맨틱 플루트 엘피판을 듣고 있을 것이다. 그 음반은 p가 준 첫 선물이었다. 특별히 플루트 음색을 좋아해서가 아니라 음반 재킷의 간자키 프로필이 여자와 닮아서 고른 것이라 했다. 한동안 여자는 음악은 듣지 않고 재킷에 실린 아이 간자키 사진만 쳐다보았다. 보면 볼수록 닮지 않은 얼굴이었지만 p가 그렇게 말했으므로 여자는 그냥 믿기로 했다.

집안에 불필요한 물건이 없으니 남들 한 시간씩 걸릴 청소를 십 분이면 해치웠다. 그러다가 아주 서방까지 버려라. 남편이 농담으로 그렇게 말할 때 여자는 '가끔 그러고 싶을 때가 있어.'라고 되받아쳤다. 하지만 정직하게 버리기 대회를 한다면 여자의 남편이 먼저 여자를 버려야 할 지경이었다. 여자는 집안 살림에 둔했다. 새로운 요리에 도전하는 법도 없었고, 세련된 접시 따위를 모으는 취미도 없었다. 식탁을 차린다는 건 공포에 가까운 스트레스였다. 출근하는 남편을 위해 속옷과 양말을 챙길 필요도 없었다. 깔끔한 남편은 대체로 알아서 잘했다. 이런 이유만으로 아내를 버려도 된다면 여자는 마땅히 그 대상이 될 것이었다.

반면, 여자로서는 남편을 버려야 할 구체적이고 실증적인 이유는 없었다. 굳이 찾아야 한다면 평화가 그 이유였다. 지루한 평화, 아무 것도 일어나지 않는 그 평온이야말로 가장 위험한 전쟁일 수도 있었다. 오늘 육개장에는 된장을 안 풀었나, 누린내가 심해. 말수 적은 남편이 건넬 하루분치의 말씀은 대체로 그런 종류였다. 육개장에 웬 된장? 그냥 먹어. 어쩌다 뱉는 남편의 말들이 성에 차지 않아 여자는 건성으로 대꾸하곤 했다.

p가 떠나고 결혼 적령기가 되었을 때, 먼 친척이 주선해준 열한 살 차이나는 남편을 여자는 운명처럼 받아들였다. 여자는 물질적 풍요가 보장된다면 다른 모든 것은 양보할 수 있다는 자신만의 결혼 원칙을 세웠다. 여자가 꿈꾸는 물질적 풍요

는 소박하기 이를 데 없었다. 먹고 입고 자는 데 지장 없는 수준이었다. 편부모 슬하에서 가난하게 자란 여자다운 원칙이었다. 세상 모든 결손 가정이 불행한 것은 아니겠지만 그것이 가난의 밑밥 정도는 된다고 여자는 생각했다. 다행히 남편은 여자가 내심으로 원하던 조건을 갖춘 사람이었다. 밥 굶는 일 따위는 일어나지 않았다. 다만 갑갑한 평화가 문제였다. 분명 폭발력이 장전된 폭탄을 안고 살지만 큰일 같은 건 일어나지 않는 그 무엇. 허무와 갈증의 심연을 헤매면서도 평온을 가장한 저 거짓 일상. 이 전쟁에서 용기 있는 자들만이 성격차이라는 완곡한 표현을 빌려 부부의 연에서 자유로워질 것이었다.

이런 상념의 우물을 파다 보면 한편으로는 지혜 남편이 이해되기도 하였다. 상대는 느끼지 못하지만 갑자기 하루가 무덤처럼 느껴질 때가 있다. 그 무덤에 안주하느니 위태롭지만 짜릿한 롤러코스터를 타고 싶은 욕망. 그 솔직성을 누가 질타할 수 있을 것인가. 하지만 아무나 그런 놀이기구를 탈 수 있는 건 아니었다. 생의 환멸을 정면으로 돌파할 에너지가 있는 자만이 그 경계를 넘을 수 있었다. 나머지 대다수는 도덕적 잣대를 방패삼아 제 비겁한 속내를 정당화하거나, 제 음전함의 콧날을 과장되게 세울 뿐이다. 여자는 영혼이 잠식당할 것 같은 긴장 없는 무력감이 때론 치욕처럼 느껴졌다. 가끔씩이 모호하고 지루한 평화에다 위험천만한 도화선을 연결하고도 싶었다.

착한 게 결코 자랑은 아니었다. 여자는 지혜를 통해 그 말의 의미를 학습했다. 대학전공을 정할 때도 지혜는 제 식의 담백하고 순수한 성정을 발휘했다. 박애에 대한 막연한 사명감 하나로 간호학과를 택했다. 지나친 낭만적 접근 방식이었다. 열여덟 해밖에 살아오진 않았지만 생의 비애라고는 결코 경험하지 못한 지혜 같은 이가 간호학을 한다는 건 어울리지 않았다. 누가 뭐래도 간호학은 내면에 억척스러움이 있거나, 어리석지 않는 착함으로 단련된 이가 선택하기 좋은 학문이었다. 환자를 돕고 싶다는 순진한 사명감은 색연필로 장래희망을 그리던 어린 시절에나 필요한 덕목이었다. 보호 받고 자란 아이답게 무기력하게 착하기만 한 지혜에게 간호학은 멍에였다.

간호사 자격증을 써먹을 틈도 없이 지혜는 제 엄마가 마련한 혼인시장에 나가야만 했다. 지혜 엄마는 팔방으로 지혜의 신랑감을 물색했다. 가진 자들의 맞선 시장을 움직이는 암묵적 제일 조건은 경제 논리였다. 기울 것도 넘칠 것도 없는 집안의 장남을 만나 지혜는 석 달 만에 결혼식을 올렸다. 보장된 경제력에 반비례하는 게 사랑이었을까. 실리로 뭉쳐진 애정의 유효 기간은 그리 오래 가지는 못했다. 결혼 십 년 만에 남편이 이혼을 요구했을 때 지혜는 수긍할 수도 이해할 수도 없었다. 뚜렷한 이유 없이 어떤 한 쪽이 이혼을 원할 때는 사랑하지 않는 이유보다 더 확실한 이유는 없었다. 성격차이. 이 말은 이혼을 요구한 쪽에서는 자기방어용으로, 당하는 쪽에서는 구차하지 않을 대외용 멘트로 써먹을 수 있는 가장 안전하고 편리한 핑계였다.

지혜는 예의 순진하리만큼 긍정의 힘으로 그 위기를 헤쳐나갈 수 있다고 믿었다. 여전히 남편을 사랑했고, 비록 시댁에 두고 오기는 했지만 아들 둘에 대한 자부심도 버리지 않았다. 험한 꼴을 당해본 적이 없는 지혜로서는 충분히 그런 생각을 할 수 있었다. 하지만 이혼 직후부터 현실이 녹록치 않은 걸 속속들이 경험하게 된 지혜는 쉽게 허물어졌다. 성규가 동의할 때까지 재혼을 늦출 수 없었던 건 더 이상 버텨낼 강단이 부족했기 때문이었다.

처음 만났던 중학교 삼학년 이후로 여자는 대체로 지혜를 좋아했다. 동경의 대상으로 시작했다가 결속의 동지애로 남은 이가 지혜였다. 여자는 가끔 너무 이른 지혜의 결혼에 제동을 걸었어야 했던 게 아닐까 자책하기도 했다. 아무리 옳은 지적일지라도 듣기 싫을 때가 있다. 결혼에 대한 기대감으로 달뜬 지혜에게 여자는 작은 상처라도 주고 싶지 않았다. 살다 보니 그런 자책마저 불필요하다는 걸 알았다. 어떤 바른 선택도 – 그런 게 있기라도 한다면 – 요동치는 운명의 나뭇가지를 꺾을 수는 없는 일이었다.

진정한 아픔을 맛보지 못해서 그래. 조앤 롤링을 봐. 극한 고통의 나뭇가지 끝에 열매가 열리잖아. 네가 느끼는 갑갑함은 아직은 사치야. 자신이 처한 현실이이야말로 고통이라고 생각하는 지혜는 확신에 차 그렇게 말하곤 했다. 현실적 고통 없는 지루함. 그래서 인형 작업에도 이렇게 진척이 없는 걸까? 나른한 한 나절, 커피 한 잔을 마셔도, 시든 난꽃의 대궁을 잘라 봐도, 더께 낀 창틀을 닦아 봐도, 한껏 미뤄둔 작업대에 앉아 봐도 갑갑함은 언제나 친구처럼 가까이 있었다. 어쩌다 손재주는 있어, 종이 인형을 만들기는 하지만 죽도록 다 하는 열정이 아니었으므로 완전한 프로가 되기도 힘들었다. 허영일 뿐이었다. 뭔가를 부여잡고 제 살아있음을 증명하고픈 허욕의 뿌리이자 부질없는 욕망일 뿐이었다.

첫 번째 완성작을 상상해보았다. 구상대로라면 덕봉은 왼손에는 달강꽃, 오른 손엔 술병을 쥐게 될 것이다. 달강꽃과 술병을 양손에 든 덕봉이 그 가식 버리라,며 남편인 미암 유희춘의 책상을 내리치는 모습이 될 것이다. 그러고 보니 지금쯤 그곳엔 달강꽃이 한창이겠다.

달강꽃은 여자가 지은 꽃 이름이다. 어느 해 오월, 물안개가 피어난 호수에 간 적이 있었다. p와 함께였다. 기존 생태계의 흐름이 거부된 인공 호수 주변은 낯선 꽃무리로 가득했다. 정확히 일곱 개의 잎으로 둘러싸인 봉오리는 얼핏 보면 장미를 닮았다. 포르라니 연보랏빛을 띠는 색깔로 봐서는 도라지꽃을 닮은 듯도 했다. 잎자루에 작은 털이 맺힌 걸로 보아서는 방울꽃인가 싶다가도 모양새를 보면 전혀 닮지 않아 도무지 무슨 꽃인지 알 수가 없었다. 여자로서는 한 번도 본 적이 없는 꽃이었다. 집에 돌아와 식물도감을 찾아봐도 나오지 않는 꽃이었다. 달강호라는 호수 이름에 걸맞게 바람 따라 낮게 달강달강 흔들리는 꽃. 낯선 환경에 적응해 새롭게 태어난 그 꽃을 여자는 달강꽃이라 부르기로 했다. 지혜에게 찍어온 그 꽃을 보여주며 자주 얘기를 한 덕에 그녀도 알고 있는 꽃이었다.

덕봉 여사에 관한 작업은 미암 유희춘의 문집을 읽으면서 떠올렸다. 유희춘은 16세기 조선을 살다간 선비이자 학자이다. 어느 날 시 한 편을 지어 마누라인 덕봉 여사에게 자랑하게 되겠다. 봄날 뜰 꽃 흐드러져도 음악 쟁쟁 울려도 오로지 참 맛은 책 속에 있고, 좋은 술 향 퍼지고 어여쁜 자태 흘려도 오직 책 향에만 흥미가 쏠린다. 뭐, 이런 자작시를 아내에게 읊었더란다. 16세기 조선의 유학자다운 발상이었다. 당시로는 첨단 여성의 길을 가던 우리의 여 전사 덕봉 여사, 남편의 그 잘난 척을 한방에 날려버렸단다. 봄 경치 예부터 보던 것이고 달 아래 거문고 타는 것도 한가로운 멋이며, 술 또한 마음을 호탕하게 해주는 것인데 그대는 어찌 책에만 빠져 있을까, 라는 멋진 시로 남편에게 화답을 했던 것.

덕봉 여사의 솔직하고 호방한 기세에 눌려, 제 잘난 척을 껄껄 웃음으로 무마하려던 미암 유희춘을 상상해보라. 남편이 내비친 잠깐의 위선조차 인간적 위트로 응수하는 덕봉 여사의 활달한 기개야말로 자유의지 아니었을까. 환장하게 봄꽃 흐드러지던 날, 술보다 나은 독서가 어디 있을 것인가. 유교질서가 뿌리 내리던 그 시절, 남편 앞에서 저런 솔직한 응대를 할 수 있었던 덕봉이야말로 진정한 자유인이었다.

여자는 주저 없이 '어찌, 책에만!'이란 첫 번째 작품을 구상할 수 있었다. 이 인형이 끝나면 다음 제목은 '규방 밖으로'가 될 것이다. 바깥세상을 향한 적극적인 자세를 취했으나 임금 행차를 먼발치서 구경할 수밖에 없었던 덕봉 여사, 끝내 만나지 못한 임금을 꿈속에서나마 만났던 그 장면을 표현해볼 생각이다.

오후에 여자는 지혜와 영화를 봤다. 여자 집에 들른 지혜는 그냥 쉬고 싶다고 했다. 소파에 드러눕는 지혜 곁에서 여자는 다운 받아놓은 영화를 틀었다. 레볼루셔너리 로드. 혁명의 길이라니. 제목만으로는 동유럽이나 중국의 운동권 영화 같았다. 그것과는 무관한 개인적 욕망의 서사가 담긴 영화였다.

뉴욕 근교 레볼루셔너리 로드에 보금자리를 꾸린 신혼 부부. 잔잔하고 반복되는 일상일수록 내면의 파고는 높은 법. 여주인공이 꿈꾸는 세속적 혹은 일상적 욕망의 거리로 상징되는 파리. 파리로 가요, 라는 절규로 함축되는 여자의 탈출욕. 하지만 그 혁명의 길 끝에는 파멸만이 남아 있었다.

앞서거니 뒤서거니 걷는 디카프리오와 케이트 윈슬렛의 어깨 간격은 가까웠다. 하지만 가까운 그 물리적 공간에는 깊이를 가늠할 수 없는 혼돈의 크레바스가 놓여 있었다. 일상으로부터 탈출을 꿈꾸는 여자와 안주하려는 남자 간의 가여운 크레바스. 남자 주인공이 입은, 오십 년대 풍의 주름 많고 후줄근한 드레스셔츠 같은 피로의 겹이 그들 갈라진 사이로 보였다. 여주인공에겐 저 먼 대서양 건너 파리가 아닌 그 어디라도 새로운 혁명의 거리가 필요했다. 하지만 혁명의 길 끝에는 안주라는 권태의 평화만이 출렁이고 있을 뿐이었다. 선택의 여지없는 여자에겐 파멸의 핏자국만이 흘렀다. 지혜는 영화를 보는 내내 훌쩍였다.

"저렇게 무너지는 것보단 살아남는 게 낫지 않나?"

벌겋게 달아오른 눈가를 다독이며 지혜가 말했다.

"그럼, 살아남아야지. 왜 무너져. 난 대책 없이 파리로 떠나려던 에이프릴이 맘에 안 들었어."

영화 속 남편인 프랭크 정도라면 팔십 점은 될 텐데, 왜 갈등을 자초하는가, 하는 것이 여자의 의문이었다. 하지만 그것조차 여자의 오만이었다. 왜냐면 모든 소통부재는 사람마다 다르고 거기서 오는 고통의 종류 또한 사람마다 다를 것이었다.

"나도 그 집서 여태 붙어살았으면 절망의 끝을 봤을까?"

"그런 비교 같은 건 하지도 마."

"어쨌거나 소통이 안 된 면에서 불행하다는 건 같잖아."

"그렇긴 해. 하지만 온종일 하하호호 거리며 사는 부부가 몇이나 되겠니?"

“그건 그렇고, 너 아침에 p랑 잘까, 했잖아. 뭘 물어봐. 그냥 자고 싶으면 자. 어차피 용서되는 불륜의 침대 따위는 없어. 그러니 기죽지도 마. 그리스인 조르바 안 읽었어?”

“조르바가 어쨌기에?”

여자는 시치미를 떼고 지혜에게 장단을 맞췄다.

“여자와 잘 수 있는데도 자지 않는 사내에게 화 있을지니. 남자와 잘 수 있는데도 자지 않는 여자에게 화 있어라. 다 용서해줄 거라고 하느님까지 팔아가며 조르바가 너스레를 떨잖아. 인생 뭐 별거 있어? 단순해져. 몸과 마음이 원하는 대로 담백해져 봐. 영화에서도 봐. 비록 제 환멸에 치를 떨더라도 남편 친구랑 자잖아.”

한 번 실패한 뿐인 결혼인데도 지혜는 산전수전 다 겪은 사람처럼 훈수를 두었다.

“영화완 다르지. 거기선 사랑해서 남자와 잔 건 아니잖아. 그러니 자기모멸은 더했고.”

동의할 수 없다는 듯이 여자가 말했다.

“사랑한다는 면죄부가 있다고 달라질까. 자기 환멸을 맛보는 건 똑같아.”

용감해지리라 작정한 사람처럼 지혜는 평소보다 거친 발성을 냈다.

“……. 어쨌건, 세상 어떤 남자가 나타나도 걔를 대신할 사람은 없어.”

"그건 말도 안 되지만, 어쨌든 니 맘이 움직이는 대로 해."

중고교시절 지혜는 일급수에만 사는 산천어 같았고, 봄 하늘 공중을 낮게 도는 천진하고도 난만한 종달새 같았다. 단순하고 담백한 순리로 존재하는 실체, 사춘기의 여자에게 지혜는 그렇게 비쳤다. 절망의 구정물에 손 적신 적 없고, 비루함의 강 둔덕에 발 디뎌 본 적 없는 무구한 아이. 그건 노력이나 훈련으로 되는 게 아니었다. 선천적 투명함을 지닌 데다 가정환경이 받침 되는 아이가 가질 수 있는 기질이었다.

여자의 사춘기는 지혜와는 달랐다. 가난에서 오는 다층적이고 입체적인 생의 압박이 여자 곁을 맴돌았다. 비열함과 구차함의 내성이 생기도록 여자는 자꾸만 안으로 침잠해갔다. 양지바른 부촌의 햇살을 받고 자란 지혜의 긍정적인 에너지와 음습한 뒷골목의 맞바람을 안고 자란 여자의 시니컬한 냉기가 절묘하게 조화를 이루던 시절이었다. 지혜가 즐기듯 수학 문제를 명쾌하게 풀어나갈 때, 뒤에 앉은 여자는 생에 대한 비관과 허무의 비망록을 채우곤 했다.

중학교에 입학한 지 얼마 되지 않은 조회 시간이었다. 교복 블라우스 안에 브래지어만 한 채 이너웨어를 입지 않은 여자애들이 더러 있었다. 소위 날라리 그룹들이 자신들의 정체성과 결속을 드러내기 위한 치기로 그런 패션을 고집했다. 배꼽이 보일 정도로 짧은데다, 단추가 터질 듯이 졸라 입은 블라우스 때문에 그치들은 등짝에 브래지어 자국을 훈장처럼 새

기고 다녔다.

학생주임은 돌아다니며 속옷 안 입은 여학생들을 골라냈다. 여자 앞을 지나치던 그가 말했다. 넌 또 뭐야? 난닝구 안 입은 애들보다 더 하잖아. 이게 뭔 추태야? 젖가리개 안 하고 다닐래? 학생주임은 교복 위로 희미하게 보이는 여자의 좌우 유두를 번갈아가며 막대기로 콕콕 짓눌렀다. 누가 봐도 생활지도를 빙자한 성추행이었다. 그 때만 해도 성희롱이나 성폭력이 범죄라는 인식이 미흡하던 시절이었다. 영어 시간에 단어 가르쳐주는 척하고 여학생의 어깨를 주물럭거리던 대머리 선생의 손길이 성추행이었다는 사실을 알게 된 것은 성인이 된 뒤였다. 그런 선생의 손길에 자주 노출되는 것이 자신이 인정받는 것인 줄 착각하는 시대이기도 했다.

여자는 너무 놀라고 수치스러웠다. 학생주임의 천박하고 직설적인 언사 때문만은 아니었다. 그때까지 여자는 아직 자신이 브래지어를 착용할 때가 되었다고 의식하지 못했다. 젖망울이 부풀기 시작했으나 표시도 나기 전이었고, 생리조차 하기 전이었다. 여자로서의 자의식 같은 것도 정립되기 전이었다. 다른 친구들이 브래지어를 한 것을 두고도 액세서리나 기호품으로 여길 정도로 뭘 모르던 여자였다. 자신은 아직 그런 속옷을 입을 때가 아니라고만 생각했다.

여자로서의 이런 늦된 자의식에 대한 이유를 찾아야만 한다면 엄마의 부재가 가장 컸다. 여자는 여덟 살 때 엄마를 잃었다. 유방암 진단을 받은 지 한 달만이었다. 미련한 엄마는 몇 년째 진행되어온 자신의 죽음도 모른 채 액세서리 구슬만 줄기차게 꿰다가 죽음을 맞이했다. 엄마가 죽은 뒤 아빠는 고만고만한 독신 생활과 그럭저럭한 새 여자와의 생활 사이를 줄타기하며 지냈다. 소홀함도 그렇다고 지극정성도 없는 아버지 밑에서 여자는 체념하는 법을 일찍 배웠다. 밥만 먹여준다고 양육은 아니었고 학교에 갈 수 있다고 교육은 아니었다.

여자가 당한 그 모멸감을 덜어주기 위해 지원사격을 나선 아이가 지혜였다. 학생주임의 행동이 정확히 무엇을 의미하는지는 몰랐지만, 교사로서 온당한 행동을 한 것이 아니라는 것을 안 지혜가 말했다. 선생님 너무 해요. 그러면 안 되잖아요. 착하고 여린 지혜가 내뱉은 그 한마디 때문에 지혜는 그 자리에서 죽지 않을 만큼 막대기 세례를 받았다. 사명감에 불타있던 노처녀 담임 선생님이 아니었다면 그날 지혜는 들것에 실려 갔을지도 모른다. 담임 선생님은 거의 울부짖듯이 항의했다. 도대체 왜 이러시는 거냐고? 얘들이 무슨 잘못을 했느냐고? 제 정신이냐고? 그날 이후 여자와 지혜는 단짝이 되었다. 운이 좋아 고등학교까지 같은 학교를 배정 받았다.

어렵게 학교를 졸업해도 여자의 삶은 나아지지 않았다. 여전히 아르바이트 인생이었다. 석 달 치 아르바이트 값을 몽땅 털어 턴테이블이 달린 오디오 세트를 마련했을 때 p는 여자보다 더 기뻐해주었다. 가난하기로야 여자 못지않았지만 공부재능이 있었던 p는 대학원을 다니기 위해 서울로 떠났다. 떠나면서 이 백여 장의 엘피판을 여자에게 넘겨줬다. 자취생 입장에서 이사할 때마다 엘피판은 골칫덩어리가 될 뿐이라고 했다. '어차피 함께 할 텐데 뭘.' 아르바이트로 모은 레코드판을 p가 부려놓으며 그렇게 말했을 때 여자는 행복했다.

p는 아늑한 집을 꿈꿨다. '너와 함께 하는 아늑한 집'이 p의 모토였다. 프러포즈나 결혼을 운운하기엔 어렸지만 p가 심심찮게 아늑한 집을 외칠 때 여자는 문득 이런 그림을 그리곤 했다. 바흐의 무반주 첼로 모음곡이나 아이 간자키의 로맨틱 플루트가 흐르는 좁고 깨끗한 집. 번듯한 직업 없이 힘들고 지리멸렬했던 날들이지만 p가 있어 위안이 되었다. p가 청혼해줄 날을 기다렸던가? 그랬던 것 같다. 하지만 현실적으로 그건 너무 어려운 희망이었다. p는 경제적 어려움을 견디며 오래 공부해야 했다. 여자 쪽에서 확실한 직업이 있었다면 둘의 미래가 달라졌을지도 모른다. 그런 가정 같은 건 소용없다. 멀리 있는 사랑, 그것도 어느 한쪽이 더 부담을 느껴야 하는 관계라면 그것은 우연에 의해서라도 꺾이기 마련이었다.

p에게 새로운 애인이 생겼다는 걸 알게 된 뒤 여자는 p가 남기고 간 레코드판을 골방에 앉아 부러뜨렸다. 부러진 음반의 플라스틱 냄새가 방안 가득 퍼졌다. 화학 냄새와 두통이 섞여 환각 상태에 빠진 듯 여자는 몽롱해졌다. p와 함께 봤던 길이라는 영화가 떠올랐다. 잠파노와 젤소미나의 길. 왜 p는 그

영화를 보자고 했을까. 여자도 언젠가는 길 잃은 젤소미나 같은 심정이 될 거라고 예고라도 하려는 것이었을까. 그게 아니란 걸 안다.

그 즈음 여자는 입술이 자주 부풀었다. 봄 햇살이 유난히 다사로워 서러웠다. 산과 들은 날로 푸르러 갔고, 가깝게 보이는 담장의 넝쿨 장미들은 잎맥과 맞춤하게 담장 너머로 너울졌다. 여자는 장미 향기를 맡으면서도 마음 깊은 곳에서부터 왠지 모를 야만적 황폐와 날선 결핍을 느꼈다. 켜켜이 하늘을 향해 내닫는 장미 봉오리들을 짓뭉개고 싶었고, 야성의 독 가득한 풀 비린내로 세상을 할퀴고 싶었다. 오월과는 어울리지 않는 생각들이었다. p도 여자만큼 괴로워하기를 바랐다. 지금 생각하면 터무니없는 생각이었다. 남겨진 상처보다 떠나는 자책이 훨씬 가볍다는 것을 그때는 몰랐다.

전자레인지에 데운 밥과 남은 푸성귀를 양푼에다 얹었다. 고추장과 참기름에 버무린 양푼을 그러안고 여자는 작업대로 왔다. 이른 저녁이었다. 거실의 가장 밝은 쪽에 작업대가 있었다. 여자는 작업대 앞에 앉았다. 뼈대 위로 신문지 뭉치만 붙여진 덕봉여사, 아직 남편 미암을 압도할 기세까지는 나아가지도 못했다. 여자는 머리 뼈대 주위에 신문지를 잘게 잘라 붙였다. 한지를 아끼기 위해서 눈에 보이지 않는 속 부분은 신문지로 옹골차게 밀어 넣어야 제대로 된 인형이 만들어진다. 몸통과 다리에도 적당량의 신문지를 말아 감았다.

치마 밑 꽃신은 겨자색인데 하이힐처럼 꾸미고 싶었다. 숨겨진 여성성과 전투적인 콘셉트를 동시에 노리고 싶었다. 눈여겨 보지 않으면 아무도 눈치 채지 못하는 여자만의 숨은 그림 찾기 방식이었다. 꽃신은 달강꽃 다음으로 포인트를 주고 싶은 부분이었다. 여자는 잠시 유쾌해져 혼자 낄낄거렸다. 조명아래 오방색으로 은은하게 빛날 덕봉 여사. 작품이 완성되어 전시되어도 아무도 덕봉이 미암 유희춘을 기분 좋게 조정했던 혁신녀라는 것을 모를 것이다. 그냥 단순히 종이인형인 줄 알 것이다.

벌건 밥덩이를 한 숟갈 밀어 넣으며 여자는 문득 혼자라는 생각에 진저리를 쳤다. 그건 완전무결한 고립을 이룩하지 못한 자의 안타까운 넋두리였다. 그래도 온전하게 혼자인 이 시간이 좋다. 이런 날은 몰입이 잘 되는 만큼 작업 진척도도 높다.

"아무래도 내일 아이들 아빠를 만나야겠어. 니가 같이 가줄래?"

한창 작업에 몰두하는데 지혜의 다급한 목소리가 수화기 너머로 전해왔다.

"왜? 또 무슨 일인데?"

작업에 속도를 내고 싶은 마음에 여자는 건성으로 대꾸했다.

"아이 둘 다 유학 보낸단다. 아이들은 그걸 원하지도 않고.

그것만은 나도 싫어."

지혜 목소리는 가라앉아 있었다. 지혜는 한 달에 한 번 정도 아들 둘을 만나왔다. 지혜가 살아가는 가장 큰 희망이었다. 지혜가 아들들을 만나는 것에 대해 현 남편이 눈치를 주는 것은 없었다. 전 시댁과 전 남편이 도리어 경계를 했다. 지혜가 재혼한 것을 안 그쪽에서는 혹시라도 성규 형제가 영향을 받을까봐 전전긍긍하는 모양이었다.

그도 그럴 것이 성규는 대놓고 엄마의 재혼 날이 자기 죽는 날이라고 그쪽 식구들과 지혜 양쪽에게 선전포고를 했던 터였다. 어른들 세계를 잘 이해하지 못하는 성규는 언젠가는 부모님이 다시 결합하리라는 희망을 갖고 있었던 것 같다. 그렇다고 그쪽에서는 지혜와 성규 형제의 만남을 말릴 수도 없었다. 이참에 아들 둘을 미국으로 유학 보내려고 한다는 것이다. 이 헤어짐이 영원한 심리적 이별이 될까봐 지혜는 두려워하고 있었다. 비관보다는 낙관의 방식에 익숙한 사람들일수록 엉뚱한 곳에서 고삐를 풀어버리는 경우가 있었다. 지혜가 그렇게 될까봐 여자는 걱정이 되었다. 지금이야말로 지혜에겐 아픈 말도 필요할 때였다.

아무리 자식이라도 너무 엎어지진 마. 무릇, 관계는 담백하고 부담이 없어야 오래간다. 부모 자식 간인들 다르겠니. 고슴도치 딜레마라고 있잖아. 고슴도치가 제 날카로운 털은 생각하지 않고 사랑스럽다고 서로 가까이 가 봐. 생채기만 나지.

적당한 거리를 유지해야 오래 갈 수 있어. 독사 스무 마리 쯤 길들이는 마음으로 견뎌내야 해. 즐기는 날보다 치욕을 견디는 날이 많은 이유가 뭐겠니. 갈망하는 관계는 오래 못 가. 누군가 말했잖아. 타인이야말로 진정한 감옥이라고. 가족이라고 예외일 수 있겠니? 사무침이 없으면 원망도 없잖아. 누가 뭐래도 그 말은 진리야. 지혜에게 횡설수설 떠들어댔지만 그것들은 모두 여자 스스로에게 필요한 말이었다. 여자 말을 듣는 둥 마는 둥 지혜가 말했다.

"같이 가 줄 거지?"

"안 돼. 거길 내가 왜 가. 그리고 내일 p 만나기로 했잖아. 그냥 받아들이라니까. 구차해지지 말고."

다음날 오후에 p를 만나기로 했다는 여자의 말을 지혜는 잊은 모양이었다. 누구나 자신의 일이 우선이기 때문에 지혜가 여자의 말을 기억하지 못한 건 당연한 거였다. 선약이 없었더라도 여자는 지혜 전남편을 만나러 서울까지 따라나서는 수고는 하지 않을 것이다. 지혜도 그러지 말았으면 하는 건 여자의 바람일 뿐이었다. 어쩌면 지혜도 그렇게 쏟아 냄으로써 위안 받고 싶었던 것이지 정말로 여자가 따라나서기를 바란 건 아닐 터였다.

거의 밤을 새다시피 작업했다. 잠깐 한숨 붙인 여자는 외출 준비를 한 채 다시 작업대에 앉았다. p의 전화가 올 때까지는 오랜만에 물오른 작업을 계속할 생각이었다. 전화를 기다리는 그 시간을 견디기 위해서라도 뭔가 끄나풀이 필요했다. 덕봉 여사는 청적황백흑의 오방색 실루엣으로 거듭나고 있었다. 머리와 가채는 검정색, 머리장식인 나비와 꽃은 각각 노랑과 주황에 가까운 빨강색, 저고리 길은 황톳빛에 가까운 노란색, 깃, 끝동, 곁마기는 은은한 겨자색으로 덧댔다. 밑으로 내려올수록 풍성한 배래는 흰색에 노랑 국화무늬가 있는 한지를 덧발랐다. 치마는 고동색에 가까운 붉은색에 금박, 은박으로 무늬를 질러 넣었다. 덕봉 여사의 오른손 술병은 흰색과 노란 꽃무늬 한지로 마감될 것이다. 마지막으로 달강꽃 한 송이를 덕봉의 왼손에 들려주면 완성이다. 실제 여자가 본 달강꽃은 보랏빛에 가까운 푸른색이었다. 하지만 오방색 한지로는 완벽한 색깔을 내기 어려웠다. 비취색 한지를 조그맣게 말아 봉오리를 말아 나갈 참이었다. 죽어서 한껏 오방색 영혼으로 재탄생하는 덕봉 여사, 상상하는 것만으로도 여자는 갑갑증이 조금은 가시는 것 같았다.

달강꽃송이에 붙이기 위해 한지를 찢는데 자꾸만 왼쪽 입술 가장자리가 간질거렸다. 여자는 자신도 모르게 풀 묻은 손을 입술에 갖다 댔다. 따끔따끔한 간질거림에 우툴두툴한 촉감으로 봐서 입술 헤르페스가 도진 게 분명했다. 시계는 오후 다섯 시를 향해 가고 있었다. p 목소리가 전화기 너머로 들리면 여자는 태연과 무심함을 가장한 채 달려 나갈 참이었다.

지혜는 어떻게 되었을까. p에게 너무 마음을 쏟은 자신을 자책하며 여자는 지혜를 떠올렸다. 서울로 출발했을까. 설마 무대책으로 서울행 기차를 탄 건 아니겠지? 문자라도 보내야겠다고 생각했다. 서울 가고 있니? 여자는 안 갔으면 더 좋고, 라는 말 대신 네 맘이 움직이는 대로 해, 라고 적었다. 흔들리면 흔들리는 대로, 라고 덧붙이는 것도 잊지 않았다.

한 호흡씩 끊어가며 자모음을 누르는 눈길 너머로 덕봉 여사와 눈이 마주친다. 엉거주춤 엉덩이를 들썩이며 오른손에 술병을 든 여인. 불온한 듯 자유로운 아직은 미완인 여자. 달강달강 왼손에 달강꽃을 든 채로 그렇게 서있었다.

p에게서는 아직 연락이 없다.

아폴로를 씹었어

"바람에 꽃 꺾일까 온몸으로 막아 준 죄밖에 없어요."

자리에 앉자마자 오희는 울먹였다. 무슨 말을 하려는 걸까? 바람이니 꽃이니 따위의 비유를 들먹여도 될 만큼 오희는 우리 사이가 가깝다고 생각했을까?

들꽃 아동센터에서 아이들에게 독서 퀴즈를 내고 있을 때였다.

"잠깐 만날 수 있어요? 지금 당장이면 좋겠어요."

핸드폰 너머 그녀 목소리는 다급해보였다. 어차피 만날 용건이 있던 터라 잘 됐다 싶었다. 발신인 이름이 전화기 스크린에 뜨지 않았더라도 나는 그녀가 오희라는 걸 알았을 것이다. 말투 때문이었다. 단정적이고 위압적인가 싶으면 착착 감기면서도 안정적인 게 오희 말의 특징이었다. 북한식 특유의 호전적인 말투와 남한 정착 과정에서 터득한 생존형 어투가 상충하는 과정에서 생긴 독특한 어법이었다. 살아남기 위한 노력이 밴 목소리여서 어쩐지 짠했다.

그간 그쪽에서 먼저 전화를 걸어올 일은 없었다. 급한 쪽은 나였다. 오희는 내가 쓴 르포 '새터민 여성으로 살아가기'의 취재원이었다. 모 기관의 소식지에 여성 탈북자 특집을 실은 적이 있었다. 그때 같은 아파트에 사는 후배가 오희를 소개해주었다. 그녀는 인터뷰이로서는 더할 나위없는, 시쳇말로 미친 존재감을 보여주었다. 우선 외모부터 남달랐다. 강남의 유한마담이라 해도 될 만큼 차려입은 품새는 세련되었고 행동거지 또한 주저함이 없었다. 흰 피부에 부드러운 얼굴선, 날렵하고 곧은 콧등과 영민한 눈동자, 아무리 봐도 탈북자로 보일 얼굴상은 아니었다. 선입견이 배제된 상태에서 만난다면 전혀 탈북자로 뵈지 않을 만큼 오희는 당당한 기품을 뿜어내고 있었다. 탈북자라면 어딘지 모르게 초췌한 입성에다, 피곤에 절어있는 얼굴로 한껏 동정심을 유도해내야 제격이라고 생각했던 나는 당황했다. 이런 내 편견을 읽기라도 했는지 그녀가 말했다.

"말 안 하고 가만히 있으면 아무도 내가 북에서 왔는지 몰라요."

오희를 만나야 할 이유는 두 가지였다. 인터뷰 건으로 몇 번

만난 이후 자연스레 친분을 유지하는 중이었다. 저번 르포 기사가 쓸 만했는지 이번에는 남성 탈북자 한 명을 섭외해 보라는 편집자의 주문을 받았다. 오희에게 그 인터뷰 대상자를 소개 받을 요량이었다. 또 하나의 이유는 아동센터 일과 관련 있었다. 여러 곳에 흩어져있던 센터가 통폐합을 하면서 내가 일하던 곳이 문을 닫게 되었다. 자체 인력으로도 업무가 충분해 나 같은 외부 강사진이 필요 없게 되었다. 소명 의식은 사라지고 의무감만 남아 있던 차에 잘 되었다 싶었다. 들꽃 아동센터는 결손 가정 및 저소득층 아이들을 대상으로 하는 사회 교육기관이다. 나는 그곳에서 독서 지도를 하고 있었다. 아이들과 함께 책을 읽고 토론하는 일이 쉬운 건 아니었다. 무기력해진 아이들의 눈동자를 보며 나도 조금씩 지쳤다. 관심을 끌 참신한 아이디어도 떠오르지 않았다. 나와 아이들 모두에게 변화가 필요했던 참이었다.

다른 기획품이 필요했다. 새터민 청소년과 함께 하는 독서 프로그램을 열어 보고 싶었다. 탈북자들, 그것도 청소년을 만날 수 있다는 기대감에 절로 흥미지수가 높아졌다. 강좌를 개설하는 건 어렵지 않지만 회원 확보가 문제였다. 누군가의 도움이 필요했다. 오희라면 큰 힘이 되어줄 수 있을 터였다.

그녀의 패션 콘셉트는 봄소식인 모양이었다. 레이스 달린 진녹색 블라우스는 검은색 재킷과 맞춤한 조화를 이루었다. 달아오른 귓불 아래로 완두콩 닮은 귀걸이가 찰랑거렸다. 연듯빛 감도는 시폰 소재의 노랑 스카프로 포인트까지 주었다. 여간 신경 쓴 입성이 아니었다. 자, 보라구, 봄이 오고 있잖아. 그녀의 차림새는 그렇게 말하고 있었다. 그게 끝이 아니었다. 탁자 아래로 보이는 하이힐까지 연두색으로 맞춰 신고 왔다. 숨넘어갈 듯 갈급하게 만나자고 한 사람 치고는 너무 갖춘 입성이었다. 우연인지 그녀가 주문한 음료마저 키위주스였다. 온통 녹색 계열 콘셉트로 확실하게 봄기운을 선사하고 말겠다는 의지를 보여주는 것만 같았다. 삼월 하순이니 봄이 오고 있었다. 그녀의 그런 모습을 보니 처음 만났을 때 생겼던 경계심과 호기심이 다시 일었다. 타인을 지나치게 의식하거나 뭔가 완벽해보이고 싶은 부류인가? 자주 만나도 어쩐지 서로에게서 심리적 무장해제를 기대하기는 어려울 것만 같았다.

"무슨 일로……?"

만날 용건이 내게도 있었음을 감추며 내가 물었다.

"명지가 날 밀어내려 해요."

의외였다. 너무 단도직입적이라 잔뜩 경계심을 가졌던 내가 미안할 지경이었다. 명지라면 오희의 왼팔이나 다름없는 동지였다. 탈북자 공연단체인 '목단회'의 각각 회장과 실무를 맡을 정도로 그 둘은 각별했다. 그런 그들에게 무슨 일이 생긴 모양이었다. 내 귀는 절로 오희 쪽으로 열렸다. 태연한 척했지만 무슨 이야기지, 하는 호기심이 이는 건 어쩔 수 없었다.

"벌써 그쪽과도 얘기가 된 모양이에요."

귓불에서 늘어진 오희의 완두콩 모양 귀걸이가 불안하게 흔들거렸다. '그쪽'이라면 지형걸을 두고 하는 말일 터였다. 오희는 지형걸을 두고 그쪽이라 지칭했다. 지형걸 실장. 공식 직함은 그러했다. 탈북민들의 안착을 도와주는 모 단체의 실무자라고 했다. 오희가 가는 곳엔 대개 지형걸이 있는 것 같았다. 처음 인터뷰 건으로 오희를 만났을 때도 '그쪽'을 만나야 하니 시간을 많이 낼 수 없다고 했다. 지형걸은 탈북주민들 중 유독 오희를 챙기는 것 같았다.

인터뷰를 위해 두 번째 오희를 만난 장소는 그녀의 집이었다. 그곳에서 지형걸과 명지를 소개받았다. 지형걸은 원활한 인터뷰를 위한 도우미 역할을 자처했고, 명지는 다른 사람 얘기도 듣고 싶다는 내 부탁에 오희가 데려온 동료였다. 나로서는 지형걸이란 존재를 판단하기 힘들었다. 저 7,80년대 학원가를 사찰하던 짭새같은 느낌도 들고, 오희에게서 뭔가를 얻어내려는 치졸한 사람 같은 느낌도 지울 수 없었다. 오희는 그저 지형걸을 공적인 멘토라고만 소개했다. 그렇다고 그게 오희 주변을 맴도는 지형걸의 존재 이유 전부 같지는 않았다. 뭐라고 단정 지을 수 없는 찝찝함 같은 게 전달되는 느낌이었다.

오희가 쏟아 놓은 말을 정리하면 이러했다. 목단회의 리더인 자신을 명지가 밀어내려하고, 다른 동지들도 그 의견에 동조한다는 것이었다. 누군가 자신에게 그런 말을 내뱉은 건 아니지만 분위기가 그렇다고 했다. 더 기막히는 건 그런 상황을 지형걸도 알게 됐는데 수수방관만 한다는 것이었다. 내 편이 아니라고 대놓고 말하는 것보다 더한 배신감이 든다고 했다. 아직 임기가 반 년 이상이나 남았고 그간 별 문제가 없다고 생각했기에 내년에도 계속 일을 맡아 할 수 있을 거라 생각했단다.

"염증을 느껴요. 이제 동지들과 상관없는 딴 길을 가려구요."

속이 타는지 오희는 남은 키위주스를 단숨에 들이켰다.

"…… 딴 길인들 쉽겠어요? 그냥 속상한 마음 털어놓는다 생각하고 맘 편히 가져요."

오희 입장이 이해되지 않는 건 아니었다. 그렇다고 상대방 얘기도 듣지 않은 상태에서 무작정 오희를 부추길 수만도 없었다.

"글을 쓰고 싶어요."

오희는 두툼한 서류 봉투를 탁자 위에 내려놓았다. 원고 뭉치가 들어 있을 터였다. 오희는 탈북 수기를 냈을 만큼 글에 관심이 많았다. 처음 만났을 때 그 책을 내게 준 적이 있었다. 노란 풍선을 들고 있는 소녀가 표지로 그려진 책이었다. 나는 그때 장면을 떠올렸다. '오늘은 봄날, 어제는 아주 추웠답니다'라는 긴 제목 때문에 기억이 선명했다.

"제 것이 표제작으로 뽑혔어요. 원래 글 제목은 '수수꽃다리'였더랬지요."

"수수꽃다리, 괜찮은데 왜 제목을 바꾸셨어요?"

요상하게 긴 제목보다 그것이 낫다고 생각한 내가 물었다.

"그러게요. 출판사에서 저렇게 하랬어요. 제목이 인상적이어야 책이 팔린다던데 글쎄, 제목 덕은 못 본 것 같아요. 아직도 제 몫으로 남은 것이 오백 권이나 되거든요."

"수수꽃다리는 나 살던 마을 어귀에 있던 유일한 나무였어요. 근데 여기 와보니 그 나무를 라일락이라고 부르대요."

이 도시에 라일락꽃이 필 때면 자신이 나고 자랐던 마을의 풍광이 떠오른다고 했다. 엄마, 동생들, 마을 사람들의 얼굴이 이지러진 꽃송이로 피어나 밤마다 가위눌리곤 한다고 했다. 나는 탈북자들의 수기에는 별 관심이 없었다. 추위와 배고픔을 견디다 두만강을 건너 중국으로 잠입해 산전수전 공중전까지 겪은 뒤 제 삼국을 통하거나 운이 좋아 곧장 한국으로 건너왔다, 라는 식의 뻔한 레퍼토리 때문이었다. 그들 탈북기에 진정성이 없다는 게 아니라 삼시 세끼 챙겨 먹는 것처럼 평범해져버린 그 스토리텔링에 염증이 생겼다. 차라리 그쪽에서의 일상을 적나라하고 촘촘하게 써내려간 글을 만나고 싶었다. 하지만 대개의 탈출기가 그러하듯 그 책자도 과장과 비약이 심한 신파였다.

"그쪽 냄새가 전혀 나지 않는 새로운 글을 쓰고 싶어요."

탁자를 짚은 오희의 손에 힘이 들어갔다. 북쪽 출신이라는 걸 드러내지 않고, 새로운 방향의 글을 쓰고 싶다고 했다. 그게 가능할까 싶었다. 어느 누구도 자기가 잘 알지 못하는 것에 대해 쓰기는 어렵다. 직간접으로 겪지 않은 것을 글로 쓴다는 건 불가능에 가깝다. 탈북민의 정체성을 숨기고 글이 써질까 싶었다. 그만큼 배신감을 크게 느낀 모양이었다. 자신의 새로운 글이 남한 사람들에게도 먹힐 것인지 판단을 해달라는 것이었다. 그것이 오희가 나를 만난 이유였다. 남의 글에 대해 잣대를 들이댈 만큼 글 연륜이 있는 것도 아니지만 그것과 무관하게 그녀에게 해줄 말은 있었다. 써야 할 글이라면 반드시 써지는 것이지 남의 평가에 그 의지가 좌우되는 것은 아니라고. 쓸 것인지 아닌지는 오희 스스로 판단할 문제라고 생각했다.

차라리 옷 수선집을 내고 싶어요, 분식점을 하는 게 낫겠어요, 라고 말했다면 응원하기 편했을 것이다. 그런 내 표정이 읽혔는지 오희의 낯빛이 굳어졌다. 실망한 오희는 자신의 원고를 집에 가서 읽어보라고 했다. 나는 그러겠다고 했다. 대신 내 의견에 대해 별 기대를 하지 않는 게 좋겠다고 말해주었다. 그건 진심이었다. 남의 글에 오지랖을 떨 만큼 글쓰기에 확고한 신념이 있는 것도 아니었다. 나 역시 하루살이처럼 여기저기 쫓아다니며 연명하기 바쁜 처지였다.

오희의 용건이 끝나자 나는 눈치를 봐가며 예의 청소년 독서회 이야기를 꺼냈다. 기획안을 보던 오희 눈이 동그래졌다.

"그런 프로그램을 왜 미영 씨 혼자만 해요?"

무척 호전적인 반응이었다. 나는 당황했다. 오희 앞에 괜히 계획서를 꺼냈구나 하는 후회가 밀려왔다. 오희의 말은 탈북 자녀를 위한 프로그램이라면 자신이 더 낫지 않느냐는 것이었다. 자신도 나름 글쓰기 좋아하고, 책도 펴냈고, 독서량도 많고, 지금도 청소년교육 관련 공부까지 하고 있는데 왜 자신에게는 그런 기회를 주지 않느냐며 흥분했다. 텔레비전에서 봐오던 강경한 어조의 북한 주민이 화면 밖으로 튀어나온 것 같았다. 일방적인 오해 앞에서 뭔가를 설명해야 한다는 게 구차스러웠다. 나는 문화체육부에서 시행하는 무명작가를 위한 구제 사업에 참여하고 있었다. 지역 주민을 위해 문학 프로그램을 진행하면 얼마간의 활동비가 지급되는 제도였다. 공고를 보고 지원을 했고 운 좋게도 선정이 되었다. 전국적 경쟁이었기 때문에 기획안이 설득력이 있어야만 승산이 있었다. 나는 교도소 수감자들, 결손가정 자녀들, 탈북 청소년 등을 상대로 한 안을 제출했다. 사회적 배려대상자를 고려한 프로그램이라는 이유로 내 것도 선정이 되었다.

거침없이 몰아 부치는 오희를 보자니 기분이 묘묘했다. 오희의 저런 면이 동지들을 지치게 한 건 아닌가 하는 생각이 들 정도였다. 내 해명을 들은 뒤에야 오희의 표정이 진정되었다.

"그런 줄도 모르고……. 저 혼자 도와줄 수 있는 일이 아니에요. 일단 내일 오후에 우리 집으로 오세요. 공연 의논하러 명지가 오기로 했거든요. 그 때 미영 씨 프로그램도 얘기하면 돼요."

오희의 눈빛이 조금 밝아졌다. 오희가 나를 집으로 오라고 한 건 프로그램 얘기 때문만은 아니라고 생각했다. 나를 매개로 어색했던 명지와 타협을 해보려는 의중도 있었을 것이다.

오희네 아파트 현관문은 열려 있었다. 나중에 들은 얘기지만 문이 닫혀 있으면 갑갑해서 죽을 것만 같단다. 번듯한 대문도 없었지만 굳이 대문을 잠그고 살 필요도 없었던 북한에서의 습관 때문에 그렇다고 했다. 오희는 바깥보다는 집에서 사람을 만나는 걸 선호했다. 남한에 온 지 오 년이나 지났지만 집밖 카페나 음식점에서 누군가를 만나는 게 아직도 어색하다고 했다. 북한에서 그렇게 살아본 적이 없기 때문에 집이 제일 편하다고 했다.

"엄마는 아저씨 없인 한 발자국도 못 나가?"

열린 대문 사이로 여자애 목소리가 들렸다.

"아저씨, 집안에는 그만 들이라고!"

왜 아저씨랑 자꾸 만나냐고? 라는 소리도 들리는 듯했다. 짜증과 원망이 서린 목소리였다. 예나였다. 예나는 오희의 여고생 딸이다. 두 번째 오희를 만났을 때였던가. 그녀 집에서 예나도 보았다. 남한에 데리고 온 유일한 혈육이었다. 북한을 같이 빠져나왔지만 여건이 허락하지 않아 예나는 중국에서 일 년을 더 기다려야 했다. 탈북한 지 사 년이 넘은 예나에게서 북한소녀 이미지는 찾을 수 없었다. 겉보기엔 또래 무리에 있으면 그저 그런 여고생으로 묻힐 정도로 평범하게 보이는 인상이었다. 근처 학교에는 한 반에 한두 명 정도 탈북자 자녀가 섞여 있었다. 탈북자녀라는 것만으로도 왕따를 당할 수도 있는데 오희가 보기에는 잘 적응하는 것 같아 다행이라는 말을 한 적이 있었다. 인기척을 들었는지 오희가 현관 쪽으로 얼굴을 돌렸다. 예나는 눈이 마주치자 살짝 목례로서 인사를 대신하고는 거실로 향했다.

"좀 있으면 그쪽도 우리 집으로 온다니까 예나가 괜히 저러네요."

오희는 여전히 지형걸을 그쪽이라고 표현했다. 공식적 직함인 '실장'이라는 말이 있건만 그녀로서는 그렇게 부르기가 어색한 모양이었다. 그럴 땐 북한 출신 특유의 고지식함이 드러나는 것도 같았다. 그렇게 보니 '그쪽'이야말로 오희가 지형걸을 부를 가장 적합한 호칭 같기도 했다. 어색해서 두루뭉술하게 지칭할 뿐인데 별 다른 오해를 사지 않으니 다행인지도 몰랐다.

거실 한쪽에 앉은 예나는 자기가 하던 일을 계속했다. 방 하나에 거실로 이루어진 공간이라 예나에게는 따로 자기 방이 없었다. 그나마 있는 방은 공연에 필요한 오희의 소품들과 옷가지 때문에 방 구실을 제대로 하지 못하고 있었다. 처음 봤을 때와 마찬가지로 예나는 밥상 겸 책상에 앉아 뭔가를 그리고 있었다. 이번에는 어떤 동물을 그리고 있을까? 가만 보니 동물이 아니다. 어디서 본 듯한 사내 얼굴이다. 지형걸의 모습과 닮은 것도 같다. 왜 지형걸의 얼굴을 그리고 있을까. 지형걸이라는 확신도 없으면서 나는 그런 생각부터 했다. 지형걸은 그녀가 그리는 가엾은 동물과 다르지 않다는 뜻일까?

옆에는 시추 한 마리가 무릎 담요 속에서 투명한 눈동자로 나를 지켜보고 있었다. 예나는 방문객이 자신을 주시하고 있다는 게 쑥스러운지 옆에 있던 방울토마토 몇 개를 방바닥으로 굴렸다. 담요를 벗어난 녀석이 그것을 물고 예나 곁으로 쪼르르 달려왔다. 녀석의 목덜미를 예나는 부드럽게 만지기 시작했다. 생기발랄한 아이라면 야간자율 학습이 없는 오늘 같은 날이면 온 시내를 활보하며 제 젊음을 발산하고 있을 터였다. 탈북자녀로서 갖는 근원적인 상처 같은 게 감지되었다. 그 묘한 분위기 때문에 나는 조금 머쓱해졌다.

오희에게 생기는 호기심만큼이나 예나에 관해서도 알고 싶었다. 하지만 한창 예민한 시기를 보내고 있을 십대 소녀에게 무턱대고 가까이 갈 수도 없었다. 이렇다 할 교분도 명분도 없이 탈북자의 딸이라는 이유만으로 인터뷰를 하자고 할 수는 없었다. 처음 예나를 본 날 그 애가 잠시 자리를 비운 사이 그녀의 스케치북을 슬쩍 넘겨 본 적이 있다. 예나는 다양한 동물들을 그리고 있었다. 떨어뜨린 지푸라기를 나무 위에서 바라보는 까치, 대로변에 널브러진 다리 다친 고양이, 못물 위로 떠올라 죽어 있는 붕어 등, 음울하고 서늘한 분위기의 동물 그림이 주를 이루고 있었다. 오희 말에 의하면 예나도 마음의 상처가 있다고 했다. 1990년대 중반 최악의 식량난을 겪었을 때, 소위 고난의 행군 시절에 태어난 아이라 부지불식간에 결핍이 학습된 아이라고 했다. 죽어나가는 사람들이 거리마다 넘쳤고, 동물들마저 굶주린 사람에게 죽어나 씨가 마르던 시절이었다고 했다. 결핍이 내재된 아이라 의심이 많고 공격적인 성향이 있다고 했다. 애니메이션 공부를 하고 싶다는데, 그 밑바탕을 다지고자 뭔가를 열심히 그리고 있는 건지도 몰랐다. 다만 그것이 음울한 동물 그림이라 마음이 아팠다. '탈북 여고생의 내면 일기' 같은 취재기는 어떨까? 그 와중에도 나는 어처구니없게도 취재 본능을 떠올렸다.

새터민들은 당국이 마련해준 아파트에 모여 살았다. 저리 장기 임대 아파트였다. 탈북주민을 순화해서 부르는 말이 새터민이라고 했다. 탈북주민이라는 말을 습관적으로 내뱉는 내게 오희가 말했다.

"탈북주민 아니고 새터민이라니까요."

열두세 평 되는 아파트 두 동이 그들 차지였다. 하나원에서 정착 교육 프로그램을 이수한 그들은 주거할 도시를 임의로 배정받았다. 일시 정착금과 매달 주어지는 기본 생활비 등으로 기초 생활엔 문제가 없었다. 교육비 전액과 통신비 일부 등도 국가에서 지원해준다고 했다. 식당 주방원, 빌딩 청소원, 옷가게 점원, 공장 노동자 등의 일로 소일하는데 생활에는 큰

지장이 없다고 했다. 이 도시에 안착한 새터민 수도 벌써 천여 명에 육박한다고 했다. 한 달에 한 두 가구씩 새로 이주해와 탈북자 수는 늘어가는 추세라고도 했다.

좀 있으니 명지가 도착했다. 명지는 오희만큼 세련된 입성은 아니었다. 하지만 인물로만 따진다면 명지가 훨씬 나았다. 나이는 오희보다 다섯 살 어렸다. 북에 있을 때 가무단원으로 활동했던 전력이 있다고 했다. 그쪽에서는 수많은 가무 단원 중에 한 명이었겠지만 이곳 집단에서 명지의 입지는 단단해보였다. 목단회에서 기획을 하고 큰 줄기를 세우는 것은 오희였다. 하지만 노래와 춤 등 실질적인 안무 장악력은 명지가 앞섰다. 연습 때 오희와 명지가 뜻을 달리하면 단원들은 명지를 따랐다.

"내가 명지보다 노래나 춤이 약하다 보니……."

오희는 한숨을 섞어가며 그렇게 말했다. 명지가 자신과 뜻이 다르다고 결정적으로 느낀 건 연습실에서였단다. 명지의 지도 아래 공연단은 요즘 난타를 연습 중이었다.

그날도 만나자마자 그 실랑이가 이어지고 있었다.

"제대로 된 민요 한 곡이 낫다니까."

오희가 회장으로서 제 권위를 내세우겠다는 듯 짐짓 큰소리를 냈다. 오희는 난타를 고집하는 명지를 못마땅해 했다. 난타는 남쪽 것이니 독창성이 없고, 대신 민요를 북쪽 식으로 간드러지게 부른다면 관객의 호응을 충분히 받을 수 있다고 생각했다. 하지만 명지도 지지 않았다.

"언니는 좀 더 지켜볼 생각은 없이 왜 시비만 하누?"

"뭔, 시비? 우리네 고유 색깔과도 맞지 않는데다, 제대로 뽐내지도 못하니까 걱정돼서 그런 거지."

오희의 전언과 그 둘의 분위기를 유추하면 이렇다. 오희는 며칠 전부터 명지가 주도하는 난타 연습 장면을 지켜봐왔다. 맘에 차지 않았다. 우선 난타 프로그램은 목단회의 정체성과도 어울리지 않았다. 남한 주민을 위한 탈북자들의 공연단체라는 설립 취지에 맞게 당연히 내용도 부채춤, 물동이춤, 아코디언 연주 등이 주가 되어야 한다고 생각했다. 남한에서나 유행하는 난타를 눈어림으로만 연습해서 무대에 올린다는 건 말도 안 된다고 생각했다. 오희가 보기에 그들의 난타는 불협화음만 키우는 중이었다. 리듬감을 제대로 살리지 못한 둔탁한 소리가 귓전을 맴돌 때마다 오희는 짜증이 솟구쳤다. 난타 때문에 공연 전체를 망칠까 걱정이 될 정도였다. 리더로서 책임감 때문에라도 명지에게 이런 자신의 의견을 말할 수밖에 없었다.

반면, 명지 입장에서는 아무리 봐도 오희가 설레발치는 것으로만 보일 터였다. 회장이면 회장다워야 했다. 큰 물줄기만 잡아주고 한 발 물러서서 바라볼 줄도 알아야 리더답다고 명지는 생각했다. 무대 장악력과 안무를 소화할 능력은 명지에 비하면 턱없이 모자라면서 감 놔라, 대추 놔라 간섭하는 게 마뜨찮았다. 누가 뭐래도 난타만은 프로그램에 넣고 싶었다. 타협할 수 있는 부분이 아니었다. 북에서 공연단으로 활동할 때 명지의 주 종목은 북춤이었다. 북춤이나 난타나 리듬감을 탄다는 면에서는 비슷했다. 의외로 남쪽 사람들이 난타 공연에 열광한다는 것을 알고 넣은 프로그램이었다. 무엇보다 관객의 호응이 중요하다고 명지는 생각했던 것이다.

목단회는 자연발생적이기도 했지만 필요에 의해 구성된 면도 없지 않았다. 내가 보기에 탈북자 대부분은 예능인 같아 보였다. 북에서의 교육 방식이 그러했는지 몰라도 늙거나 젊거나 상관없이 여성들은 춤과 노래에 능했다. 삼십 대에서 육십 대 나이로 구성된 목단회의 여성 멤버들은 무대 위에서 거침이 없었다. 그 재능을 살려 사회봉사를 해보자는 쪽으로 의견을 모았는데 의외로 반응이 좋았다. 여러 곳에서 돕겠다는 의사를 전해왔다. 적재적소에서 적절한 지원이 들어왔다. 각 사회단체와 기업체에서도 탈북 주민들의 자립을 돕는다는 취지로 경제적 지원을 아끼지 않았다.

가만히 보니 그들이 느끼는 갈등의 뿌리는 결국 돈이었다. 처음엔 순수한 동기에서 무료 공연을 다녔다. 경로당과 기업체를 순회하면서 공연을 했다. 그들의 순수함과 열정에 감동받은 쪽에서 연이어 지원을 약속했다. 공조직이 된 그들의 몸집도 커져갔다. 지원금이 늘어나자 공연 자체가 아니라 그 지원금에 눈길이 가게 생겼다. 여러 단체의 지원금을 받을 때 지형걸이 물심양면으로 나서주었다. 지형걸이 바람막이와 대변인 역할을 해준 덕에 오희는 찬찬히 조직을 정비해갈 수 있었다. 목단회를 위해 바람에 꽃 꺾일까 온몸으로 막았다는 오희의 말이 틀린 말은 아니었다.

하지만 지금으로선 누가 봐도 오희의 패배였다. 오희에게 명지를 비롯한 동지들의 배신보다 더 큰 충격은 지형걸의 변심이었다. 왜냐하면 늦게 들어온 지형걸의 한 마디가 그들의 논쟁에 종지부를 찍었기 때문이다.

"난타는 관객과의 호흡이 중요하지. 목단회가 해석하는 난타, 신선하잖아."

차분한 샌님처럼 지형걸이 그렇게 말했다. 완벽한 승리를 감지했는지 명지의 낯빛에 생기가 돌았다. 대충 일이 어떻게 진행되고 있는지 나로서도 알 것 같았다. 사랑이나 사람은 돈이 흐르는 쪽으로 움직이게 되어 있는 모양이었다.

지형걸로서는 아무래도 실리를 따라 움직일 수밖에 없었을 것이다. 새로운 집행부가 들어서는 것은 명약관화한 일이었다. 지형걸로서는 대세가 된 명지 쪽으로 기울어질 수밖에 없었다. 오희로서는 너무 빨리 찾아온 레임덕 현상을 탓해야 할 처지였다.

오희는 그 와중에도 최선을 다했다. 정착촌 센터장에게 남은 연습을 위해 음향실 개방을 요청했다. 센터장은 오희의 부탁을 단번에 거절했다. 소문은 금세 돌았다. 공생관계는 양쪽

저울추가 엇비슷할 때 그 효력을 발휘하게 되어 있다. 언제 밀려날지도 모를 오희에게 유효기간 만료된 친절을 센터장으로선 베풀 필요가 없었다.

그들 누구도 이곳에서 아직 활짝 핀 꽃이 되지는 못했다. 서로 뭉쳐도 모자랄 판에 저들끼리 갈등을 자초하고 있었다. 모든 갈등은 옳고 그름의 문제 때문에 생기는 게 아니었다. 다 옳거나 다 그른 가운데 문제는 발생한다. 다만 그 과정에서 누군가는 피해자가 되고 누군가는 가해자가 되는 게 문제였다. 자고로 물은 건너 봐야 알고 사람은 지내봐야 안다. 대체로 갈등 당사자들은 많이 상처 주고 적게 상처받으면서도, 적게 상처 주고 많이 상처 받았다고 생각한다. 가해한 것은 쉽게 잊어버리고 피해 입은 것은 오래 기억하는 인간 속성 때문이다. 가련한 피해자 입지가 자책하는 가해자 입장보다 동정받기 쉽다. 오죽하면 때린 놈보다 맞은 놈이 발 뻗고 잔다는 말이 생겼을까. 오희와 명지는 서로 피해자라고 생각하는 것 같았다. 객관적으로 봤을 때 오희가 받은 타격이 더 커보였다. 안 그런 척하는 사람에게 뒤통수를 가격당하는 파장이 대놓고 그러는 사람들에게 당하는 것보다 훨씬 깊고 넓기 때문이다. 겉으로 보기에 명지는 오희에 비해 훨씬 온화한 이미지를 풍겼다. 이 빠진 독수리의 한 방보다는 독을 숨긴 쐐기풀에 슬쩍 스치는 게 더 아픈 법이었다.

"제가 소개한 아이들이 열 한 명이나 돼요."

얼굴까지 발갛게 달아오른 명지가 내게 말했다.

"넌, 그런 거까지 얘기하기냐?"

오희 눈이 매섭게 올라갔다.

"언니, 사람 눈에 매 들었단 말 몰라? 그거 언니 보고 하는 말 같아."

명지도 지지 않았다. 손에 든 회초리보다 눈에 든 매가 더 무섭다며 오희 심사를 뒤틀어 놓았다. 명지는 속담을 끌어들여 말하는 걸 좋아했다. 북쪽 사람들은 그렇게 말하는 걸 즐기는 것 같았다. 얄밉도록 적재적소에 걸맞은 속담을 끌어들였다. 서로 많은 회원을 소개했다고 둘은 내 앞에서 각자 공치사를 하며 신경전을 벌이고 있었다. 양보 없이 팽팽하던 두 여인은 독서 프로그램 개설에는 비교적 협조적이었다. 프로그램 담당계에서 정착민 센터에 공문을 넣은 것도 있지만 꼭 그것 때문만은 아니었다. 자식 교육이 달려 있기 때문이었다. 남쪽이나 북쪽이나 자식 교육에 관한 거라면 관심이 많았다. 명지에게는 중학생 아들이 있었다. 청소년 자녀가 있는 오희와 명지 모두 관심이 많을 수밖에 없었다. 무료 강좌에다 교재비, 재료비, 심지어 간식비까지 지원된다니 그들은 솔깃해했다. 둘은 회원 모집에 적극적이었다. 경쟁하듯 서로 전화 버튼을 눌렀다. 열 명 모집에 열다섯 명이 몰렸다. 그 중 열한 명을 자신이 등록시켰다고 명지가 공치사하는 중이었다. 고마운 일이었지만 둘이 티격태격하는 모습을 보니 마음이 편칠 않았다. 이러다 저들끼리 수가 틀리면 진행하는 프로그램에서 회원들을 하차시키는 건 아닌가 하는 불편한 맘도 생겼다. 새터민 리더들로서 그쪽 청소년들마저 자신들이 좌지우지하지 하지 않으리란 법은 없었다.

회원 모집에 적극 나서주는 그들이 고마워 얼마 되지는 않지만 매달 내게 주어지는 활동비의 십 퍼센트를 목단회에 기부하겠다고 했다. 정확하게 십이만 원이었다. 특별한 의미가 있거나 착한 척하느라 그런 건 아니었다. 그 정도는 아동센터 일을 해도 미끼 상품 값으로 나가는 돈이었기 때문이다. 청소년들에게 미끼 선물이 필요하지는 않을 것 같기에 처음부터 그렇게 하겠다고 맘먹은 터였다.

한데 명지가 내 말을 끊었다.

“그거 안 받을래요.”

나는 당황했다. 오희의 표정은 일그러졌다.

“소 잡은 흔적은 없어도 밤 껍질 벗긴 자리는 있다고 했거든요.”

명지가 예의 선문답 같은 속담을 날렸다. 무슨 의미의 속담인지 이해가 되지 않았다. 나중에 집에 와서 사전을 찾아보고서야 큰일보다는 작은 일이 꼬리를 남기기 쉽다는 뜻이라는 걸 알았다. 곰곰이 생각해보았다. 액수가 많지 않은 기부금은 그 쓰임새의 투명성에 의심이 간다는 뜻 같았다. 명지는 나더러 기부하고 싶으면 새 임원진이 들어섰을 때 한꺼번에 몰아서 하라고 덧붙였다.

“너는 야, 트집쟁이구나. 나도 한 마디 할 게. 별 따려다 발 아래 채송화 밟아 죽인다는 말도 있다.”

오희 자신이 채송화라는 뜻일 수도 아니면 생사람 잡지 말라는 뜻일 수도 있었다. 이 상황을 어떻게 받아들여야할지 혼란스러웠다. 역시 돈 문제인 것 같았다. 그것을 북한식 은유로 빗대 에둘러 말하고 있었다. 나로서는 분위기만 머쓱하게 만든 꼴이었다.

정황상 명지와 동료들은 오희를 불신임하고 있었다. 기부금을 비롯한 활동비를 둘러싸고 불협화음이 있었던 모양이었다. 일을 도맡아 한 것은 오희였기 때문에 궁지에 몰릴 수밖에 없었다. 상대적으로 과오 없는 명지의 여문 입은 동지들의 마음까지 얻을 수 있었다.

오희와 명지 그 둘 다 촘촘하게 쌓아올린 벽돌을 연상시켰다. 동지들은 두 벽돌을 왔다 갔다 하고 있었다. 게다가 이제는 지형걸까지. 어쩐지 기대면 넘어지지는 않겠지만 그렇다고 결코 따뜻하지는 않을 것 같은 그 벽돌. 헐겁고 구멍 난 흙담 같은 인간적인 세계가 그들에겐 없어 보였다. 더운 날 서늘한 바람 한 줌, 흐린 날 비릿한 흙먼지 안개, 비오는 날 알싸한 한 줄기 비가 그 뚫린 구멍으로 지나갈 수 있어야 하는데 그럴 수가 없는 것이다. 허기와 상처의 극한을 경험한 자들의 자기보호 방식이 저렇게 나타나는 건 아닐까 하는 생각이 들었다. 힘겹게 정착한 이 땅에서도 여전히 자신들을 떠나게 했던 그 요인들로부터 자유롭지 못한 모양이었다.

다음날 명지에게서 전화가 왔다. 어제 일로 신경 쓰게 해서 미안하다는 것이었다. 명지도 무슨 말이든지 하고 싶은 모양이었다. 자기들끼리 티격태격하는 모습을 보여준 것을 못내 안타까워하는 눈치였다. 답답한 가슴을 터놓을 누군가가 필요한 모양이었다. 임금님 귀는 당나귀 귀라고 말할 대숲이 절실히 필요했던 것일까.

"숲 속 열 도둑 잡기 쉽지 맘 속 한 명 도둑 못 잡잖아요."

만나자 말자 명지의 속담 행진이 시작되었다. 그녀가 말한 속뜻을 캐내는 것보다 그렇게 재미난 속담을 자유자재로 내뱉을 수 있는 내공이 부러웠다.

"열 도둑은 뭐고 맘 속 한 명은 뭐예요?"

명지의 얘기는 이러했다. 그간 한 번도 오희가 동지들에게 장부를 보여 준 적이 없다고 했다. 총무인 자신에게도 자세한 내막을 얘기해주지 않았다는 것이다. 지형걸이 오희 뒤를 따라 다니는 것도 수상쩍다고 했다. 각 단체에서 보조해주는 떡고물을 주워 먹기 위해 기생충처럼 달라붙는 게 아니냐는 게 동지들의 지배적인 의견이라고 했다. 그렇다면 오희와 지형걸 둘 다 명지가 말하는 도둑인 셈이었다. 불신임은 오희 스스로 자처했다는 게 명지의 결론이었다.

이런 분위기를 갈파한 지형걸이 이제 명지 쪽으로 달라붙는 셈이었다. 내가 보기엔 지형걸을 완전하게 밀어내지 못하는 명지도 오희와 다를 바 없었다. 아무리 봐도 그들의 갈등엔 옳고 그름의 잣대가 필요한 게 아니었다. 이렇든 저렇든 명백한 상처만이 남을 뿐이었다. 그 환부를 키우고 들쑤시는 사람들이 지형걸 말고 또 얼마나 더 나올 것인가.

이빨 빠진 사자는 벼룩만도 못 하다잖아요. 명지는 말끝마다 예의 비유 타령이었다. 서로의 정당성을 증명하기 위해 제삼자인 나에게 이런 얘기를 털어놓는 것도 불편하기만 했다. 그 역할은 꼭 내가 아니어도 좋았을 것이다. 각자의 얘기를 들어줄 그 누군가가 그들에게 필요했던 것이다.

아동센터에서 마지막 독서토론수업이 진행되었다. 나는 예의 독서 퀴즈로 시작했다. 퀴즈는 내가 가장 선호하는 진행 방식이었다. 아이들의 시선을 끌기에 가장 효과적인 방법이기 때문이다.

소혹성 B612에 자라는 못된 나무의 싹은 무엇일까요?

어린왕자가 일곱 번째 도착한 별의 이름은 무엇일까요?

어린왕자에게 장미꽃은 어떤 의미일까요? 책을 보고 답을 써도 좋아요.

타성에 젖은 내 질문이 이어질 때마다 아이들의 책장 넘기는 소리가 분주했다. 내가 준비해온 미끼 상품을 타기 위해 아이들은 그 때만큼은 눈동자를 반짝거렸다. 아이들은 대체로 소란스러웠다. 진득하니 앉아서 주어진 과제에 몰두하는 경우는 드물었다. 주의 산만한 아이들을 상대로 책에 관심을 돌린다는 건 쉬운 일이 아니었다. 아이들은 어린왕자가 장미꽃에 물을 주든지 말든지, 바오밥나무가 얼마나 어린왕자 별을 위험에 빠뜨릴 수 있는지 등에는 별 관심이 없었다. 어서 빨리 미끼 상품 하나씩을 받아들고 아동센터 문을 빠져나가고 싶어 했다. 오락실로, 친구 집으로 뛰어들어 게임에 빠져들 궁리만 했다. 그러기 위해서 부지런히 정답을 찾는 중이었다.

아이들은 안간힘을 다해 책 속에 숨어 있는 정답을 찾고 있었다. 눈깔사탕, 미니초콜릿, 추파춥스, 샤프펜슬, 초코파이 등 여러 상품 중에서 아이들은 막대사탕인 추파춥스를 가장 좋아했다. 하지만 내리 삼 주째 그것만 건넸더니 불만이 불거져 나왔다.

"에이, 추파춥스 지겨워요."

"그것밖에 없어요?"

"딴 거 주세요."

"문상 있잖아요. 문상! 그게 젤 좋아요. 그걸로 주세요."

문화상품권을 줄여서 아이들은 그렇게 말했다. 문상은 미끼 상품으로는 더할 나위 없었다. 하지만 아이들이 그것으로 누리는 문화는 게임이었다. 영화를 보거나 책을 사는 대신 오락실에 가서 십 분 안에 오천 원짜리 상품권을 써버리곤 했다.

마지막 수업이니 만큼 무엇을 선물로 준비해갈까 하다가 나는 색다른 걸 주문했다. 어렸을 때 내가 좋아하던 과자였다. 아폴로. 시중 문구사에서는 구하기 어려운 추억의 과자였다. 인터넷으로 구매를 했다. 아폴로는 색소 분말주스를 농축해서 빨대에 밀어 넣은 식품이었다. 젤리라고 하기에도 캔디라고 부르기에도 애매한 그 과자는 내 추억의 주전부리였다. 어느 날 라디오에서 예의 아폴로 과자 얘기가 흘러 나왔다. 창업주 아들이자 현재 사장을 공장으로 직접 찾아가 인터뷰한 내용이었다. 한 때 불량식품으로 낙인 찍혔던 아폴로는 사장인 자신이 그 이름을 지었단다. 아폴로 우주선이 달로 가던 그해에 이 제품이 출시되었단다. 그때 사장은 대여섯 살쯤이었다. 창업주인 아버지가 새 상품의 이름을 고심했는데, 아폴로 우주선 뉴스를 듣고 그 자리에서 결정해버렸다고 했다. 그 인터뷰를 듣는데 가슴이 콩닥거렸다. 잊고 지내던 어린 시절의 한 장면이 스냅사진처럼 떠올랐다. 양지바른 흙벽에 기댄 고만고만한 아이들은 비닐 빨대 안에 든 농축 주스 과자를 먹었다. 길이 오륙센티미터 정도 되는 빨대를 아래윗니 사이에 끼워 당기면 쫀득하고 말랑한 반죽이 빠져나왔다. 새콤달콤한 주스 맛이 났다. 위로 한 번, 아래로 뒤집어서 한 번, 그렇게 이 사이로 당겨 먹어야 제 맛이었다. 그나마 남은 반죽을 다 빼먹기 위해 비닐 빨대를 질겅질겅 씹기까지 했다. 그것은 불량식품도 아니고 저질식품도 아니었다. 위대한 추억의 간식이었다. 가장 순정했던 한 시절이었다.

요 며칠 오희와 명지의 일을 겪으면서 사람에 관해 생각하는 시간이 많아졌다. 다 다르면서 다 똑 같은 게 사람이다. 거창하거나 소박하거나 잘났거나 못났거나 착하거나 못되거나 모두 상처의 길을 터벅터벅 가고 있는 중이었다. 남들이 쉽게 하지 못할 일을 결행한 사람들, 상처의 길을 피해 떠나왔건만 가는 길마다 새로운 상처가 새겨질 뿐이었다. 사람의 한살이란 끊임없는 상처의 길이다. 길을 내고 지우는 동안 숱한 상처들이 얹혔다 사라져간다. 이곳 아동 센터 아이들도 새터민 청소년들도 저마다의 상처의 길을 낼 것이다. 그런 생각을 하니 조금 서글퍼졌다. 그나마 사심 없이 평화로웠던 날들은 어린 시절이었다. 오희와 명지도 그러했을지 모른다. 그런 연상 작용이 이어져 아폴로를 생각나게 했는지도 모른다.

"오늘 상품은 추파춥스도 아니고 문상도 아니에요."

짐짓 심각한 어조로 내가 말했다.

"그럼, 게임 머니? 것도 좋아요."

남자 아이들이 소리를 질렀다. 여자애들이 입을 비쭉였다. 여자애들이 제일 싫어하는 게 게임 머니였다.

"그런 재미없는 선물로 마지막을 장식하진 않지."

"그럼 피자나 통닭이라도 쏘시게요?"

구석 자리에서 지우개 던지기로 다른 아이들을 괴롭히던 녀석이 말했다.

"아니, 오늘은 마지막이니 다 같이 아폴로를 씹어 보는 게 어때?"

아폴로가 뭐예요? 아폴로는 우주선인데 어떻게 씹어요? 아폴로? 어디서 많이 듣던 이름인데……. 이곳저곳에서 아이들이 웅성거렸다. 나는 비닐봉지에서 아폴로를 꺼냈다. 오렌지색 색소 봉지가 나오자 에이, 씨! 아이들의 야유가 터졌다. 그때 전화벨이 울렸다. 오희였다. 미영 씨 뭐해요? 언제부터 강좌 시작하는 거예요? 청소년 독서프로그램을 말하는 모양이었다. 그건 다음 주부터 시작한다는 걸 오희도 잘 알고 있었다.

"제 원고 읽어 봤어요? 어땠어요?"

대답을 할 수 없었다. 나는 처음부터 그녀의 원고를 읽을 생각이 없었다. 그 안에 든 내용이 소설인지, 시인지, 판타지인지 등이 그다지 궁금하지 않았다. 오희가 원한 건 글쓰기가 아니라 절절한 소통이었다. 그녀가 글을 써야만 한다면 운명처럼 쓰게 될 것이었다. 소통을 원하는 그 애절한 순간에 우연히 내가 있었을 뿐이었다. 나는 미영 씨 뭐해요, 라는 그녀의 맨 처음 물음에만 대답했다. 아폴로를 씹고 있다고. 순정한 시절을 되새김질하고 있다고, 라는 말은 속으로만 말했다. 오희는 아폴로가 뭐예요? 그걸 왜 씹어요? 라고 수화기 너머로 말했다. 궁금해서 미치겠으면 아폴로를 씹으러 오라고 내가 웃으면서 말했다. 물론 그 대상이 명지라도 상관없을 터였다.

"아폴로 보고 실망하는데 나 혼자 먹을까?"

에이 씨,를 연발했지만 막상 아폴로 앞에서 덤덤해지지 못할 아이들이란 걸 알기에 내가 능치듯 말했다.

"아니요, 주세요. 먹을래요. 근데 담에는 문상으로 주세요. 문상! 아셨지요?"

우르르 몰려나온 아이들이 빼앗듯 아폴로 한 봉지씩을 낚아채갔다. 나는 비닐을 뜯은 후 아폴로 하나를 꺼내 아래윗니 사이에 끼웠다. 달콤새콤한 추억의 맛이 입안에 스며들었다.

아빠는 시인이다

아빠는 삼류시인이다. 아빠의 첫 시집 서문을 읽었을 때 나는 단박에 그것을 눈치챘다. 그 이유는 조금 있다가 설명하는 게 낫겠다. 아빠는 삼 년 전에 첫 시집을 상재했다. 그 때 나는 중학교 이 학년이었다. 참고로 며칠 있으면 아빠의 두 번째 시집도 세상에 나온다. 아빠의 첫 시집은 '그 골목에선 언제나 커피냄새가 났다'라는 다소 긴 제목을 가지고 있다. 바로크 시대의 낭만성을 한껏 흉내 낸 그 시집의 제목만큼은 봐 줄만하다는 것이 내 생각이다. 바로크 시대의 낭만성이라는 표현은 내가 써놓고도 마음에 든다. 왜냐하면 아빠 시집 제목의 탄생 배경이 그 낭만성과 무관하지 않기 때문이다. 조금 서글픈 낭만성이긴 하지만.

아빠는 그 시대 동년배들 대부분이 그러했듯이 무척 가난하게 자랐다. 해서 스무 살이 될 때까지 제대로 된 커피 한 잔 마셔보지 못했다. '제대로 된' 이라는 표현에 주목할 필요가 있다. 어쩌다가 미제 가루 커피가 생기면 – 잘 살았다는 아빠의 외가에서 얻어온 것일 수도 있겠다. – 찬물 부은 대접에다가 쏟아 붓고, 제대로 녹이지도 않은 채 단숨에 벌컥벌컥 들이켠 적도 있었다고 했다. 커피가 무슨 보약인줄 알고 마셔댔다는 믿을 수 없는 그 얘기를 들으며 나는 울고 싶은 웃음을 참느라 혼이 났다.

커피에 대해서 잘 몰랐던 아빠는 아이러니하게도 바로크 시대의 거장 바흐의 '커피 칸타타'는 신물 나도록 들은 사람이었다. 청소년기의 아빠는 바흐를 좋아했다. 아니 좋아할 수밖에 없었다. 인근 군부대에 파견 근무를 나왔던 한 군의관이 그 당시에는 귀했던 전축을 아빠에게 헐값으로 넘기고 갔다. 낡은 전축이기는 했지만 엘피판에 카트리지라는 바늘을 얹어서 듣는 그 음악 감상 놀이가 아빠는 신기하기만 했다. 내가 보기에 아빠는 음악을 감상한 게 아니라 나름의 고급한 음악 행위를 즐기고 있다는 자족에 빠졌던 게 아닌가 하는 생각도 든다. 어쨌든 그 군의관은 많은 엘피판을 보유하고 있었는데 떠나면서 아끼던 음반 세 장을 골라 아빠에게 건네주었다. 슈베르트의 미완성 교향곡과 작품번호를 기억하지 못하는 모차르트의 미사곡 하나, 나머지 하나가 바흐의 커피칸타타였다. 아빠의 말에 의하면 미완성 교향곡은 싱거웠고, 미사곡은 종교가 없는 아빠로서는 키리에, 글로리아, 크레도, 상투스, 아뉴스데이 등으로 진행되는 그 질서정연한 무게감에 짓눌려 지루하게만 느껴졌다고 했다.

그 중 커피칸타타는 아빠가 듣기에 부드럽고 부담이 없었다고 했다. 말하자면, 세 개의 엘피판 중에서 아빠 취향에 딱 맞아떨어진 것이 커피칸타타 밖에 없었으므로 그 곡을 좋아할 수밖에 없었던 것이다. 사십 년이 지난 지금에 와서도 아빠는 커피 칸타타가 바흐의 최고 작품이라고 우긴다. 내가 아무리 무반주 첼로 모음곡이 더 들을 만하다고 귀띔해 줘도 소용없다. 한 수 더 떠 커피칸타타 없는 당신의 청소년기는 자위 없는 밤 이불 속이나 마찬가지였을 거라고 너스레를 떨곤 한다.

커피를 좋아하는 여주인공과 그것을 말리는 아버지의 장난기 섞인 레치타티보가 일품인 커피칸타타를 들으면서 아빠는 상상으로 커피를 마시는 일에 익숙해져갔다. 그러던 아빠에게 참을 수 없을 만큼 커피향이 직접적으로 다가온 때가 있었다고 했다. 담당 교수의 심부름으로 교수들이 많이 모여 산다는 동네의 골목을 들어섰다가 진동하는 커피냄새에 주저앉고 싶었다고 했다. 커피를 자주 마시지 못했던 아빠는 커피칸타타의 여주인공이나 된 것처럼 커피를 갈망하며 그 골목을 빠져나갔다고 한다. 그 때의 추억을 상기하면서 쓴 시가 아마 시집의 표제작이 되었을 것이다.

아빠 시집 제목에 대한 사설이 너무 길었다. 위에서도 말했듯이 아빠의 첫 시집이 나왔을 때 나는 중학교 이 학년이었다. 공부와 관계없는 것에만 어지간히 조숙했던 나는 아빠 시집의 서문 정도는 독해할 능력이 있었다. 하기야 대를 이어 시를 쓰는 사람이 되고 싶은 마음이 있는 내가 아빠 시집의 서문 정도를 이해하지 못한대서야 말이 되지 않는다.

나는 막연히 글 쓰는 것을 업으로 삼고 싶다는 생각을 어렸을 때부터 해왔다. 한데 독자들도 아시다시피 그것이 그리 간단한 일은 못 된다. 내게 글을 쓸 잠재된 끼나 열정이 있는지도 모른 채 나는 일찌감치 문예창작학과라는 곳으로 진로를 결정해 두었다. 한데 내신 성적이 신통찮아 문예창작학과라는 벽을 넘기가 쉽지 않을 것만 같다. 이 나라의 그럴듯한 문예창작학과가 있다는 대학의 입학 사정을 훑어보니 아니나 다를까 하나같이 내신 성적과 수능 점수에서 그리 자유롭지 못하다는 것을 알았다. 오히려 '내신과 수능 점수 적극 환영'이라는 플래카드를 걸고 있다는 느낌을 지울 수가 없다. 실기 시험에서 월등히 높은 점수를 얻지 않는다면 그 문턱을 넘기가 쉽지 않을 것이다. 웬만한 일에는 흥분하지 않는 나도 이 부분에서만큼은 머리 뚜껑이 열린다는 시쳇말의 의미를 알 것도 같다. 내년이면 고3이 되는 나로선 걱정이 되지 않을 수 없다. 의사나 판검사처럼 돈이나 명예를 좇는 것도 아닌, 일개 시인이 되겠다는 데에 무슨 학과성적과 수능시험이 필요하다는 건지 알다가도 모를 일이다. 어쨌거나 사십 명도 되지 않는 학반 친구들 중 뒤에서 세나, 앞에서 세나 비슷한 등수를 가진 내가 수능을 통과해서 문학 공부를 하는 학과에 간다는 것은 꿈도 못 꿀 일이다. 그렇다고 전국의 내로라하는 청소년 대상의 문학상이나 백일장의 수상자 명단 근처에도 가보지 못한 내가 특별전형을 기대한다는 것은 땡감 한 나절에 홍시 되기를 바라는 것과 다를 바가 없다. 이럴 땐 요즘 한창 뜨고 있는 인터넷 청소년 작가들이 부럽기도 하다. 남부럽지 않은 대학에서 떡하니 모셔가니 적어도 입시 문제에서는 자유로울 것이기 때문이다.

이제 왜 아빠가 삼류 시인일 수밖에 없는지를 밝힐 때가 되었다. 아빠 시집의 서문은 이렇게 시작한다. '날밤 새워 정신없이 써내려간 시는 생활의 아픔을 모르고서 그 값어치를 가늠할 수 없는 것과 같고 시를 쓰는 산고 역시 엄청난 고통과 불면을 동시에 불러 일으켜 한시도 마음의 평화를 가져다주지 않듯이 우리가 읽는 한 편의 편지 같은 시를 쓰기 위해 날이면 날마다 천형의 사슬 같은 아픔을 겪는다. 이슬 같은 시 한 줄을 얻기 위해 칼날 같은 눈길로 바람 부는 언덕을 서성이고 사람의 숲에서 시가 나오기를 관찰하고 또 관찰하는 것이다. 이렇게 나온 시는 바닷가 모래알을 스치는 파도처럼 서늘한 기운으로 온 우주를 버티게 하는 힘이 되고 그 힘으로 우리는 …….'

웬만한 독자라면 왜 내가 아빠의 시집 서문을 옮겨 놓았는지 금세 눈치 챘을 것이다. 그렇다. 아빠는 부주의한 문장을 쓰고 있다. 아니, 이 말조차 부주의하게 들릴 소지가 있으니 솔직해져야겠다. 아빠의 서문은 처음부터 끝까지 비문투성이 이다. 실수라고 보기엔 횡설수설이 심한 그 문장을 보면서 나는 아빠가 더 이상 시인이 아니었으면 좋겠다는 생각을 했다. 단 세 문장만 옮겨 놓아서 그렇지 서문의 나머지 문장까지 다 옮겨 놓았을 경우 그 사정은 다소 심각하다. 혹자는 말할지도 모르겠다. 시집 속의 시를 두고 평가해야지 그깟 글 좀 안 되는 서문 몇 줄 옮겨다 놓고, 아들이란 놈이 제 아빠 더러 삼류니 어쩌니 하면서 폄훼하려 드냐고. 내 생각은 이렇다. 시인도 작가인데 명색이 작가인 아빠가 문장의 기초를 무시한 글을 쓰면 되겠냐고.

삼 년이 지난 지금까지 나는 아직 아빠의 시집 전체를 다 읽지는 못했다. 마음먹고 한 나절만 투자하면 칠십 편을 넘기지 않을 아빠의 시편들을 꼼꼼히 읽어 내릴 수 있다. 하지만 아직까지는 그럴 맘이 생기지 않는다. 서문의 부주의함이 시 구절 속에서도 나오지 말란 법이 없기 때문이다.

아빠는 서사시를 쓴다. 큰 뜻이 있어서 서사 시인이 된 건 아니었다. 우연의 결과였다. 아빠 첫 시집에 '정읍사 소고小考'라는 제목의 시가 있다. 그 한 편의 시를 두고 사람들은 아빠의 시풍이 전통 서사시의 맥을 잇고 있다고 상찬했다. 행상을 나간 남편을 걱정하며 기다리는 여인의 노래인 정읍사를 아빠는 당신의 상상력과 역사의식을 덧붙여 한 편의 이야기 시로

환치시켜 놓았다. '어긔야 어강됴리, 아으 다롱디리'라는 후렴구도 각 연마다 재생했다. 아빠의 첫 시집을 제대로 읽지 않았으므로 나는 그 정확한 내용은 모른다. 하지만 시인들 사이에 그 시가 회자되는 것으로 보아 나름의 반향을 일으키기는 한 모양이었다.

첫 시집이 나오고 출판 기념회가 열렸을 때 서울에서 내려온 한 시인을 나는 기억한다. 아빠는 꽤 유명한 그 시인을 집으로 모셔왔는데 그 때 그 시인이 하는 얘기를 나는 똑똑히 들었다. 백대성, 당신은 말이야. 이규보 이후, 김동환을 거쳐 백두산 이남이 낳은 최대의 서사시인이란 말이야. 분명히 희고 크게 이루는 날이 올 거야. 이름 석 자만 대면 누구나 알 만한 유명시인은 아빠의 이름자 훈 하나하나에 빗대어 '희고 크게 이룬다'라는 구절을 몇 번이나 강조했다. 그 말은 접대용 멘트에 가까웠다. 그 때만 해도 아빠는 그 유명시인이 알콜 기운만 들어가면 아무나 보고 그런 말을 한다는 사실을 알지 못했다. 그 시인은 말하자면 알콜 취후 습관성 과대 칭찬 증후군이 있는 사람이었다. 물론 이 병명은 내가 웃기려고 지어내었다. 하지만 하나도 틀린 말은 아니다. 예를 들면 만약 그 시인이 만난 사람이 난해시를 쓴다면 술 취한 그의 입에서는 이런 말이 흘러나올 것이 분명했다. 김병우 당신은 말야, 이상 이래 한라산 이후가 낳은 최대의 주지 시인이란 말이야. 상습범이라는 것을 알게 된 이후에도 아빠는 유명시인이 건넨 '백두산 이남이 낳은' 운운하는 그 말을 마음 속 깊이 새겼다가 적재적소에 써먹곤 했다. 아빠가 술친구로 데리고 온 시인들 대개는 아빠가 옮기는 '백대성, 당신은 말이야'로 시작하는 그 유명시인의 멘트를 한 스무 번은 들었을 것이다. 모르긴 해도 아빠 동료나 후배 시인들도 자신이 시집을 낸다면 출판기념회에 그 유명시인을 초빙하고 싶어 할 것이다. 그리하여 알콜 취후 습관성 과대 칭찬 시인이 내뱉는 '아무개 당신은 말이야, 태백산맥 서쪽에서'로 시작하는, 우리나라 명산을 돌아가며 등장시키는 술주정을 듣고 싶어 할지도 모른다.

애석하게도 아빠는 다른 사람들이 당신의 문장에 대해서 뒷공론을 한다는 사실을 까맣게 모른다. 적어도 아빠 주변에 진정한 문우가 있다면 그것에 대해 쓴 소리를 해줬어야 했다. 아빠가 첫 시집을 낼 당시에 나라도 그 사실을 알렸어야 했다. 하지만 삼 년 전의 내 나이는 너무 어렸다. 이미 엎질러진 물이다. 대신 나는 아빠가 부탁한 시집 배달 심부름만은 미뤘다. 왠지 그래야 될 것 같았다. 당시 내 담임 선생님은 그야말로 시인이었다. 그 훌륭한 인품과 시의 질적 우수성에도 불구하고 재야에 묻혀있는 것이 안타까울 정도였다. 선생님은 여섯 권의 시집을 냈다. 그 중 단 한 권도 재판조차 찍지 못한 불운한 시인이었지만 내가 뵌 그 어떤 시인보다 큰 시인이었다. 아빠는 그분께 갖다 드리라며 친필 사인을 넣은 당신의 시집을 내게 건넸다. 그야말로 한강 이남에서 내로라하는 시인인 담임 선생님께 창피를 당하느니 – 인품 출중한 선생님이 그럴 리도 없었지만 – 아빠의 시집을 드리지 않는 게 낫겠다 싶었다. 해서 책꽂이 뒤편 공간에다 시집을 숨겨 놓았다. 한참 뒤 먼지 뒤집어 쓴 당신의 분신을 책꽂이 뒤에서 발견한 아빠는 몹시 실망하는 눈치였다.

아빠는 어눌한 데가 있다. 세련미라고는 찾아볼 수가 없다. 이것은 아빠가 삼류 시인인 것과는 무관한 일이긴 하다. 어쨌든 그날도 우리집에서 술판이 벌어지고 있었다. 조그만 회사의 전산실장인, 약간은 도도한 엄마는 일찍 잠자리에 드는 것으로써 그 술판의 보조 출연자가 되기를 거부했다. 술판이 벌어진 거실엔 얼씬도 하지 않았다. 그 역할은 온전히 나의 몫이었다. 자청한 일이었다. 장차 시인이 되고 싶은 나는 술자리가 곁들인 문학판을 이해하는 것도 나쁘지 않겠다 싶었다. 술친구들을 끌고 오는 아빠를 내심 환영했다.

개기름 정 시인이 불콰하게 달아오른 얼굴로 잡담을 하기 시작했다. 얼굴에 개기름이 번지르르하게 낀다 해서 그런 별명이 붙은 정 시인은 별명에 결코 부끄럽지 않은 느끼한 와이담을 즐긴다. 미란다 룸살롱의 미스 최 가시나의 젖가슴은 확실히 성형한 것이 맞다니까. 몰캉몰캉한 것이 탄력 좋은 비치볼 같더라니까. 어이쿠, 또 시작이네. 박음질 박 시인이 받아쳤다. 참말로, 시가 무슨 여자 젖가슴에서 나오나? 만나기만 하면 그놈의 여자 이야기. 이제 찝찌름한 연화강에 헹궈 널 때도 안 됐나? 이마가 유난히 넓어 축구장이란 별명으로 불리던 박 시인은 이제 박음질이란 별명으로 불린다. 넓은 이마 중간에 어느 날 축구공에 맞아 몇 바늘 꿰맨 적이 있었다. 그 흉터 때문에 박음질이란 별명이 축구장을 밀어낸 터였다.

박 시인이 핀잔을 줄만도 했다. 아닌 게 아니라 정 시인은 동료 문인들에게서 은근히 왕따를 당하고 있는 중이었다. 이유는 돈이 많다는 것이었고 그보다 더한 이유는 술자리에서 그 돈 많음을 안주 삼아 주접을 떨기 때문이었다. 부인이 노래방 사업을 한다고 했다. 독특한 아이템으로 승부를 건다고 했다. 듣자하니 고객들의 입맛에 맞을 때까지 노래방 도우미를 무한정 공급한다고 했다. 그 신통방통한 서비스 원칙 덕에 정 시인 부인의 노래방 사업은 확장일로를 걷는다고 했다. 그 많은 도우미들을 어떻게 확보하느냐 하는 것은 특급비밀에 속했다. 아이엠에프 때보다 더 불황이라는 요즘 이 좁은 도시에서 '나도꽃 노래방'이 체인점 3호까지 거느리게 된 것은 예사로운 일은 아니었다.

수완 좋은 부인 덕분에 정 시인은 남는 게 시간이요, 느느니 화류계 섭렵이라고 스스로 떠벌리곤 한다. 정 시인은 스스로 전업시인이라고 자부한다. 하지만 동료들은 그렇게 인정하지 않는 분위기다. 그걸 보면 시인들도 시쳇말로 어지간히 쪼잔하다. 돈 자랑을 하든, 여자를 밝히든, 전업시인이라 느긋해하든, 정 시인을 인정하면 그만인데 가만두질 않는다. 정 시인이 그날 술자리에 없기라도 했다면 안주로 씹히는 것은 시간문제였다. 그저 마누라 잘 만나 팔자 늘어진 시인 행세하는 사람 정도로 취급당했을 것이다. 하기야 그럭저럭 소시민으로 살아가는 아빠를 비롯한 다른 시인들 앞에서 폼을 잡는 정 시인을 보면 조금 얄밉기는 하다.

시는 말이야 관계에서 오는 거야. 관계, 관계 몰라? 인간관계 말야. 박음질 박 시인은 숫제 시비조로 나온다. 그러고 보니 박 시인이 관계를 잘 맺기는 한다. 박 시인의 모토는 '내일 죽더라도 오늘 관계를 잘 맺자.'이다. 어느 날인가, 그날도 우리집에서 술판이 벌어졌다. 술기운을 빌어 박 시인이 주방으로 건너갔다. 누군가에게 전화를 거는 것 같았다. 아, 최 시인님, 박충댑니다. 박음질 박충대 말이오. 이번에 나온 최 시인의 새 시집, 이곳 반응이 궁금하지요? 과히 솔잎으로 콘크리트 천장을 뚫을 기셉니다. 지난번에 송금한 책값은 잘 받으셨지요? 이번에도 한 오십 권만 내려 보내 주세요.

나는 박 시인의 방식을 아빠에게 들어서 조금은 알고 있다. 박 시인이 누구인가? 관계에 능통한 사람 아닌가. 박 시인은 서울의 저명한 시인들과 관계를 맺는데 재주가 있다. 그것은 박 시인이 개인적으로 시 공부방을 개설하고 있는 것과 무관하지 않다. 박 시인은 서울의 유명 시인이 신간을 낼 때마다 전화를 해서 시집을 몇 십 권씩 주문했음을 알린다. 그 시집은 자신의 공부방에서 시 공부를 하고 있는 유한마담들이 사준다.

박 시인의 공부방엔 제법 사람들이 모인다. 문학에 대한 열정 때문에 찾아오는 이들이 대다수이고, 때에 따라 어느 평론가의 표현처럼 '문인신비주의'에 빠진 사람들의 사교클럽 역할도 해준다. 이건 시비할 건 못 된다. 열정이든 사교든 자아실현이라는 문학의 순기능을 시작 교실에서 일정 부분 감당해주고 있기 때문이다. 다시 박 시인의 얘기로 돌아가자. 유명 시인의 시집을 소화해준 대가로 박 시인은 그 시인이 직간접으로 관장하는 여러 매체에다 자신의 시를 실을 수 있는 시혜를 얻는다. 이것도 나무랄 일은 아니다. 인간사 어딜 가나 이 정도의 인간관계는 필요하니까. 문학판이라 해서 별 다르겠는가. 아빠도 몇 번인가 박 시인이 소개해준 잡지에다 시를 발표했다. 맹촌시의 시 꽤나 쓴다는 다른 시인들도 관계에 능숙한 박 시인 신세를 지지 않은 이는 없을 것이다.

정 시인과 박 시인이 막 싸우려고 하자 음유시인 은 시인이 한마디 한다. 술 들어가면 애먼 소리 다 나오지. 뭘 그것 갖고 그래? 시몬느 보봐르와 사르트르가 만나면 고상한 문학이나 철학 얘기만 했을 것 같애? 문학의 대가라는 그들조차 만나면 잡담으로 소일했대. 보봐르는 사르트르를 만날 때마다 자신이 사귀는 동성연애 파트너의 냄새나는 사타구니에 대해서 험담을 늘어놓았대. 우연히 그것을 엿들은 파트너가 수치심에 칼 들이대고 보봐르를 죽여 버리겠다고 소란 피운 것도 몰라? 사는 게 다 그런 거지 뭐.

양주를 마실 때, 술을 마시는 건지 우유를 마시는 건지 헷갈릴 정도로 우유를 마셔대는 것을 두고 음유시인이란 별명이 붙은 은 시인이었다. 시를 읊는 시인이 아니라 우유를 마시는 시인이 돼버린 은 시인의 평소 트레이드 마크는 점잖음이다. 한데도 이 날만은 다른 시인들 못지않게 이야기를 술술 풀어 나갔다.

뭐라고? 흐미, 사타구니! 내가 얼마나 좋아하는 것인데……. 갑자기 안 시인이 끼어들었다. 안 시인은 말이 필요 없는 이곳 맹촌시 예술계의 명물이다. 나는 아무리 기를 써 봐도 시인이 안 된다니까. 다들 안 시인, 안 시인 이렇게 부르는데 언제 시인이 되겠어? 내가 진짜 시인이 되는 날 내 성을 갈고 말테다. 진 씨로. 진 시인, 진짜 시인이라니 얼마나 어감이 좋아. 유머 감각이 탁월한 안 시인은 만나는 문인들마다 이런 우스개를 건네곤 한다.

안 시인의 유머 감각은 그날도 예외가 아니었다. 사타구니가 어떤 예술적 가치를 지녔는지 내 몸소 보여주마. 명물 시인 안 시인은 술기운을 빙자해 자신만의 퍼포먼스 능력을 보여주려 한다. 아무도 미워할 수 없는, 삼 년에 한 번 정도는 볼 수 있는 안 시인의 레퍼토리는 이러하다. 아빠의 학교 선배이기도 한 안 시인이 갑자기 아빠 손을 이끌고 베란다로 나갔다. 야, 백대성 넌 나만 따라하면 돼. 자, 허리띠 풀어! 영문도 모르는 아빠가 엉거주춤한 자세로 허리띠를 풀었다. 안 시인 자신도 허리띠를 풀었다. 그러곤 그 허리띠로 채찍을 휘두를 자세를 취했다. 야, 바지 벗어! 희고 크게 이루는 이름 값하려면 이 정도는 해야지. 그러더니 우물쭈물하는 아빠의 반응엔 아랑곳하지 않고 자신의 바지춤을 확 내리는 것이었다. 그제야 사태를 눈치 챈 아빠는 허리띠를 챙겨들고 부리나케 거실로 들어왔다. 당황한 빛이 역력했다. 반면 안 시인은 퍼포먼스의 강도를 더해갔다. 야, 임마, 백대성 네 한계가 거기까지야? 좀 더 써 봐. 나는 한 번 한다면 한다 이거야. 그러면서 자신의 팬티를 내렸다. 순식간의 일이었다. 그것도 모자라 양쪽 엉덩이를 번갈아 가면서 실룩이기 시작했다. 그 다음 9층 베란다 밖을 향해 소리를 질러댔다. 아, 시원하다. 예술을 모르는 쓰레기 잡놈들아, 냄새나는 사타구니가 어떤지 이제야 알겠냐? 내 애인은 보봐르 여사다. 이 씨발놈들아! 그러면서 베란다 밖으로 오줌발을 날리기 시작했다. 가끔씩 있어온 해프닝이라 아무도 말리는 이도 없었다. 단지 빈정거리기 좋아하는 박음질 박 시인이 어이쿠, 지가 무슨 기인이나 되는 줄 아나? 기인 행세를 하려면 적어도 거기엔 눈물과 페이소스가 있어야 된다 이 말씀이야. 같잖게 무슨 얼치기 기인 흉내나 내고 있어? 이렇게 주억거리기 시작했다.

기죽을 안 시인이 절대 아니다. 야, 이 누무 시끼야, 내가 기인소리 들으려고 이 짓 하는 줄 아나? 이기 다, 놀이 문화를 한 단계 업그레이드 시키려는 선구자의 몸부림이다, 몸부림! 알간? 개코도 이런 개지랄을 떨 오지랖도 없는 주제에……. 남들 눈치 보느라고 이 신나는 놀이문화 선도의 마당에서 뒷걸음질 쳐야 한단 말이냐?

그날 분위기를 옮기자면 이랬는데 글쎄 그 때까지 한 마디도 하지 않고 있던 아빠가 폭발을 해버린 거였다. 내가 봐도 아빠는 꽉 막힌 사람이었다. 별 추잡한 짓거리들을 하고 있네. 개기름 너 임마, 미스 최 이야기도 이제 신물 나. 박음질 너는 항상 남의 뒷다리 잡는 것 좋아하지? 그 버릇 고치라구. 음유시인 당신도 마찬가지야. 보봐르 어쩌구 하는 말 다 지어낸 거지? 그러는 게 아냐. 술이나 곱게 처마시라구. 명물 선배도 그래. 돼 먹지 않은 퍼포먼스 한다고 만날 아랫도리 까대지 말란 말예요. 지긋지긋해요. 그러더니 술상을 확 엎어버리는 것이었다. 문학하는 사람들의 술자리가 괴팍스런 면이 있다는 건 들어봤지만 아빠의 행동은 아무리 봐도 그런 면과는 거리가 멀었다. 황당 그 자체였다. 그 시점에서 아빠가 폭발한 것은 한마디로 난센스였다.

내가 본 대로라면 정작 술상을 엎어야 할 사람은 개기름 정 시인이나 박음질 박 시인이어야 했다. 둘의 말싸움이나 기 싸움을 봤을 때 그것은 충분히 있을 수 있는 일이었다. 한데 그 때까지 한 마디도 하지 않던 아빠가 도리어 그 둘의 기 싸움을 나름대로 중재하던 음유시인 은 시인과 명물시인 안 시인까지 싸잡아 걸고넘어지는 것은 말도 되지 않는 일이었다. 더구나 어느 누구에게도 피해 주지 않고 오로지 스스로에게 도취되어 퍼포먼스를 벌이고 있는 명물시인에 대해서는 충분히 웃어줄 수 있는 일이었다.

아빠는 술에 너무 취한 나머지 횡설수설한 것이 틀림없었다. 아빠는 자신이 손님을 초대한 호스트라는 것을 잊은 듯했다. 아빠는 엄마에게 내뱉고 싶었던 울분을 만만한 동료 시인들에게 발산한 것처럼 보였다. 그날 우리집에 모인 시인들은 인간으로서의 약점을 한두 가지씩 지니긴 했다. 해서 나름의 실수도 했다. 하지만 내가 보기엔 아빠의 행동이 가장 민망했다. 손님들이 떠나기도 전에 아빠는 화장실에 가서 문을 잠근 채 한 시간이나 나오지 않았다. 동전으로 화장실의 잠긴 문을 열고 들어갔을 때 아버지는 변기 뚜껑 위에 앉은 채로 잠이 들어 있었다. 술 취한 사람의 전형적인 모습이었다. 이런 아빠가 이해되지 않았다. 비약이긴 하지만 아빠가 삼류라는 생각이 드는 밤이었다.

아빠가 삼류인 또 다른 이유도 말할 때가 되었다. 아빠는 요즘 한 여자를 만나고 있다. 내가 알 정도이니 이건 로맨스도 은밀한 연애도 못된다. 사회제도에 편입되지 못한 부적절한 만남이란 비밀이 전제되었을 때만 그 가치가 있는 법이다. 그런 면에서 아빠의 애정 행각이 엄마에게 들키지 않기를 나는 바란다. 하지만 알 수 없는 일이다. 구미호의 머리 꼭대기에 앉아 있는 엄마가 이미 눈치 채고도 고단수의 결정타를 정하지 못해 머뭇거리고 있을 수도 있기 때문이다. 실제로 그럴 확률은 그리 높지 않아 뵌다. 엄마가 참을성이 있는 사람도 못 되거니와 회사 일로 바쁘기만 한 엄마의 촉수가 거기까지는 미치지 못할 것이다. 앞으로 삼 년 안에 이사 직책을 달고 싶은 야망을 지닌 엄마에게 아빠의 연애는 안중에도 없는 일일지 모른다.

여자는 욱일기획이라는 일본풍 이름의 출판사 편집 디자이너이다. 편집 디자이너가 무슨 일을 하는지 나는 정확히는 모른다. 두 번째 시집 준비로 바쁜 최근에 아빠는 부쩍 그 기획사로 향하는 발걸음이 잦다. 나도 아빠를 따라 그곳에 간 적이 있다. 디자이너라는 직업에서 오는 세련된 이미지를 떠올렸으나 여자는 실제로 만나보니 동네 슈퍼나 미장원에 가면 흔히 마주치는 평범한 인상을 하고 있었다. 욱일기획이라는 촌스러운 이름과 묘한 조화를 이루는 여자였다. 인상이 중요한 것도 아닌데 여자를 훔쳐보던 나는 괜히 아빠가 삼류라는 트집을 잡고 싶었다.

여자의 어떤 면에 아빠가 그토록 빠졌을까. 그것은 엄마가 아닌 다른 여자였기 때문이었다. 아빠는 엄마에게서 벗어나고 싶었을 것이다. 때마침 남편이 아닌 다른 남자를 만나고 싶어 하던 여자를 우연히 알게 된 것 뿐이다. 남녀란 한마디로 웃기는 동물이다. 우연의 연속일 뿐인 만남에다 의미부여를 하며 위안을 주고받고 싶어 한다. 내가 보기엔 모든 관계란 우연의 집합물일 뿐이다.

이렇게 말하는 나도 여자 문제만큼은 미적분 푸는 것보다 어렵다. 나도 어떤 여자애를 좋아한다. 어느 날 아침 신문을 보고 깜짝 놀랄 뻔했다. '뻔했다'고 한 발 물러나는 것은 그것이 깜짝 해프닝으로 그쳤기 때문이다. 글쎄 팝가수 브리트니 스피어스가 소꿉친구와 결혼을 했단다. 하룻밤 사이 그것이 치기 어린 장난이었음이 드러났지만 나는 잠시 동안이나마 그 소꿉친구가 나였으면 하는 생각을 했다. 왜 뜬금없이 브리트니 이야기를 하냐고? 내 여자친구 별명이 '부리튀니'라는 것을 밝혀야겠다. 친구들이 그렇게 부르니까 나도 그 별명을 인정할 수밖에 없다. 브리트니 스피어스가 태평양을 건너다가 짠 바닷물에 입술이 뒤집어진 채 한반도에 상륙한 모습이 부리튀니라고 아이들은 내 여자친구를 두고 놀린다. 쉽게 얘기하자면 부리튀니는 입술 튀어나온 브리트니라는 뜻이다. 내가 봐도 고 기집애 입술이 튀어나오긴 했다. 물론 브리트니 뺨칠 만큼 예쁘고 섹시하다. 어이, 부리튀니랑 몇 번 키스해봤어? 입술 맛이 좋디? 놀려대는 친구들의 짓궂음 속엔 부러움도 한 턱 자리 잡고 있음을 나도 안다. 부리튀니가 얼마나 섹시한지 하루에도 몇 번씩 나는 고 기집애 입술을 물어뜯고 싶다. 하지만 어찌 된 일인지 그 기집애의 손목 근처에도 가보지 못했다. 친구들조차 그 말을 믿으려 하지 않으니 이래저래 나는 억울하다.

나도 아빠처럼 소심한 삼류 인생이 되는 건 아닌지 심히 걱정스럽다. 아빠나 나나 여자를 대하는 세련된 방법을 모른다는 면에서는 삼류이긴 하다. 별로 예쁘지도 않은 여자 앞에서 빌빌거리는 아빠나 섹시한 그 기집애 입술에 키스 한 번 제대로 해보지 못한 나나 다를 게 없다. 부리튀니가 내 여자친구가 될 수밖에 없는 이유는 순전히 그애 탓이다. 그 기집애가 제 친구들 앞에서 엄포를 놓았다. 야, 아무도 건드리지 마, 백영재는 내 꺼야. 이렇게 큰 소리를 치고 다닌단다. 그런 기집애가 막상 단 둘이 되었을 때는 영 딴판이다. 소위 말하는 작업에 들어가려 하면 정색을 하는 것이다. 야, 너 뭐 잘못 먹었냐? 어디서 똥 폼 잡고 그래? 좋은 말 할 때 그 느끼한 눈알 좌우향우 해라, 알간? 그애의 말투는 조폭의 딸이 아닌가 할 정도로 거칠고 직선적이다. 나도 내 마음을 알 수 없는 것이 그런 그 기집애가 싫지 않다는 것이다. 그 기집애가 계속해서 반 애들에게 '야, 아무도 건드리지 마, 백영재는 내 꺼야'를 외치는 한 나는 자의반타의반 그 애의 남자친구로 붙박여 있을 작정이다. 남이 들어서 별로 달콤하지도 않을 내 여자친구 얘기를 하는 것은 그만큼 세상의 여자가 만만하지 만은 않다는 것을 아빠에게 말하고 싶어서이다. 아빠는 여자에 대해 너무 쉽게 생각하고 있는지도 모른다.

앞에서도 말했다시피 아빠는 두 번째 시집 준비로 최근 몇 달은 조금 바빴다. 이제 이번 주말이면 시집이 나온다. 새 시집 때문에 생긴 스케줄도 제법 잡혀 있다. 그 중에서도 여성선진회가 마련해준 강연회가 주목할 만하다. 문화회관 소강당에서 열린다는 그 강연회에 아빠는 기대를 많이 하고 있는 것 같다. 아빠의 두 번째 시집 서문을 읽지 못한 나로서는 아빠가 기대감을 갖기엔 이르다는 생각도 든다. 하지만 첫 시집을 낼 때처럼 서문 따위 때문에 실망하지 않아도 될 것이다. 모르긴 해도 아빠의 시집 서문은 아빠가 만나는 편집 디자이너의 손길을 서너 번 이상은 거쳤을 것이다. 편집디자이너의 역할이 문장 교정까지 아우르는 것인지는 모르겠지만 인쇄매체에서만 십 년 이상 잔뼈가 굵었다는 여자에게 그 정도의 감각은 있을 것이다. 괜히 베테랑 소리를 듣는 건 아닐 것이다.

이번 시집은 삼국유사에 나오는 한 서린 이야기들을 소재로 한 연작 시편들로 이루어져 있다. 백두산 이남이 낳은 최고 서사시인다운 소재들을 선택했다고 나는 생각한다. 시집 제목은 '단군아, 에밀레여'이다. 시집 제목을 처음 들었을 때 나는 자꾸 웃음이 나왔다. 21세기를 살아가는 현대인들에게 너무 구태의연하고 억장 무너지는 제목 같았기 때문이었다. 이번 시집도 서점에 제대로 깔리기도 전에 제 운명을 다할 것 같아 불안하기만 하다. 더러 동료 문인들의 책상에 얹혀 겨우 첫 시 '선덕이 가는 길'이 읽힐 수도 있을 것이다. 하지만 첫 시집처럼 이번 시집도 서재가 없는 우리집 책꽂이에서 먼지 뒤집어쓰고 바래져갈까 봐 두렵기까지 하다.

그런 의미에서 전혀 시집을 내지 않고 있는 은 시인이 은근히 존경스럽다. 은 시인이 언젠가 말했다. 애써 시집을 왜 내는데? 때 되면 내고 싶지 않아도 덤비는 곳이 있겠지. 물론 내가 그런 행운을 갖는다는 뜻은 아니고. 까짓 것, 평생 시집 한 권 못 내면 어때서? 괜한 종이 낭비라구. 은 시인이라면 출판사에서 연락이 와도 쉽사리 시집을 낼 것 같지가 않다. 시가 좋아서 어쩌다 시인이 되었다는 은 시인은 욕심이 없는 사람처럼 보였다.

아빠는 외국계 컴퓨터 회사의 영업부서에서 일한다. 대부분의 다른 시인들이 교직에 몸담거나 출판 업계에 종사하거나 전업시인인 것에 비한다면 조금은 색다르긴 하다. 영업부서의 스케일과는 상관없이 아빠의 주머니는 무척 얇다. 모든 것이 '전산스러운' 엄마 때문이다. 한 때 검사스럽다라는 말이 유행할 때 나는 엄마 같은 사람에게는 전산스럽다라는 말이 어울린다고 생각했다. 전산실 실장답게 엄마는 아빠를 완벽하고 정확하게 통제하려든다. 그 통제의 칼날은 엄마의 컨디션에 따라 아빠의 한 달 용돈에까지 미치는 수가 있다. 아빠가 용돈을 타가야 하는 날이 공교롭게도 엄마의 히스테리 돋는 날과 겹친다면 아빠는 수치심에 물든 용돈을 손에 쥘 각오를 해야 한다. 한 달에 이십 일을 근무하는 것으로 쳐서, 하루 두 잔씩 한 달 사십 잔의 자판기 커피 값, 일주일에 한 번 꼴로 월 삼 회 분의 대리운전비, 한 달에 한 번을 넘기지 않을 이발비 항목까지 체크하고서야 건네는 용돈을 아빠는 그나마 비굴하게 받는다. 다른 집의 가장만큼 가계를 이끌어갈 충분한 자격이 있음에도 아빠는 언제나 엄마 앞에서 초라하다. 아빠는 길들여지고 있는 게 분명하다. 아니, 길들여지는 게 자신의 안위를 보장한다면 그 길을 택하겠다고 체념한 것처럼 보인다. 그런 아빠가 엄마의 빈틈을 노리고 여자를 만나고 있다는 게 신기할 정도이다.

아빠는 요즘 심기가 불편하다. 삼류시인인 아빠가 어쩌면 삼류 직장인으로 전락하게 될까봐 지켜보는 나도 불안하다. 아빠는 원하지 않아도 여러 가지 일에 시달린다. 회사에서는 기존의 시장 점유율을 유지하기 위해 일정 정도의 로비활동에도 적극 가담하기를 끊임없이 압박한다. 아빠의 로비 대상은 관공서이다. 계속적이고 안정적인 서버 공급을 약속 받기 위해서는 어쩔 수 없는 일이다. 때론 담합까지도 해야 한다. 입찰을 성사시키기 위해 하청업자 중에 낙찰업체와 들러리업체가 선정되는 것은 공공연한 비밀이었다. 낙찰업체로서는 원청업체와 지속적인 밀월 관계를 보장받게 되니 좋고, 들러리 업체 역시 떡고물이 떡보다 더 크니 나쁘지 않은 거래였던 것이다. 원청업체인 아빠 회사는 그 로비비용을 대기 위해 이익금의 일부를 비자금으로 만들어야 하는 악순환이 계속되었다. 아빠의 기질과는 별로 어울리지 않지만 아빠는 밥 빌어먹기 위해 그런 일에도 관여를 할 수밖에 없다.

한데 이번에는 문제가 심각한 쪽으로 흘러들어 가고 있었다. 들러리업체 측에서 약속을 깨고 은근히 경쟁업체에 밀고를 한 것 같았다. 이익 분배에 불만이 있다는 것을 알리는 경고였다. 이것에 연루되어 아빠의 직속상관인 이사와 부장은 벌써 사표를 썼다. 일개 차장에 지나지 않는 아빠의 앞날도 험난하기만 하다. 박음질 박 시인의 능숙한 인간관계를 반만 닮아도 아빠는 한결 처세하기 나을 것이다. 소문이긴 하지만 부서의 발 빠른 사람들은 벌써 연줄을 대어 손을 써놨다는 얘기까지 들렸다. 인맥 관리에 서툰 것만 해도 아빠는 삼류임에 틀림없다. 회사는 이제 와서 아빠 스스로 자신을 관리할 것을 주문하고 있다. 명예퇴직금도 만만찮으니까 새로운 방법을 찾아보는 것도 괜찮을 거요, 회사에서는 노골적으로 아빠를 압박하고 있었다. 아빠는 그런 와중에 두 번째 시집을 세상에 내보내려 하고 있는 것이다.

여성선진회에서 주선해준 아빠의 두 번째 시집 출간 기념 강연회가 있는 날이다. 아직 정식으로 출판기념회가 잡힌 것은 아니었기에 아빠는 따끈한 시집을 미리 백부 정도 준비했다. 집으로 가져온 시집을 들춰본 나는 그럭저럭 첫 시집보다는 낫다는 생각을 한다. 왜냐하면 절대로 시집의 서문이 부주의하지 않았기 때문이다. 능숙한 편집디자이너의 배려 덕분일 것이다. 아빠는 엄지를 치켜들며 고무적인 사인을 보내는 아들이 미덥게 보이는 모양이었다. 아빠가 말했다. 아무래도 사람들이 너무 밀려오면 골치 아프니까 너는 아예 오지 마라, 알았지? 아빠는 괜한 호기를 부렸다. 그래도 나는 아빠의 그 말을 진정으로 믿고 싶었다. 아빠는 아빠가 관계하는 여러 문학단체 회원들에게도 일절 연락을 하지 않았다고 했다. 새 시집을 낸다는데 대한 벅찬 감회보다는 아빠가 처한 상황이 여의치 않은데 대한 불편함이 앞섰기 때문이리라.

유쾌한 마음으로 나는 강연장에 들어섰다. 강연 십분 전, 문화회관 안으로 사람들이 들어오기 시작했다. 로비에 많은 사람들이 웅성거렸으나 그것은 아빠의 손님들이 아니었다. 바로 옆 대전시실에서 열리는 들꽃전시회에 온 손님들이었다. 들꽃에 관심이 많은 사람들이 저토록 많았나 싶을 정도로 사람들이 제법 들끓었다. 소강당에 마련된 아빠의 강연회에는 사람들이 모이질 않았다. 마음 같아서는 들꽃전시회의 손님들을 끌어오고 싶었으나 그들은 전시회 측에서 마련한 시루떡과 오렌지를 입안으로 밀어 넣느라 아빠의 강연회에는 눈길조차 주지 않았다.

강연회 시간이 다 되었다. 아기를 업은 아줌마 한 명이 앞쪽 의자에 앉아 있는 게 보인다. 옆 통로 쪽엔 키가 크고 커트머리를 한 여자도 보인다. 자세히 보니 편집디자이너의 얼굴이다. 단아한 정장을 차려입은 여인의 등짝도 보인다. 꼿꼿한 걸음새를 보니 단박에 엄마라는 것을 알아보겠다. 엄마는 아빠와 나 어느 누구와도 눈을 마주치지는 않았지만 응원의 메시지를 안고 온 것이 분명했다. 또 한 명의 남자가 보인다. 키가 작고 뚱뚱한 은 시인이다. 작은 키에 커다란 전문가용 사진기를 둘러 멘 은 시인은 어서 빨리 사람들이 많이 와서 카메라 플래시를 터뜨릴 수 있기를 바라는 눈치였다.

정해진 시간이 지나고 십 분 이십 분이 지나도 더 이상 사람들이 나타나지 않는다. 청중은 나를 포함해서 달랑 네 명이었다. 아빠에겐 잔인하겠지만 순수한 관객은 아기 업은 아줌마가 유일한 셈이었다. 심지어 자리를 마련해준 여성선진회 측에서조차 코빼기 하나 보이지 않았다. 아, 뒤늦게 한 명의 여자가 더 오긴 했다. 아랫배가 아줌마답지 않게 쏙 들어가고 상체가 약한 중년의 여자였다. 어쩌면 그녀는 아버지 시에 등장했을지도 모를 희미한 옛사랑의 그림자쯤이 되는 여인이 아닐까. 왜 이럴 때 유명한 연극배우가 생각이 나는지. 몇 달간 심혈을 기울여 준비한 모노극에 단 한 쌍의 관객만이 앉아 있었을 때 평상심을 찾느라 괜히 허둥댔다는 그 이야기가 남의 얘기 같지가 않았다.

디자이너, 은 시인, 아이를 업은 아줌마 그리고 중년의 여인. 정해진 시간보다 이십 분이 지났을 때 아빠는 이 귀한 손님들 앞에서 강연을 해야만 했다. 횡설수설하는 아빠를 보면서 괜히 눈시울이 뜨거워졌다. 이날보다 사람들이 원망스러웠던 적은 없었다. 그나마 먼발치에서 지켜보던 엄마는 사라지고 난 뒤였다.

나는 속으로 중얼거렸다. 내 눈에 눈물이 조금 내비친 것도 같았다. 아빠는 시인이다. 위대한 시인이란 말이다! 이놈의 세상 사람들아, 위대한 시인 좀 알아봐 다오. 나는 강연대 오른편에 시루떡처럼 쌓인 아빠의 시집 중 두 권을 집어 들었다. 하나는 부리튀니에게 줄 것이고 다른 하나는 내가 고이 간직할 것이다. 나는 고군분투하고 있는 아빠의 두 번째 시집의 첫 독자가 되어 있었다. 오직 아빠 한 사람을 위해 돈을 내고 시집을 산 첫 독자가 되었다는 말이다. 나는 강당 벽에 기대어 가만 아빠 시집의 서문을 읽었다. 군더더기 없이 깔끔한 서문은 읽기에 좋았다. 아빠는 누가 뭐래도 내 앞에서 위대한 시인이었다. 나는 아빠의 두 번째 시집의 첫 독자가 된 게 자랑스러웠다.

아빠의 눈가에도 눈물이 맺혔다. 그때 알았다. 아빠는 결코 삼류시인이 아니었다. 나는 속으로 있는 힘껏 소리를 질렀다. 사람들아, 시집 좀 사가라. 그것은 작가 김훈을 흉내 낸 말이었다. 지금은 유명 작가가 되어버린 김훈의 '자전거 여행' 에세이집 서문에서 솔직함으로 버무린 그 글을 읽었을 때 얼마나 웃음이 나오던지. 다시 한 번 나는 그 에세이집 서문을 흉내 내며 소리쳤다. 물론 속으로. 사람들아, 빨리 와서 시집 좀 사가라! 이 세상에서 가장 소박하고도 성실한 시인의 시집을.

해설

삶의 저변에 대한 재현의 힘

박상준
문학평론가, 포스텍 인문사회학부 교수

1. 우리 삶의 주변을 살피는 판타스마고리아

김살로메의 『라요하네의 우산』은 다소 특이한 소설집이다. 1990년대 이래 우리의 소설계를 채색하고 있는 일반적인 경향과 거리를 두고 있다는 사실을 먼저 꼽을 수 있다. 그렇다고 해서 그 이전 시대의 소설 문법에 의지하고 있는 것도 아니라는 점에서 이 소설집 고유의 특성이 찾아진다. 풀어 말하자면, 개인의 내면에 시선을 한정하거나 탈현실, 비현실적인 상상력에 기대는 것도 아니고, 역사의 발전 법칙과 같은 시효가 다한 거대담론에 닿아 있는 것도 아니면서, 비시대성이라 할 만한 작품 세계를 보이는 것이 이 소설집의 기본 특징이다.

현상적인 차원에서 좀 더 세부적으로 볼 때 『라요하네의 우산』은 제재의 다채로움 면에서 두드러지는 특징을 보인다.

김살로메가 그리는 인물들은 대체로 우리 사회의 주변인들이자 삶의 저변을 이루는 인간들이다. 작품에 뚜렷이 드러나는 대로 꼽아 보더라도, 알비노증이 있는 약사, 무력한 대학의 시간강사, 영세기업 사장과 직원, 혼자 사는 한지인형 제작자, 불륜에 빠져 있는 간호사, 살인을 주도한 무기수, 매춘을 겸하는 텔레마케터, 시대착오적인 가부장, 불법 의료장, 가난한 영세 상인이나 과외교사, 아르바이트와 인턴을 병행하는 고학생, 성폭행범, 시메트리 증후군 환자, 삼류 시인 등이 줄을 잇는다. 이들의 삶은 생물학적인 본성과 경제적인 유인에 크게 휘둘리고 있으며, 그런 만큼 삶의 비속함과 적나라함을 생생하게 보여 준다.

작품이 재현하는 현실 또한 풍성한 양상을 보인다. 아마추어 독립영화 모임이나, 장애인 단체, 결손 가정 및 저소득층 아이들을 위한 사회 교육기관, 북한을 탈출해 나온 새터민 단체, 지방의 문인 모임 등에서, 텔레폰 클럽이나 암흑식당에 이르기까지 우리 사회의 여러 모습들이 망라되어 있다. 이들이 대체로 사회의 이면이나 기층에 해당함은 물론인데, 바로 이렇게 사회의 저변을 두루 형상화하는 것이 『라요하네의 우산』의 특징이다.

이와 같이 『라요하네의 우산』은 우리들이 흔히 보는 삶의 현장, 공적으로 이야기되는 사회상과는 거리가 멀다 할 수 있는 장을 찾아내어, 이렇다 하게 내세울 것이 없는 인물들을 다양하게 등장시키고 있다. 배경 자체가 전적으로 사회의 주변부라 할 수는 없어도 인물들의 삶을 보면 주변부적이라고 하지 않을 수도 없는 상황들에 시선을 주어 작품화하고 있는 것이다. 그 결과 『라요하네의 우산』을 통해 작가가 축조해 낸 것은 우리 사회의 비루한 삶들이 빚어내는 판타스마고리아(fantasmagoria) 곧 환영과도 같은 변화무쌍한 광경이다.

짧지 않은 기간을 두고 쓰인 작품들을 모은 하나의 소설집이 전체적으로 이러한 특징을 띠고 있다는 점은, 이 모두가 작가 김살로메가 세상을 보는 시선의 특성에 말미암은 것이라는 사실을 알려 준다. 21세기에도 여전히(!) 우리 시대 삶의 저변이며 그 속에 사는 이들의 비속함에 시선을 둔다는 것은 무슨 의미를 띠는가. 『라요하네의 우산』은 이 질문 앞에 우리를 세움으로써 소설의 기능과 의미까지 생각해 보게 한다.

2. 냉정과 열정 사이의 (무)관심

김살로메의 소설이 보이는 미학적, 소설사적인 의미를 따져 보기 전에 『라요하네의 우산』의 특징을 작가의 시선과 작품 경향을 중심으로 좀 더 살펴본다.

앞서 지적했듯이 『라요하네의 우산』에 실린 열 편의 작품들은 비루한 삶들의 판타스마고리아를 이루고 있다. 배경과 인물

면에서 볼 때 그것은 우리 삶의 저변과 주변 그리고 그 속에 살고 있는 기층민에 해당되는 사람들로 구성되어 있다.

등장인물 면에서 『라요하네의 우산』이 갖는 특징은 우리 사회의 주변인을 내세웠다는 데 그치지 않는다. 그러한 사람들이 기행을 일삼는다는 점 곧 주변부의 보통사람이기는 하지만 그들 개개인의 행태나 상호간의 관계 면에서 보자면 보통사람들답지 않다는 사실이 김살로메 소설 고유의 특징을 이룬다.

남편의 치료를 위해 알비노증이 있는 며느리의 소변을 청하는 모친의 숨겨진 동기가 욕정이라는 사실(「알비노의 항아리」)이나, 여직원을 아랑곳하지 않고 사무실에서 자위하는 사장과 그의 돈을 훔쳐 음식을 탐하고 끝내 그와 몸을 섞는 여자(「암흑식당」), 텔레폰 클럽 등을 통해 항상 바람을 피우는 병원 원장이나 그와 불륜 관계를 이어가는 여자, 내레이터 모델이자 아르바이트로 매춘을 하며 도벽을 가진 그녀의 동생(「귀휴」), 시대착오적이라 할 만큼 며느리를 구박하는 시아버지(「피의 일요일」), 23세에 첫 아이를 낳고 끊임없이 남성을 편력하는, 모성과는 거리가 먼 여인(「강 건너 데이지」), 가족을 무시하며 타인에게만 친절을 베푸는 남편 혹은 아버지(「누가 빈지를 잠갔나」, 「라요하네의 우산」), 공금횡령으로 교도소에 있으면서 출옥하면 다른 여자와 살겠다고 하는 남성이나 술 취한 채 차를 움직여 아내를 불구가 되게 한 남편, 시메트리 증후군을 가져 타인의 일상을 간섭하고 부친의 깁스한 팔을 펴려고까지 하는 여인(「라요하네의 우산」), 북한을 탈출해 온 '허기와 상처의 극한을 경험한 자들'이 돈 문제로 갈등하는 것(「아폴로를 씹었어」), 삼류 시인들의 술자리 기행(「아빠는 시인이다」) 등처럼 모든 작품들에서 인물들의 기행이 그려지고 있다.

기행이라 했지만 이 중 대부분은 윤리적으로 문제가 있으며 일부는 범법 행위에 해당된다. 따라서 이와 같은 행태를 보이는 등장인물들이 대체로 부정적인 인물임은 물론이다. 윤리적으로 문제가 없는 경우도 특이한 인물 혹은 소수자적인 인물이라 할 수 있는데 그런 경우 소수자로서의 특성이 주목되지는 않으므로, 전체적으로 볼 때 『라요하네의 우산』은 부정적인 인물들의 부정적인 행위에 초점을 맞추고 있다 하겠다.

오해를 막기 위해 부연해 둘 것은, 김살로메의 경우 부정적인 인물들의 부정적인 행위를 즐겨 그리되 그들의 부정성을 폭로하거나 비판하는 데 중점을 두지는 않는다는 사실이다. 이러한 판단의 근거 하나는, 이들 부정적인 인물과 관계를 맺고 있는 인물이 긍정적인 인물로 설정되지는 않는다는 사실이다. 이는 『라요하네의 우산』이 인물관계에 있어 단순한 이분법을 취하는 것이 아님은 물론이요, 이들의 부정성을 대비적으로 극대화하거나 고발하는 것을 의도하지도 않는다는 점을 알려 준다. 요컨대 이 소설집의 바탕에는 이들이 보이는 부정성이 우리 사회에 편재해 있다는 의식이 깔려 있다고 하겠다.

여기까지 와서 우리는 『라요하네의 우산』의 주된 특징을 말해 볼 수 있게 된다. 우리 사회에 편재해 있는 부정적인 인물들의 부정적인 행위를 바라보는 작가의 시선이 대체로 담담하다는 사실이 그것이다. 김살로메는 이들의 기행을 폭로하거나 비판하지 않을 뿐 아니라 냉정한 분석이나 해석도 앞세우지 않는다. 그가 취하는 자세는 거리를 두고 사태를 관조하는 것이다. 물론 이렇다고 해서 작가의 태도가 방관자적이라고 할 수는 없다. 사실, 삶의 특정한 국면을 형상화의 대상으로 삼은 일 자체가 그에 관심을 기울이고 있다는 증거이기 때문이다. 바로 이러한 거리 두기, 작품 전편에 걸쳐 끊임없이 부정적인 인물들의 부정적인 행위를 재현하되 시종일관 관조적인 태도를 견지하는 것이 『라요하네의 우산』이 보이는 두드러진 특징이다.

이것으로 충분하지는 않다. 한 걸음 더 들어가면 새로운 의미 층이 확인되는 까닭이다. 『라요하네의 우산』에서 우리는 김살로메 작가 특유의 섬세한 눈길로 인간관계의 심리를 관찰하고 규정하는 양상을 확인할 수 있다.

“타자를 공감하고 탐색하는 일은 불편한 제 안의 진실을 발견하는 것과 같”고 “타자의 아픔이 제 아픔이고, 타자의 욕망이 제 욕망과 다르지 않음을 확인하는 서글픔”이나 “자신 안에서 자신의 방식으로만 이해 가능한 족속이 인간이었다”라는 진술들(「라요하네의 우산」), “다 다르면서 다 똑같은 게 사람이다. 거창하거나 소박하거나 잘났거나 못났거나 착하거나 못되거나 모두 상처의 길을 터벅터벅 가고 있는 중이었다. (중략) 사람의 한살이란 끊임없는 상처의 길이다. 길을 내고 지우는 동안 숱한 상처들이 얽혔다 사라져간다"(「아폴로를 씹었어」)는 통찰 등이 그것이다.

다소 드물게 확인되는 서술자—작가의 이러한 언어들이 규정에 가까운 양상을 보인다는 점에서 『라요하네의 우산』의 또 하나의 특징이 찾아진다. 여기서 주의할 점은, 이러한 언어가 인간사에 대한 규정이기는 해도 역사적이거나 사회적, 정치경제적인 규정은 아니라는 사실이다. 『라요하네의 우산』에서 확인되는 서술자—작가의 규정적인 언어들은, 우리들 인간 삶의 혹은 심리적인 인간관계의 '비역사적인(a-historical) 일반성'에 해당하는 통찰이다. 시대 환경에 제약되지 않는 특성, 과거에나 현재에나 동일하게 확인되고 미래에도 여전히 그러할 인간 삶의 일반적인 부정적 양상, 바로 이것이 김살로메가 소설 쓰기를 통해 제시하고자 하는 것으로서 이 소설집의 특징을 이룬다.

이와 같이 비역사적인 부정성을 두루 보여 주고는 있지만 작품들의 경향이 암울하거나 하지는 않다는 점도 특징적이다. 작품의 효과가 어두운 편인 경우는 「암흑식당」이나 「귀휴」정도에 불과하다. 김살로메의 작품들 대부분은 밝고 따뜻하지도 않고 어둡고 암울하지도 않은 중간적인 경우라 할 만하다.

다소 특이한 부정적 인물들과 예외적이지 않을까 싶을 만큼 극단적인 상황이 펼쳐짐에도 불구하고 작품의 경향이 어느 한

쪽에 치우지지 않게 된 것은, 대체로 볼 때, 그러한 환경 속에서도 발견되는 따뜻한 인간 심리에 주목하는 경향이 있기 때문이다. 여기서도 주의할 것은, 어두운 상황 속의 긍정적인 인물(심성)을 부각시키려 한다거나 하는 이분법적인 설정과는 거리가 멀다는 사실을 잊지 않는 것이다. 작품의 세계든, 인물구성이든, 주요 사건이든 부정성이 앞서 있기는 하되, 삶의 한 부면으로 그것을 차분히 재현해 내는 데 그치거나, 그럼에도 불구하고 발견되는 인간적인 소망을 놓치지는 않는 경우라 해야 할 것이다.

『라요하네의 우산』이 이러한 면모를 띠게 된 것은, 이 소설집이 거대담론과 거리를 둔 자리에서 우리 삶의 저변과 주변을 응시하는 시선의 산물인 까닭이다. 이 시선의 주체는 의지를 앞세운 해석도 섣부른 의미 부여도 삼간다. 보여주는 자로서의 소설가, 오롯이 재현하는 소설가가 바로 『라요하네의 우산』의 김살로메이다.

3. 소설, 언제나 지속되는 이야기의 길

『라요하네의 우산』이 취하고 있는 재현의 전략은 무엇이며 그 의미와 효과는 어떠한가. 이를 파악하기 위해, 재현의 원리를 조금 살펴 둔다.

일반적인 생각과 달리, 재현은 현상이 아니라 그 너머의 본질을 향하는 것이다. 겉으로 보면 현상을 모방한 것이지만 본질을 드러내고자 그렇게 하는 것이 재현의 원리이다. 인간 삶의 본질을 하나의 현상을 통해서 환기시키는 것 곧 특수성에 주목하는 것이 재현의 미학의 핵심이다. 따라서 재현이란, 인간의 삶에 본질이 있다는 아주 오래되고 널리 퍼진 믿음에 기초한 방식이면서도 자신의 그러한 믿음과 해석을 감추는 것이라 할 수 있다. 사정이 이러해서, 보편성에 어긋나는 혹은 보편성을 환기시키지 못하는 현상의 재현일 경우 재현의 사실성과는 무관하게 그 가치를 인정받지 못하게 되며, 해석이 배제된 채 현상을 단순히 재현한 기록물은 문학이 되지 못하는 것이다.

이러한 재현(의 산물) 속에 작가의 몫은 얼마나 되는가. 재현된 이야기 자체에는 작가의 흔적이 희미하기 마련이다. 세계를 그대로 드러낸 것이라는 재현의 현상적인 특징 차원에서만 본다면 작가의 개성이나 그가 관여한 흔적이 아예 없는 것이 성공적인 재현이라고 할 수도 있다. 이 경우는 무엇에 초점을 맞추었는지만이 작가의 계기를 알려 준다. 좀 더 나아간 경우, 해석의 차원에서 작가의 주체적 계기가 문제되는데, 재현 자체가 행하는 보편적인 해석에 더해지는 의미 있는 변주, 그것을 낳는 해석상의 첨가에서 개개 작가 고유의 몫이 살게 된다.

재현과 해석의 양상은 장편소설과 단편소설에서 다르게 나타난다. 긴 호흡으로 사회의 전면을 재현하는 장편소설의 경우 작가에 의한 해석적 변주가 주제효과의 구현에서 큰 비중을 차지하기 마련이다. 이와는 달리 대체로 사회의 한 단면을 재현하게 되는 단편소설에서는 작가의 주관적인 해석이 자연스럽게 개입될 여지가 애초부터 크게 축소되어 있다.

사정이 이러하므로, 재현의 미학을 취하면서 성공하게 되는 단편소설의 길이란 다소 제한적이기 마련이다. 단편소설은 재현의 대상이 작기 때문에 재현의 대상을 선정하는 단계 자체에서 이미 작가의 해석이 개재되기 마련이다. 이 위에서 재현적인 단편소설이 재현된 것의 의미에 변주를 가하는 성공적인 방식은 세 가지가 된다. 최소한의 해석을 가하는 것이 하나요, 재현된 것 중 일부 곧 배경으로서의 객관 세계 자체가 아니라 그 속에서 펼쳐지는 인물들 간의 사건 자체 혹은 그 중의 특정 국면에 주목하는 것이 다른 하나고, 작가-서술자와 동일시되지 않는 인물에게 해석 기능을 위임하는 것이 셋째 경우이다.

김살로메는 셋째 경우에 방점을 두고 이상의 방식들을 적절히 취하고 있다. 이는 『라요하네의 우산』을 통해 사회의 저변을 구석구석 재현하면서 취할 수 있는 최선의 방책이라 판단된다. 여러 작품을 통해서 비루한 삶들의 판타스마고리아를 구현하고자 하면서, 개별 작품에서, 재현된 현상에 과도한 해석을 가하거나 그러한 현상을 바라보는 해석의 틀을 변화시키려고 할 수는 없다. 김살로메가 스스로는 한 발 뒤로 물러난 상태에서 주인공이나 초점화자로 기능하는 등장인물을 통해 소소한 의미의 변주를 가하는 것은 바로 이러한 이유에서이다.

이렇게 관조적인 입장에서 재현 대상과 거리를 두고 우리 사회 저변의 판타스마고리아를 펼쳐 보임으로써『라요하네의 우산』은 우리에게 전통적인 소설 읽기의 진진한 재미를 선사한다. 각각의 작품들에 재현된 풍성한 현실 속에서 저마다 고유한 특징을 가진 다채로운 인물들이 보이는 기행에 가까운 행태들을 생생하게 형상화함으로써, 김살로메의 소설은 서사문학의 오랜 전통, 민중적 삶의 다양함을 흥미롭게 제시해 온 전통을 우리 시대에 되살려 주고 있다. 우리 시대의 비루한 삶, 상처받은 삶 들을 다양하게 펼쳐 보이는 김살로메의 소설들이야말로 가담항설(街談巷說)과 패관잡기(稗官雜記)에 연원을 둔 동양 소설의 전통, 미하일 바흐찐이 보여 준 대로 민속에 뿌리를 두고 민중적인 문학으로부터 발전해 온 서양 소설의 전통, 이 모두의 연장선상에서 소설 읽기의 즐거움을 새롭게 구현해 내고 있는 것이다.

이러한 즐거움을 손상시키지 않기 위해 냉정 혹은 열정으로 기울기 십상인 작가-서술자의 언어를 삼가며 관조적인 자리를 지키고 있음은 물론이다. 작가가 나서지 않아도 아니 바로 그렇게 작가가 한 발 뒤로 물러서 있는 까닭에, 읽고 보는 재미가 강한 만큼 그 안에 담긴 본질을 반추해 보는 시간 또한 길어지게 되고『라요하네의 우산』의 각 소설들마다 긴 여운을 남겨 준다. 이 여운 속에서 명확히 호명되기 어려운 인간 삶의 진실이 환기됨으로써, 김살로메의 소설들은 재미와 더불어 우리네 삶에 대한 사색과 성찰의 기회도 제공한다. 우리 사회의 저변에 산재한 비루한 삶의 다양한 재현으로 읽는 재미를 제공하는 한편, 그렇게 재현된 현상에 대한 주관적인 해석은 삼감으로써 우리를 일상의 삶에 대한 반성으로 이끄는 것이다.

당연한 이야기 같기도 하겠지만, 이상의 효과는 작가의 의도가 이 소설집에 성공적으로 구현된 데 따른 결과이다. 「누가 빈지를 잠갔나」에서 보이듯 김살로메는, '좋은 소설이란 이야기 안에 서늘한 진실'이 들어 있는 반면 '나쁜 소설이란 작가의 자기 합리화가 들어간다'는 생각을 갖고 있다. 해서 작가는 "중립을 가장한 채 자기연민에는 당위성을 끌어다 붙이고, 타자를 향한 시선에는 근거 없이 객관적인 척하는 기만"을 강하게 의식한다. 바로 이러한 의식 이러한 경계심이 풍성하게 재현된 현상들로부터 한 발 뒤로 물러서는 관조적인 태도를 낳은 것이고, 그 결과로, 재현된 이야기의 재미가 소설 읽기의 즐거움으로 온전히 이어지는 한편 독자들이 저마다 그 의미를 반추해 볼 수 있게 된 것이다.

이처럼 서사문학의 전통 위에서 우리 사회 비루한 삶들의 판타스마고리아를 재현함으로써 소설 읽기의 즐거움을 되살려 낸 것, 이것이 김살로메의 소설집 『라요하네의 우산』의 의의를 이룬다.

작가의 말

오래 머뭇거렸다. 메아리가 되지 못한 말들이 쌓이는 동안 방천둑의 개망초들이 계절을 바꾸어 피고 졌다. 마냥 게으름의 어깨에 떠밀릴 수만은 없었다. 시도하지 않으면 아무것도 일어나지 않는다는 말은 진리였다. 시큰거리는 글 무릎을 세워 한 걸음씩 나아가보기로 했다.

'인간성 더럽다는 말 들어도 좋으니 좋은 시 한 편만 건졌으면 좋겠다'는 친구가 있었다. 거기에 빗대 나는 '착한 마음으로 못된 소설 한 편만 얻으면 바랄 게 없다'고 응수하곤 했다. 하지만 착한 마음이 노력만으로 되지 않듯 못된 소설은 엉덩이 다잡아 쓴다고 얻어지는 게 아니었다. 원하는 것은 결심하고 행한 뒤 반드시 버린 뒤에야 올 것이었다. 원하라 행하라 그리고 버려라. 이 세 박자를 맞추는 일이 곧 소설 쓰기의 길이었다.

희한했다. 에세이를 쓰고 있으면 거짓말쟁이가 되는 기분이지만, 소설을 쓰고 있으면 어쩐지 솔직해지는 감정이 몰려왔다. 아마 내 안의 위선과 진실, 내 안의 악마성과 순진성 사이에 소설이 존재하기 때문에 그럴 것이다. 그 두 옷자락의 경계를 즐거이 또는 위태롭게 스쳐간 여정이 소설의 흔적으로 남았다. 새벽이 올 때까지, 제법 긴 그 마법의 시간을 좋아한다. 몇 시간이라도 한 시간처럼 몰입하며 쓸 수 있되, 착하게 쓰지 않아도 되는 그 소설적 시간을 사랑한다. 착한 마음도 못된 소설도 '버려야' 잘 써진다는 것도 깊은 밤이 가르쳐준 지혜였다. 이 소설집을 계기로 마음이 흐르는 대로 소설이 오는 대로 받아 적기로 한다. 소설이란 살아내는 사람의 자연스런 방식 안에서 말해지는 거니까.

저 밑바닥에서 올라오는 상상력이 소설로 거듭나기까지 숱한 의문의 시간을 보냈다. 소설보다 더한 현재를 살아가는 우리에게 소설이 과연 무슨 소용일까. 채집하고 관조한 것들을 펼치는 과정에서 과장되고 휘몰아친 부분이 있다면 그것은 내 조급함의 소치임을 고백해야겠다. 내 안에 있는 허위와 비겁의 그림자를 주워 담고, 그들 안에 있는 겸손과 온기를 담으려는 갈급함이 헐거운 소설을 낳았다.

말을 하지 않는다고 말이 없어지는 건 아니었다. 숨거나 숨긴 말들을 가슴이 적어내리는 동안 소설은 어디에도 있었다. 새벽을 가르는 자동차 불빛에도 달려 있었고, 마주한 사람의 밥숟갈에도 묻어 있었다. 소설은 내게 머리에 돋는 뿔이었고 가슴에 피는 별이었다. 뿔과 별 사이를 다독이는 지점에 내 소설은 있어왔다. 밤과 새벽 사이, 누르고 잠재워도 떠오르는 친구처럼 그렇게 소설은 다가왔다.

글이 되지 않는 날도 괜찮았다. 그런 날엔 아고타 크리스토프도 좋았고 엘리자베스 스트라우트는 더욱 좋았다. 그들처럼 쓸 필요는 없겠지만 그들처럼 서늘한 긴장과 밑바닥까지 훑는 여운을 남기는 소설을 쓰고 싶었다. 그런 날이 올 거라는 상상만으로도 행복하다. 겉으로 위악적이고 속으로 따스한 본성을 버리지 못하는 우리에게 소설은 무엇보다 필요한 문학이다. 삶에 대한 복습어이며 반성어로, 사람에 대한 희망어이며 감동어로 소설보다 나은 위로는 없다.

막상 소설집을 묶으려니 두려움이 몰려왔다. 내용은 성글고 문투는 투박했다. 망설이기를 몇 번, 시의성이 떨어진 가지는 솎아내고 생각이 웃자란 이파리들은 내려놓았다. 추려낸 열 편의 이야기는 신파와 현실, 과장과 침잠, 웃음과 울음의 경계에 있다. 이것들은 나를 대변하는 어떤 '생각'들이다. 내 손을 떠나간 이야기들이 독자에게 가서 '찌름'이 되고 '그럴 수 있음'이 될 수 있을까. 소설을 읽는 사람들이 냉기 속에서 숨은 온기를, 불편함속에서 모호한 진실을 얻어가기를 바란다. 이 또한 욕심이라면 그냥 자신만의 감흥으로 편히 읽어주었으면 좋겠다.

출판을 허락해주신 문학의 문학 우영창 주간님과 편집진, 작은 출발을 응원해주신 이대환 작가님께 고마움을 전한다. 해설을 맡아주신 박상준 교수님께도 감사함을 전한다. 많은 사람들 얼굴이 스친다. 하루처럼 소설집이 나오기를 응원해준 소중한 선후배 동료들, 그들의 따뜻한 말과 채찍이 아니었으면 더 게을러졌을 것이다. 글쓰기 환자에게 '좋은 친구들'은 더 없는 명약이다. 명약 같은 사람들과 오래 읽고 쓸 것이다. 얼치기 주부에 엄마 시늉만 한지 오래지만, 말없이 지지해주는 남편과 딸 아들에게도 사랑한다는 말을 전한다.

내 인생 최대 실수는 소설을 알게 된 것이고, 그것은 내게 가장 아름다운 현재진행형 모험이 되었다. 험난하고도 즐거운 여정이 될 수 있도록 도와주신 모든 분들께 사랑의 인사를 전한다.

2016 겨울

김살로메